U0644225

译文纪实

仕事漂流
就職氷河期世代の「働き方」

稲泉 連

[日]稻泉连 著　　　窦心浩 谭婉心 译

工作漂流

上海译文出版社

目 录

前　言

　　本书是一部以"跳槽"为切入点，且在对 8 名"职业青年"进行跟踪采访的基础之上写就的纪实作品。

　　这些"职业青年"们与 1979 年出生的笔者都属同一年龄层。踏入社会后，他们完成了世俗意义上"从好大学到好工作"的社会人身份转变。

　　从 1995 年到 2005 年——时值所谓的"就业冰河期"，他们陆续踏出了迈向企业社会的第一步。虽然被冠以"迷惘的一代"之名，但对照过去所信奉的"价值观"，成功就业的他们仍可算作是职场中的"赢家"。然而，面对社会整体工作环境以及企业招聘条件的时代变化，在进入社会后最初的一段日子里，他们却过得尤其艰难。因此，经过反复的思想斗争之后，他们终于选择了辞职。

　　那么人们通常会在什么样的时刻下定决心选择跳槽呢？

　　跟上司不对付、不是自己理想的工作、工资太低……可举的理由数不胜数。但在这些被简单以一言作结的理由当中，无论哪种理由，都跟职场人士内心深处的一种"不安"相关——这份工作，究竟能否引导自己走上正确的人生轨道？正因为关乎"如何走好人生路""怎样设计规划自己的人生"这些实际性问题，所以在表面理由之下，一定还有他们独特的社会体验与思考。

　　曾一度住在象牙塔中的 8 位主角，在如今这个时代是怎样融入到企业这类团体当中去的呢？接着，当他们在观念上受到冲击之时，又是如何调整心态、磨合达成折中的呢？进而，被标榜上"社会人"身份的自己又是如何成长起来的呢？孤舟一叶人飘摇，在时代的浪潮浮沉中他们经历了怎样的"漂流"最终才得以登陆上岸？

　　本书所讲述的，便是包含了他们以上种种心路历程、人生轨迹的 8 篇故事。

第1章 好似身处漫长隧道之中

那一天，驶向屋久岛的轮渡徐徐地加快速度，大桥宽隆胸膛里心脏的跳动仿佛应和着这种节拍，律动得更加有力了。

虽然还未下雨，但天空已全然被铅灰色的云所覆盖，大海的波涛也汹涌不止。船引擎发出低低的闷响，这声音像是响彻在体内深处的某种钝响一般。每每和海浪撞击，船身便会大幅地摇晃。

大桥仍感到些微的疲惫。两天前，在熟人的婚宴上正好碰见了来鹿儿岛的旧友，两人相约一起去攀登了海拔922米的开闻山。疲劳感也许来源于此吧。

这座秀美的山峰也被称作"萨摩富士"。在山麓附近，具有当地风物特色的油菜花成片地开放。

大桥在学生时代参加了登山部，几乎每周都去攀岩。所以，要是放在以前，让他跑步攀登这座不消两个小时便能登顶的开闻山，也是没问题的。

可事实是，身体似乎不太听自己使唤，现实显得毫不留情，让他切身察知到踏上社会之后不规律的生活状态与随之带来的疲惫感。

他一边尝试着匀整呼吸一边继续向前迈进，身体的笨拙钝重却着实让人感到无奈。总之，虽然慢点，却也是在稳步向前推进。这种时候，并无匆忙攀登的必要，做到保持好自身节奏便足够了。只要一直坚持下去，就能翻过山脊、来到山顶，尽览美景了。

——在这段旅程中，某种答案就快要呼之欲出了。

他一边这样想着，一边默然行进在漫漫登山之路上。

2002年1月的那次旅行，正是利用了一年一次的年假才得以实现。

当年，大桥在某城市银行上班。因为从学生时代开始就喜欢旅行，于是心里有了一份被派遣前往海外支行工作的梦想和期待。但是，当时金融业界正迎来了史上从未有过的纷乱时代，以1997年北海道拓殖银行的破产为首，山一证券、日本长期信用银行等金融机构陆续宣告经营破产，一度在业界掀起了狂风骤雨。

在大桥入行工作的1999年，由于泡沫经济时代的业务拓展所带来的遗留问题，他所在的银行又再次面临数额巨大的不良债权危机。2001年之后，关于这家银行陷入严重经营不善局面的传言播散开来，被多家媒体曝光，包括其他众多银行所派驻的海外支行，都眼看着被迫从当地撤走。考虑到这种情况，去海外支行工作的想法便已然泡汤了。

这三年间，长期经手着日常业务，对于金融机构不断宣告破产的严酷现实，以及行业信誉不断崩塌的过程，他也都是亲眼所见的。

银行业界大幅缩减着在泡沫经济时代扩招的聘用名额，极端的甚至下决心不再另聘员工。当然，大桥所在的银行所聘用的应届毕业生人数也一直在低位徘徊，导致一年年地过去了，他仍以新职员的身份继续待在支行的底层。

这样严峻的时代形势给他入职后三年的职场生活都笼罩上了一层灰暗的阴影。

为前辈们处理各种杂活的永远是自己。比如说，被指派去当工会办事员这事儿。工会送资料的频率总是很高，他通常是先要把这些资料复印好，再发给大家传阅，然而面对总是以"现在很忙"为由而不耐烦甩脸的前辈，他还必须耐着性子询求他们对资料内容的意见。他还要时刻关注账票一类表单的用量，眼看着快要用完了便要重新订购。另外，复印和碎纸的杂活也落在了他身上，如此种种，不一而足。一边要处理好这些工作，还要接待自己的顾客，完成严格的营业定额无疑更为重要。

问题在于，在他内心里总认为自己被埋没在底层，因此坚守岗位的干劲总也提不上来。业绩滑坡、录用减少，他对这种现实逐步认清了，说不定自己在这所银行里永远都只能是个新人小职员。这样的念头越来越清晰，怎么也挥之不去。

如果说身边有崇敬景仰的上司或前辈的话，或许境况和现在会有所不同。但事实是，如今深陷此地，在和职业紧密相关的经验和技能方面，积累仍然单薄寥少，每天也只能忍气吞声，忍受着庸碌无为的日常。身处底层的无望感唤起了他对人生的价值和意义被践踏的恐惧感。

他每天早上6点起床去公司上班，晚上过了11点才回到员工宿舍。那段时间，大桥对这样单调的日子迎来送往，从他疲惫不堪的身体里，时常涌现出一种类似愤怒的情感——自己现在到底是在做什么？

——这样的日子究竟要持续到什么时候？

这样想着，类似于某种隐隐恐惧心理的不安感在他胸腔里扩散开来。

去海外支行工作的梦想也沦为了水中之月。原本就是在金融危机愈演愈烈的时候进入银行工作的，还偏偏怀抱着这种隐秘的期望，回想起这种侥幸心理和过于乐观的态度，他忍不住跟自己置起气来。

日常工作当中，在他强行压抑着自己情绪的同时，还一边和中小企业的经营者们打着交道，有时候不得不冷冰冰地明确告知他们现在不能融资贷款。在以一人之力主持小型公司各种事务的年长经营者中，不乏品格优秀、值得肃然起敬的对象，有的经营者还向大桥讲述了一些富有启发意义的经验谈以及他们充满艰辛的心路历程。但有的时候，作为银行工作人员，他不得不辜负他们的期待，以尽到他明确告知的义务。

尽管知道一定会有上司或前辈批评自己年轻幼稚、不成熟，但对于刚踏入社会、二十来岁的年轻人来说，长久以来的和睦关系忽然崩塌，这无疑给他造成了持久的心理创伤。

就在这个关口上，一次他在网上搜寻旅游度假地的讯息，为休假提前做准备时，偶然中看到了屋久岛招募渔夫的广告。于是他便大致浏览了一遍，上面介绍到渔业工会会派专人来进行洽谈并据情况牵线搭桥，为申请人介绍当地的渔夫来作指导。

他已然身心俱疲，不由得产生了单纯简单的想法——

有这种机会，不如就去当一个渔夫吧！当了渔夫，便不用再去理会那些糟心事了，好想过上随心所欲、自由自在的生活啊！

虽然想辞掉工作，但却一直迷茫、犹豫不决。现在跳出这个框子，产生了去当渔夫的想法，这对于他来讲，则是从一个心里稍微有点底的视角来重新审视以前的生活状态吧。尽管当渔夫实际上是非常不切实际的想法，但内心充斥着强烈的躁动不安，催促着他无论如何也要想办法缓和如今这种懊丧的情绪。他迫切地想要逃离目前的状态。

——从能向窗外眺望连绵不绝的海面开始，大约过了四个小时，海上才逐渐浮现出岛的身影。一直坐卧在二等舱里看书的大桥站起身来，看向外面的景观。

船要在屋久岛的宫之浦港靠岸，这会儿便逐渐减缓了前行的速度。

眼看着就要逼近港口护岸了，空气里隐约开始飘散起一股机油尾气的味道。于是，在这种就要打开未知世界大门之时，一种期待与不安交织的情感便油然而生。

一抵达港口，大桥便立即决定首先去拜访事前已联络好的渔业工会办事处。

这个渔业工会主要负责向申请者介绍当地渔夫，同时组织屋久岛的渔业体验项目。

"您好！我是前几天打过电话的大桥，您那边现在方便替我介绍一位作向导的渔夫吗?"

在他发出明晰的提问之后,办事员很快就替他联系到了负责人,进行了确认。

经过渔业工会职员的一番指点之后,他了解到,捕鱼粗略分为两种,一种是单丝钓,另一种则是撒网捕捞。捕获到的鱼类应主要为鲣鱼和青花鱼,其中经过去腥处理的去头青花鱼和干青花鱼还是屋久岛的有名物产,捕到的这些鱼最终会被运往鹿儿岛市售卖。

时间一分一秒地慢慢溜走。

不一会儿时间到了中午,一位早上出海的渔夫正好捕完鱼从海上归来。

短时间内,渔船就被顺利引导进入港湾,在七手八脚的帮助下,渔夫麻利地完成了战利品的卸装。在这一系列作业结束后,洒脱豪爽的渔夫用和善亲切的口气向大桥发出邀请:

"今晚住哪里决定了吗?要是还没决定,我知道有一个去处,带你去吧。"

村里一共只有两家旅馆,他带大桥来到其中一家门前,随后从车里取来好几条当天钓上来的大鱼,对旅馆的主人嘱咐道:

"这位仁兄想体验一下渔夫的生活,请一定替我好好招待他,给他煮点好吃的鱼吧!"

第二天、第三天,天公都不作美,屋久岛的天气恶劣异常,大海上波涛翻滚,风雨如晦。

据说在这个时节,能出海打鱼的日子一个月里不出几次。尽管如此,在岛上的一切体验都显得如此新鲜,大桥有好长时间都没能体会到这种解放感了,如今却能心安地沉浸其中。

由于不能出海打渔,受皮肤晒得黝黑的年轻渔夫的指示,他便转而去帮衬港湾和海岸的堤坝工程施工了。向海中投掷用水泥筑成的防波块，再往沙袋里装满泥土，一袋袋堆叠在海岸边，作防波堤用。

转眼到了中午的饭点，附近村落食堂提供的咖喱饭格外美味，让他吃得心满意足。尽管防浪工程作业十分辛苦，但早出晚归往返于作业工地的生活，却让他感到格外畅快与惬意。

工作的同时，时而会有渔夫工友和他唠嗑起这样的问题：

"如果想要留下来工作，最好先成家，再带上妻子儿女一起过来比较好。"

有人建议，或者等有了女朋友，再带上女朋友过来，说是因为岛上的年轻女孩特别稀缺。

"可我目前还没有结婚的打算呢！"

"好吧。既然如此，不如来我家住？收入嘛少是少了点，不过我老婆在院子里种了好些蔬菜，我平常打打鱼，海鱼味道也鲜，基本生活倒是不成问题。可以先在我家住下来之后，再慢慢考虑要不要去购置一艘捕鱼船。"

然而，其他一些年长的渔夫似乎是注意到了大桥的苦恼情绪，趁着午休的闲聊时间，给他提出了一些忠告。

"你小子是咋想的呀，跑到这里来？"

被这样一问，他发现自己好像也说不上来前来此地的理由。他嘴上支支吾吾的，不知该如何回答。

又有旁人插嘴道："你辞了银行的工作，但又没什么捕鱼的经验，那来我们这种地方做什么呢，一个城里人怎么可能做得了渔夫的工作？"

一个人忍不住接话："若是有人真心来这里工作，我们一定会非常欢迎，但确实有人一看就难以胜任，这时候我们就会劝他最好回家发展。"

几天过去了，他仍是一次海也没出成，最终不得不选择返回东京。

"无论你还回不回来，拿上这个吧！"这几天一直照顾他的那位渔夫递过来一张写上了电话号码的纸片，让他接着。

为期一周的休假转瞬而过，几天前从港口乘轮渡来到此地，现在原路返回，走上了归途。

心里有说不清道不明的东西在飘散发酵，思绪四处游走，他感到有点茫然。

他寻思着渔夫们跟他讲的购置渔船之类的话。

大桥回想起他们温暖的话语，不知不觉间感动涌上心头，同时，他发觉自己在无意识中竟在考虑向渔业工会借贷的风险指数。也许在"风险指数"之类的行业用语浮现在脑海中之时，他才会想起身为银行职员的自己与生活在岛上的他们是两个世界的人吧。

想要找到答案，果然还是没那么简单——但在这一周时间内，通过对岛上生活的初级体验，可以确信的是，那种日常生活的踏实感多少有所回归。

虽说对公司这个存在所怀抱的情感还没有强烈到完全"不信任"的程度，但确实说不上有什么信赖感。

大学毕业踏上社会之初所经历的职场生活，除了听从前辈的差遣打杂之外，还要应付严格的定额任务，天天如此，疲累不已。

尽管如此憋闷，如果能对社会作出什么贡献的话，也许会稍微有点价值感吧。但在如今这个时期，银行所面对的，是深陷不良债权泥潭的自营危机。

童年在泡沫经济时代度过，踏上社会之时，一直存在于模糊想象当中关于"安定与增长"的童话终于破碎了——理所应当的"发展"神话正悄然消失。在这种时代风气中，终身雇用和论资排辈的旧规不可能再存续下去了。

说起来早在 1998 年实习之时，他心里就开始对职场产生抵触感了。

当时还在名古屋大学法学院上学的大桥，原本最理想的职场就是综合商社。一方面是想借着这种工作性质去海外工作，再者在校友回访日回校拜访的前辈中，碰巧有很多看似颇有领导号召力的体育会系①人物，大桥显然也受此影响。

大桥在高中和大学时代都是手球部和登山部的一员，在他看来，他们体格强健、性情洒脱，便从心底里生出一种深深的认同感。虽不知今后会从事什么样的工作，若自己能像这当中做营销方面工作的前辈一样，找到一种能锻炼自身的工作方式就好了。

但他为什么后来就进了银行呢？

他开口道，到了大三下半学期，有好几家银行的人事与他取得了联系。

他有求职意向的说到底不过是三菱商事、伊藤忠以及丸红这样的综合商社，但他又不能把所有的人事给全盘回绝，再说拒绝是需要勇气的。A银行的面试时间正好与他的面试行程表不相冲突，于是他决定接受这个求职邀请。

"当时想着说不定去面的几家商社中，两家都有戏，但在终面之后都迟迟没有回信，心里怕黄了，正坐立不安之时，去参加了A银行的最终面试。"

那天，他在名古屋市内的一家宾馆客房里参加了A银行的最终面试，至今回想起来，记忆犹新。在这之前的同一天内，他已经参加了好几场面试了。他马不停蹄地赶着场，跟人事负责人们重复进行了大约5次类似的面谈。然而到了最后一场，跟最后一位负责人进行面谈的时候，大桥十分坦率地讲出了自己的意向，包括想去海外工作的想法，并且讲明了他现在正等待着某综合商社最终面试回信的情况，如果通过，他会选择去这家商社。

---

① 体育会系：日语中指在校时参加运动类社团活动，并因此形成坚忍不拔、重视体能、服从上级、信奉论资排辈等处世理念的人。——译注

到现在为止的这几场面试中，有好些人事负责人听他说到了海外，便毫不犹豫地连连随口答应道"那没问题"，从他们这种态度来看，自己好像挺让他们满意的。

"但是，我私底下也没做什么功课。受眼前求职活动所迫，到底这家银行在海外拥有多少家支行，什么级别的员工能被派驻海外，一概没有事先好好了解一下，这点确实值得反省。"

过了一会儿，他被叫到了另外一个房间，面前的人明确地告诉他："你已经被内定①了。"

这让他不由得吃了一惊。

他在特别房间里坐着等了一会儿，没过多久，负责面试的人事科长徐徐地走了进来，脸上堆满了笑容。

"好了，现在请给××打个电话吧!"

对方来了这么一出，大桥只好把综合商社的联系方式如实告知了对方。

他之所以把自己还在等待综合商社的最终面试结果的情况告诉他们，是因为自己万一要拒绝A银行的内定，也好有一个说辞。但是，对方作为人事负责人，和大学生打了好几年的交道了，实在要高上一两个段位。他们充分利用时机，抢在求职者心仪的其他企业前面，率先发出内定录用通知。一方尚有可能拒绝，一方火速发放内定卡，他们把综合商社和自家银行放在了天平两端，让求职者作出抉择。大桥不得不立马作出决断，这自然让他感到非常不安。

"于是，人事科长拨通了对方商社的电话，把听筒递给了我。"

这种情境让人感到一种不由分说的压迫感。

"向对方报上了学校和姓名，随后便讲明自己要放弃最终面试。那

---

① 内定：虽未正式签约，但已决定聘用求职者或接受申请人。——译注

边的回复言辞间好像早已习惯了这种情况。这种事情，应该也不在少数吧。"

为什么这种时候，自己会如此干脆利落地答应放弃综合商社呢？连他自己也搞不明白。还在惊讶和目瞪口呆中没回过神来，便被人推搡着脊背，作出了选择Ａ银行的决定。从这一点倒可以看出来他还真是老实。

所谓的"内定拘束"便是从这个瞬间开始的。挂断电话之后，一直对他以客人礼仪相待的人事科长却突然变了态度，用起了命令的口吻："好了，现在马上回家去，收拾好行李就过来吧，我们要去山上。"

傍晚他来到了指定集合的车站，除他之外，还来了另一个内定者。入职一年的银行职员作为陪同，负责管理帐篷，问了之后发现他们将要去的是中央阿尔卑斯①所在的银行保养所②。

到了保养所，还与同样在名古屋接受面试并被留用的另外两名内定者会合了。三天两夜的特殊"旅行"显得十分无聊。来这个地方本身就已经是目的了，并没什么特定的安排。入职两年的前辈也苦于打发这样无聊的时间，最后竟提出"去钓个鱼什么的吧"这样的建议。

要说这本来是忙于求职活动的时期，以这样的方式虚度了时间，虽然理由正当无可厚非，却也让大桥感到有些不安。他又想起了那位刚确定留用他便改了口气的人事科长，不禁陷入了隐忧——在这样表里不一的世界里，自己能踏实地走下去吗？

到了夜里，其他学生们也流露出了多半是破罐子破摔的情绪，说道：

"真是又蠢又无聊，非得经历一遍这种荒唐事才能被录用，这种破

---

① 中央阿尔卑斯：从日本长野县西南部到岐阜爱知县连绵的木曾山脉别称。——译注
② 保养所：企业、健康保险工会等，为了职员的研修以及疗养等用途而建造的设施。——译注

单位，辞了算了吧!"

从三天两夜的旅行回来之后，A银行的年轻人们也都每天保持着联络。入职一两年的职员们每天早早地完成了工作，变换着花样一连开了好多天的酒会。就连周末也是从一早就和大桥他们这些内定者约在一起，去看电影、唱卡拉OK、开酒会，这样的日子持续了3周的时间。

因为不久之后，就是制造类企业的入职笔试和面试了，这样做是为了让大桥他们没机会去参加这些考试。

这样的日子过着过着，眼看着去综合商社的工作也没什么着落，这时大桥已经失掉了一半的希望了。让人感到不可思议的是，当银行职员的想法却像某种隐秘的期待一样，一点一点地在他心里生根发芽。这种心情值得好好玩味。每天一起喝着酒，年龄又相近的招聘主管逐渐打开了话匣子，开始对他说起了真心话。

"最近和你们这帮家伙一起待的时间可真长啊!"主管边说着嘴角浮起了一丝苦笑，"上大学的时候，都没有和女朋友待一起这么久过。"

有一搭没一搭地聊着聊着，他们就谈到工作上去了。作为内定职员，他虽然对这个工作感到无趣，但面对前辈们口中所描述的未来世界，他又变得兴趣高涨了。金融业确实处在最不景气的关头，但这表现在哪些方面呢？他不自觉地产生了这样的疑问。假使进入商社之后跟吃紧的营业数据打着交道，这与金融业在逆风中拼命站住脚跟之间，会有什么职业意义上的不同呢？

不知何时他开始觉得这工作说不定还有点意思。或者说，他已经放弃了去商社工作的机会，如今在内心中不说服自己这样去想的话，也没有其他路可走了。

"总之，先试着努力工作吧。"

他让自己迸发出了积极向前的干劲，又迫使自己对在A银行工作的这份期待感发了酵。

"大桥，你睁眼看看现实吧！"被安排到首都圈的支行不久之后，在某场聚会的酒桌上大桥正谈论着对未来的憧憬，一个喝高了的公司前辈毫不客气地开口说道，"真是年轻啊！想被外派到国外工作？这也就是你们年轻人才经常说的话。"

被这么一说，大桥只好沉默下去了。

至此有关工作的话题陡然被强行标上了一个休止符，接下来登场的就是平时所惯行的那一套。说说某个不在场同事或上司的坏话，对同一支行里处理日常事务的普通"女职员"评头论足，相互调侃着诘问对方有没有正在交往的男女朋友。大桥逐渐对这些感到不耐烦，想早点回宿舍去。

但是，他也对上司和前辈们在酒桌上哄抬气氛发散压力的情绪感到理解。如果自己也在这所银行里工作了几年，娶妻生子，靠需要不断偿还的住房贷款修建起了自家房子，恐怕迟早也会跟他们一样，没事发发牢骚，抱怨抱怨生活。想到这里，便对未来怀有一种隐约恐慌的心情了。

进入银行工作已过了大约一年的时间，大桥对迄今为止在银行的业务方面感受到的忙碌作了如下陈述：进入银行之后，在研修期间虽然也交到了很好的朋友，但随着被派往全国各支行，120 名同时期被招进的银行职员也如星散。像这样，作为新人，在被分配到的岗位上独自开展工作的过程中，逐渐有了一些切实的感受。

银行职员的日常工作，能给人多余想象的空间实在有限。

他们所经手的业务就是向顾客发放贷款资金。顾客群体中兼有新老客户，大桥他们这些营业人员就负责接待客户，恳切地为他们解说融资的方案，再有就是坐在办公室里制作与出借贷款相关的资料。资料随后提交融资审查部门进行审批，按顺序接受科长、支行行长的批准，确认没有问题之后，才最终为这项贷款业务发放通行证。

上司和前辈们以及处于链条末端的他们这种营业人员站在各自的立场上，日常都承受着很大的压力，重压之下工作的严峻状态让他感受最为深刻。比方说，以整个支行一个月负责 100 亿日元的借贷定额为例。要分算的话，支行行长是 100 亿日元，部长是 30 亿日元，普通员工就是 1 亿～5 亿日元，如此一来，借贷配额的重压也就形成了连锁效应。

"所以，业绩达不到的话，团队全体成员都会焦虑不已。行长和部长们虽然不直接经手具体营业事务，却开始对部下持续不断地加码。大体感受就是，今天之内要是完不成 500 万的借贷业绩就没法回去交差，这周内达不到 1 亿的话，行长更是无颜面对上一级的地区营业总部部长。由于整体业绩呈下滑的态势，无论什么身份的职员都经常无奈仰天，脸上的愁容也一天天堆积得更深。"

面对这种行情虽说大家的反应也在情理之中，但由此，银行上下都被笼罩在了一种比想象的更为沉闷的气氛当中。

没有那个闲暇时间去关照刚上岗工作的银行新人——从前辈们的态度中可以明显感觉到这一点。由下至上所有员工都惯常摆出一副事情多得腾不出手的样子，焦躁如热锅上的蚂蚁，就连大桥把文件递交给上司的时候，也能从对方的脸上读出"我现在在忙得不行"的潜台词。

就连在做接听电话、复印文件、碎纸销毁这一类被推给新人的杂活时也会吃闭门羹，有些前辈会以"现在不是做这种事情的时候"为由把他打发走。在这种时候，上情下达的公司结构才终于起了作用。

到了月末，本以为可以顺利通过的银行内部贷款审批又迟迟下不来的时候，他们的焦躁情绪就会达到顶峰。

"每当这时，不仅仅业绩额会泡了汤，还要专程跑去跟贷款人道歉，因为当时已经向对方承诺一定能拿到贷款。对方就算接受了道歉也无济于事，所以之后还要就资金筹措的问题继续与客户商谈，小心翼翼地赔着笑脸拜托对方能否考虑换一家银行重新借款。所以说一旦被告知内部审批没通过的话，心情就会一下子跌到谷底。"

跑业务这段时间下来，大桥觉得再没有比告知客户"贷款没能办下来"时对方失望的神色更加令人难受的事了。

"有一次是住房贷款的审批刚下来几天后知道客户所在的公司破产了，本来可以借出的资金只能临时收回，于是连夜打扰拜访客户家里，点头哈腰地表示歉意。家里丈夫因为要处理善后工作还待在公司，只有太太在家，看样子已经憔悴不堪，非常可怜。在她面前道歉，又到底算怎么回事？实在是难以启齿。"

更糟糕的是——怀着满满负能量回到银行的时候，又会受到上司冷冰冰的数落——"业绩提不上去的人还回来干什么？"

这样强制跑外勤的要求，把一个个员工搞得整天疲于奔命。

在业界，普遍认为手持漂亮"业绩"的人最受尊重，但大桥却认为这不就只是一个装点门面的东西而已吗？为什么一方面"业绩"被当作是绝对价值，另一方面又存在"粉饰业绩的技巧"，并且里面还蕴藏着一种奇妙的共识，给人带来压力。

大桥虽说也有掐着时间节点凑满营业额的时候，但每个月都还算基本完成了预算任务。在这段时间，有时候其他新人全都没能做完的配额任务，却唯独他一个人能顺利完成，这样的成绩理应受到奖励。所以说，"人因为想法上不同，既有仔细思量后再付诸行动的人，也有与之做法不同的人。只要最终让业绩上去就行，这个过程不也应该是多样的吗？"他想着这种具有理想化合理性的问题，但实际上在他亲眼所见的银行这个世界里，却不是这样运行的。

要说为什么会变成这样，他忿忿道："还不是公司里根深蒂固的'无差别同等晋升观念'所导致的。"

"虽然讲起来是些不起眼的小事，但是年纪最大的科长是几岁，年纪最轻的部长是几岁，这一类的情况一直潜藏在大家的意识中间。对于无论斩获多大成绩的厉害人物来说，在成为科长之前关于年龄都有一个不成文的门槛限制。要是打破了这种规制，比如说三十二岁的人当上了最年轻的科长，可公司里还有到了三十五岁还没成为科长的人，这样的情况就会被认为是打破了公司内部的平衡。所以无论实际做出了多少成果，也不可能早早地接手分量更重的工作。在人事调动的时候这种情况尤为突出，当安排结果公布的时候，大家都群情高涨，互相交头接耳、议论纷纷。仔细想一想，这样的公司氛围真是不可思议。"

这种现今普遍横行在业界的无差别同等晋升作为一种约定俗成，还超越了普通业务之下的人际关系，强势地延伸到了下班后的公司聚会上。包括大桥在内，新职员中间有好几个人都曾拒绝过公司聚会的邀请，可这样一来到了下次聚会的时候，预订饭店和主持聚会的人选就会落到那些参加次数少的新人头上，一旦被选为主持人就不得不去参加了。最近公司里这些新人很难相处啊——诸如此类的声音他也听得不少了。但是像前面说的那样，他实在对将来很难抱有积极的态度，在这种情况下还要忍受并且熟练处理那些杂活直到下班，不断对领导低头鞠躬，斟酌着尺度来回斡旋——发自内心来说，他对这些事抵触不已，于是陷入了一个死循环。

"就算不断地婉言谢绝，也会有人说着'你就跟我们一起去嘛'硬把我拉走。不过想想，要是端着架子一直拒绝，上面人的脸色也会慢慢变得难看吧。因为处在公司底层的人经常被拉出来表演或者是做模仿秀，要是我们这些人不在的话不是很扫兴吗？但这真的让人很讨厌，不知道这些活动到底有些什么意思。

"但是，自己心里也知道，这些事实际上是包含在工作中的。甚至还有领导直接说'聚会也是公司内部管理的一个环节'。拒绝去的话不但要在聚会当场被嚼舌根，听说还会对职业晋升产生不好的影响。在这里也盛行论资排辈那一套，做不好这种'公司内部管理'，之后递交上去的文件上能否顺利签上字盖上章，就不好说了。因为存在这样的顾虑，就会惶惶不安，这是在我进入公司以后感到无比麻烦的一点。处在与领导的微妙关系中，在工作的同时又会带有一点畏惧感，这对谁来说都是不小的压力。"

从某种意义上来说，他所说的公司聚会，实际上在背后起着强化这种企业价值观的作用。再者，这不仅是他们银行里的"独规"，更是向其他银行看齐之后固定下来的产物。

"人事制度也并不是按照本行的风格确定下来的，自己银行对其他银行制度模式的变化时刻保持着关注，在这个过程当中逐渐形成了现在的制度。所以，要是'别的公司'情况有变的话，我们也会随之改变。"

因为大家都会这样想，所以最终只能是维持现状。

"对别人'有样学样'来规制自己的行动可真没意思。"

大桥对于论资排辈式的人事制度和工资体系，不一定在最开始就抱着强烈的反感情绪。若是这样，大概他从一开始就不会想要去日本的综合商社或者银行就职。

再说了，大桥他们这种新人的焦躁情绪和内心的想法，他那些前辈们也不是不能理解的吧。只是，长年累月浸淫在这种固化的模式和规制中也就顺从看开，放弃挣扎了，因此才会催生出劝说这些后辈们认清现实的消极心态。

问题在于，这种模式的缺陷，在大桥他们这代人身上体现了出来。

"随着年龄的增长、相应地积累经验，就会变得越来越厉害，也越能胜任重要的工作。成不了厉害的人就干不好自己的工作。"——在他孩童时代，一直对企业化社会抱有这种印象。像畅销书《年轻人为什么在3年内就辞职》（光文社新书）的作者，同时也是一名企业顾问的城繁幸所指出的那样，人们意识中有一种刻板印象——正因为终身雇用、论资排辈制度的维系，我们的社会才能维持运行。

他待在银行的这三年里，与上一个年龄层相比，应届生的招聘人数更少，又处在一个完全预测不了未来的时代潮流当口上。鉴于如今也还看不清这场金融危机的出口究竟在哪里，如果仍然遵循这套陈旧观念的话，一个机构的人口构成就会演变成倒三角形，这是再明显不过的事实了。

被公司里的这些杂活压身，硬被套上聚会主持人的"职务"，一边还要模仿某位著名歌星供大家娱乐，但这些都对营业配额的达成无济于事。尽管如此，要想干劲十足并顺利完成眼前的工作，就不得不对未来有所构想，而不是把希望寄托在现在的工作环境上。大概什么时候能担任要职，什么时候能摆脱这种恼人的现状，只有对自己的设想抱有信念，才能兢兢业业地继续工作生活下去。

遗憾的是，在他所观察到的银行这个世界里，随着时间的流逝，前辈和领导们更加全方位地享受着论资排辈所带来的效益——拿到更丰厚的工资，身居更上层的职务，做着更舒心的工作。而他自己，怕是只能嚼碎了由此带来的苦果往肚子里吞。应届生招聘规模被迫缩减，自己的团队里要是进不来新人，无论等到什么时候恐怕都翻不了身。

还有，《朝日新闻》把大桥他们这个年龄段的人命名为"迷惘的一代"。确实，现在的这种境况让深陷其中的他常常会隐隐约约地感到心寒。

"前面见到了八年前一起进入公司的同事，"他回想道。

在这个有100多名员工的支行里，他的手下至今为止连一个人都还没有，这位从前的同事脸上不由得浮现出一丝苦笑。

"据他自己说，他现在还身在我当时所处的困境里过着暗无天日的日子。他不知道到底是当时找工作的时机不对还是在选择这家银行的时候脑子短路了，总之一直纠结于此，耿耿于怀。就像这样继续工作下去呢还是另寻出路呢，他置身于人生的分岔路口上，心里烦闷着烦闷着，却不知什么时候就逐渐习惯了这种工作模式。"

而且在这种"现实"面前，他也渐渐地不再提"想去国外工作"这一类的想法了。

"要说我自己，在刚进银行的时候也有类似的想法。但是有什么能够弥补这种缺憾，作为不能去国外工作的替代物来满足自己呢？不得不说这也是一个问题。给银行的客户设计某种方案，达到相应成效之后他们会心满意足，于是自己也能赠人玫瑰手留余香——但好像这种满足感获得的方式在我这里行不通。可能正因为这样，在工作中感受到的压力才没办法被抵消。"

辞职算了，要不换个工作吧——这种念头整日笼罩着他，实际上也在好几家人力资源公司注册了个人信息，正式开始尝试换工作则是进入银行三年后的事情了。

在前面所提的屋久岛旅行之后那段时间，A银行的最低股价被一次又一次地刷新。

退职金的预付、提前退职的报名申请都被提上了日程，上面有领导明确地告诉他们：

"目前我们银行的未来是没有保障的，不能给大家承诺些什么。"

而且，前辈里面还有人奉劝他们：

"你们还年轻，还有辞职的资本，我们只有羡慕的份。要能辞职的话，我早就辞了。"

虽然说一直在考虑换工作的事，但不可思议的是，时机逐渐迫近，真到了要做抉择的时候，好像又不敢迈出向前的那一步一样，莫名感到不安。

——当初与他同时进入A银行的一个同事现在回想起当时的情况，不由得感叹道："我觉得大桥辞职的理由当中，有九成和我自己的遭遇完全匹配。

"感觉上我们银行没把成年的个体当作一个完全独立的个人看待，我觉得到了现在也基本上没有丝毫的改变。就说日常的公司聚会吧，就算不参加，也应该保障员工今后免遭某种潜在不利的权利。但是（工作了十年以后）一边学习着应对这种企业文化的策略，一边自己在团队内部的话语权也逐渐扩大，居然也就逐渐适应了这种环境。

"他辞职而我留了下来，一方面是因为我比较保守，还有就是我想通过这个工作获得周围对一个社会人的承认，这种渴望相对而言还比较强烈。比起社会上其他人的眼光，他更在意的是自己所感兴趣的事物，更在乎的是自己身边的那些人。所以我认为他是通过尝试、挑战自己喜欢做的事情来获得周围人的承认和尊重。"

大桥要跳槽的消息在去屋久岛旅行回来的 2002 年 3 月那时候，冷不丁地飘然而至。同事口中所说的"挑战"，就是南渡太平洋去往新西兰创业——创办一所语言学校，这种设想不知从哪里就突然冒了出来。

他另外一个朋友伊藤刚志也说，他也是在那时知道大桥立志要辞职创业的。

"当时觉得辞去银行的工作对他来说是有利的，'铁杵磨成针，功到自然成'不过是骗人的话，要是觉得不合适，重新去找一家公司也没什么大不了。他嘴里虽然抱怨个不停但是本质上却不是懒汉，我相信他要是去其他的公司也能好好干下去的。待在现在的公司里觉得格格不入是不可否认的现状，要是这样还不如辞职得好。

"但是呢，听到他说要辞职去新西兰，说实话心里是觉得不太靠谱的。他的合伙人也是我们共同的熟人，人也还挺不错，但总觉得吧，不像是做生意的那块料。可能自始至终都是他一个人在空折腾，到最后一手办起来的项目恐怕会告吹。"

大桥他善于丰富自己的人际关系网，有很多像伊藤这样的朋友都会被网罗在内。

"和大桥是在大学的毕业旅行中认识的，我当时一个人在各地游逛晃荡，最后一个人在复活节岛上闲游的时候，他跑过来找我搭话，问我是不是日本人。除了他，在那里一起认识的，还有另外四个人。就这样，他们后来都去了我的住处，大家一起谈天说地，关系变得亲密起来。

"之后在日本再次碰面的时候，我发现了他身上很有趣的一点，他真的有一种天生的豪情，能够同时跟一大堆朋友一起相处交往，同时还能够对大家都一视同仁。像旅行途中遇到的素不相识的陌生人、公司的同事、身边的朋友，各路人都能聚集在一起，毫无芥蒂地聊天谈笑。

"我还是第一次遇到像他这样能让人与人之间的隔阂消失的人。我自己在学生时代一直盼望着能早点成为一个社会人，因为这时交友的契机会更多，能和各种各样的人相结识，但是进入公司之后才发现，能够认识的不过是身边的同事而已。正期待着与能带来更多新鲜感的朋友相识的时候，他似乎满足了我的这种期待。"

正在他为辞职的事而纠结的时候，他众多朋友当中的一个向他提议要不要试着一起创业。这个人和他是小学、初中的同级校友，叫笕弘行，后来去美国留学了。他给大桥发了一封邮件，说明自己想和留学认识的朋友一起创业，并邀请他也加入，具体情况希望能和他细谈。

不久之后笕弘行回国了，大桥前去与他详谈创业的事。笕弘行带过来的几位男性合伙人基本上都与大桥的年龄相仿，听他们自己介绍，现在是在送学生去新西兰语言学校上学的中介公司里上班，因此逐渐产生了自立门户去创办一所语言学校的想法，希望大桥能和他们合作，助他们一臂之力。

他一边翻着那本厚厚的英文版创业计划书，一边听眼前的男人兴致勃勃地描绘着自己的"梦想"，大桥在踏入社会之后就被尘封起来的梦想如今被重新挖掘了出来，这让他有点跃跃欲试了。

大桥回想道："明明已经大学毕业好多年了，那个时候的心情就像重回了大学时代一样。"

其实最早在学生时代，大桥想去国外工作的想法原本也是笕弘行催生的。大学的时候，笕弘行去了美国的华盛顿留学，而大桥几乎每年都去他那儿玩。到了那边介绍给他的朋友普遍都比较开朗爽快，与他们相处起来很是愉快。

打那以后，就算后来参加了工作，他也利用年假去了好几次国外。韩国、中国、新西兰、非洲……每次旅游，都能结识像伊藤那样之后可以长期相处的朋友。笕弘行也说过："大桥每次去玩回来，都会发现他又结识了一些新朋友，有时还会介绍给我认识。后来在不知不觉之间就收到了很多朋友发来的邮件，于是人际交往圈也自然而然扩大了。"在大桥看来，职场之外这些同年龄层的人际关系网比起银行这个机构来说，是更值得信赖的心理"安全网"。

还有，当时他想去国外旅行，或许也是因为陌生的土地所带来的解脱感，会帮助他扫去初高中时代沉积下来的阴郁压抑情绪。

1976年，出生在爱知县稻泽市的大桥从名古屋市近郊的公立初中升入了高中。也就是说，他接受了爱知县所特有的"管理教育"的洗礼。

"刚进初中的时候就被结结实实吓了一跳，老师还会体罚学生，真是恐怖。特别到了高中，管束就更严格了。就连体育课也老是延堂，总是把我们留下来做队列行进的训练。"

还比如说，高中的时候还要把每天的时间安排表写在日志上交给负责的老师，学习、社团活动、睡眠时间全都要合理分配好之后交上去申报。他对社团里的手球运动特别热衷沉迷，有一次就只写了训练、睡眠时间的分配计划，而没有写学习时间。于是这点微不足道的反抗就惹怒了老师，第二天被叫到办公室，被罚了很久的正坐。绷久了觉得累，他偷偷松了下来，被老师发现之后又被踢了两脚以示警告。

有时候，可以看见办公室门前同时跪坐成一排的学生，他们虽然都因为作了某种"恶"而被叱责，但惩罚的理由不过就是没戴制式帽这种程度的小事。

在高中基本上没有学生去上补习班，因为从高中一年级开始，各科每天都有大量的作业布置下来，根本没有去上补习班的时间。

每天早上7点出门参加手球部的晨练，下课以后紧接着就是整个下午的练习与补习，而且直到晚上9点之前都是"自主学习"的时间。每天整日待在宽敞的教室里学习，过着一天又一天。学校的意图就在于对每个学生的时间分配实行彻底的把控，通过给他们施加大量的课题来填充社团活动和学习之外的时间，预防学生偷懒、受到其他事物的诱惑。并且在这之前还有一个十分明确的目标——升入名古屋大学。

"上学本身并不让人讨厌，但是进入高中之后，课程突然变成了严加管束型，高一的时候痛苦得都想退学了。体育课的时候要列队走正步，而且从高一开始就会被老师叫去面谈，告诉你'你现在在年级排多少名，达到了哪所大学的录取线'。初中的时候只想着要挤进理想的高中，压根儿就没有考虑过大学的事，到这时好像突然就有了一种紧张压迫感。"

他有好几次都想退学，一次他小心翼翼地向父母询问——"不上学了可以吗？"那时，母亲意外很干脆地就回答他说"好"，看样子也对他的请求表示理解。据他自己说，一方面放不下心爱的手球运动，一方面也因为母亲的这个回答支撑着他过完了整个高中三年的生活。

"我要是退学了最为难的应该就是我父母。正因为他们给了我'退学的自由'，反倒让我有心去拼搏一把，尽自己所能去努力学习。"

那个时间段产生的窒息感滋生了他内心深处对无拘无束生活的渴

望。他后来之所以想通过登山从日常生活的束缚中解放出来，以及之所以会有去国外工作的理想，都来自这种渴望。

在银行工作的这四年他被慢性折磨着，所产生的另一种窒息感让这个愿望又悄悄地膨胀了，小学时代死党笕弘行的提议就是一个契机，他的理想被具象化了一部分。在新西兰创业——要想拥有这种想体验又还没能体验的人生经历，现在正当其时——从他眼中映出了已经心动的讯息。

"也许是高中时代被挤压碾碎的愿望一直隐藏在心里不曾磨灭，所以就想要给自己一个机会彻底解放一次。"

笕弘行给他带来的这种被需要感让他十分高兴。笕弘行还在美国上大学，没多少社会经验，面对创业的挑战，自己作为挚友向他伸出了援助之手——他为自己找到了这种理由。

"我确实非常想要得到周围朋友的认可，但从工作上同事、领导那里以及公司层面获得认可倒是次要的，我对这些不是很在意。"

就像相熟的银行同事所说的那样，他与从小的玩伴一起追逐着"挑战"的成功，进一步，在周围的人际关系中达成某种成就，然后在朋友中间获得他们的认可……

伊藤也说过："听他说起在银行工作的遭遇的时候，说实话，就感觉明明才刚进公司，怎么就有这么多的抱怨呢？"

"原本下班了就可以回家，却被强行拉去参加无聊的公司聚会，大家聚在一起说着公司同事的坏话。听到这里，大概明白了他就是感觉融入不了那家公司的氛围。但是进一家不适合自己的公司本身不就是自己的判断失误吗？选择性忽略了这一点，然后满口抱怨着无聊，这总感觉是不对的。"

对于朋友的这种评价，大桥想要把经由自身努力所取得的成果展示给对方看。比起其他原因，"倒苦水"本身也是因为对自己怀有一种自我厌恶感。

但从这个角度来看，可以说他后来又重复了一遍当时求职的时候所犯的错误。

为什么要选择新西兰作为办学地，通过创办这个事业自己想要达成什么样的目标，这些问题都是需要事先明确的。

当然，他当时也能对此进行说明，理由无非就是新西兰式的教育教学课程计划具有一定的优越性。但在他内心深处，无疑存在着这种想法：

"我能和这帮朋友一起做事，一起积累经验，一起体会成功的喜悦"——只是一直不断想象着这些场景，想要体会的是那种"自己做到了、成功了"的滋味。当时被他们高涨的激情所感染，对他们高谈阔论又听入了迷，所以只是一时头脑发热想要马上加入这个团队，却忽略了还有商业模式设计这回事。

到了最后，他的新西兰创业计划以失败告终。

2003年年初就从A银行辞职的大桥和笕弘行他们两人再加上一名成员组成了一个四人的团队，一起前往新西兰了。先把各自的存款凑在一起，再四处向朋友借款筹资，然后参考新西兰的教育模式制作教学计划。

他们当初是想要把在新西兰有过教学经验的人聚集起来一起商讨，对自己所拟订的教学计划进行增补改善，再最终敲定方案。然后初步的计划是，在一个固定的时间段内招生，同时和日本的旅游代理公司一起合作——他们描绘了这样的一幅蓝图。

实际上准备也在逐步推进，至少在确保出赁空间的情况下，直到招生阶段之前都是相对顺利的。

这时，出现的一个突发情况直接导致了计划的中止——拿不到新西兰政府的签证。

正在他们的准备进行得如火如荼的时候，计划办学的地区因为当局的某种原因临时限制了亚洲人就业签证的派发，获取新西兰就业签证一时间变得极其困难。大桥回忆道：

　　"如果立马启动招生的话事业就可以走上正轨，我们想着无论如何也得在当地找到共同出资人和我们一起开办事业。但也正因此脚下被人给使了绊。那时四个人开始各自为政考虑问题，任意行动，步调逐渐变得杂乱无章。意见也不能统一，相互之间信赖感急剧下降……"

　　四个人在异国他乡同样抱着拼死奋斗的信念向前开拓，但这种拼命和努力随着时间的流逝也不过是空忙活一场。在像吵架一样的讨论会上他们直言不讳各抒己见，但就是达不成统一意见，有时这种讨论还会持续上通宵。像这样，日子一天天溜走，整个团队也都被一种强烈的焦躁情绪所吞噬了。

　　在银行工作过、有一定社会经验的大桥被赋予了汇总全员意见的职责，但这也实行得并不顺畅。合作伙伴仅凭一己之见就擅自做主在报纸上打出广告，在当地员工录用计划的推进上也同样独断专行，其他人总是在事后才被告知这些消息。于是，最开始看起来如此诱人的创业计划，开始逐渐从根本上暴露出它的脆弱性了。

　　从事对社会发展至关重要的教育事业究竟是不是自己心之所属的方向呢？做着做着，他自己也逐渐搞不明白了。不止他一个人陷入了这种从根本上怀疑手上事业价值的迷茫当中，在同一时间，笕弘行也被这种感觉所侵袭，回到了原点——"我们真是正经想要办一所语言学校吗？"

　　"最初只是有一种'要做点什么不一样的事情'的强迫式观念，办一所语言学校的提议又经常出现在我们的话题当中，所以可能就这样半麻痹式地强行认定了这就是我想做的事。"

　　大桥感受到了从前银行职员时代所难以想象的惶惑不安。职场上以及在旅行途中认识的那些同龄朋友对他担心不已，纷纷发来邮件安慰他，但越是这样一来一往地交流着，他们越是有一种远在千里之外爱莫能助的感受。

那么让人讨厌的一家银行，那么让人感到压抑的工作环境——

但是卸去了银行职员的身份，自己作为一个单独的个体，又太过渺小和无能为力。背后没有一个组织作为依托会感到多么地不安，又会将自己置身于一个多么暧昧的位置；作为组织的一员会有哪些"得"哪些"失"，进而脱离了组织之后又会有哪些"得""失"——这是他在经历了两种状态之后逐渐开始意识到的。

这与他在辞职之后走出员工宿舍时的心情有点相似。

那天，在堆着瓦楞纸箱变得空荡荡的房间里，他一边听着音乐一边仔仔细细地读着《日本经济新闻》。在这之前都只是马马虎虎地扫一遍报纸的标题，但那时候新闻报道的内容却像能渗入他的大脑神经一样，意外地变成了一次沉浸式阅读。也就是此时，他才真真切切地认清了自己已从银行辞职的事实。

从下个月开始，不但不能领到工资，身在银行才能接触到的各种信息源也会被切断。

阅读一篇篇报道的过程中他的注意力也被集中了，正是这份专注取代了辞职所带来的解脱感，又为他增添了一份挥之不去的危机感。

在空旷如禅寺的房间里，他忽然感到了一种物哀式的寂静与悲凉。自步入社会已经过了三年时间，他只对体制内的工作模式有所认识，对于现在这种状态的自己，不知怎的，他突然觉得难以接受了。

他在创业的狂热期第一次体会到了被这种冰冷情绪笼罩的感觉，但头脑突然在狂热中冷静下来之后又能怎么办呢？他知道自己正在走一条前途未卜的道路，原本的那种现实生活感好像一溜烟儿便消失得无影无踪了。

他和他的同伴们走到了一个需要做出抉择的路口。

辞掉工作下决心做出的"挑战"当然不能轻言放弃，遇到签证这些阻碍也总归有解决问题的办法，现在一切都还没开始呢。要是一切都还未开始，那本极具诱惑力的创业计划书的价值就不会有丝毫的减少。而且就算现在回到日本也没有工作，能依靠的只有这三个同伴了，想到这里，一股无论如何也要继续留在这里的悲壮涌上心头。

但是，四个人各行其是，要重回以往的同心协力已经不可能了。离创业梦生成之时不过一年左右，以这种快要走到穷途末路的状态继续挑战下去的话无疑十分危险。尽管谁都不愿意承认，但他们的事业确确实实失败了——要挽救的话，也已经错过了创伤尚浅的最佳弥补时期，如今已经积重难返了……

最终，四个人经过一场漫长的促膝长谈之后，决定对他们的事业进行"无限延期"。

"整个人都是茫然恍惚的，"大桥回忆起当时的状态。

脑海里浮现出很多人的面容，有家里人、正在考虑结婚的女朋友，还有鼎力支持这个项目的朋友们。一直以来都在给他们发送电子杂志信息，到底怎么说比较好呢？最开始是完全不被理解的，最好的朋友毫不留情地指责他——"你这选择也做得太容易了吧！"其他的朋友也基本上都发来了同样的内容，俨然变成了一部《大家都来数落数落大桥这混蛋》。

他现在处在和创业初期的想象南辕北辙的位置，终于意识到：自己真正想要投身的领域究竟在哪里，他自始至终都是毫无知觉的。

早在创业之初便是这种情形。他热切地推介着创业计划书内容的合作伙伴、在美国认识的朋友……使自己与他人之间的联系更加密切，期望与性情相投的伙伴一起收获"成功的体验"——但是，这意味着的是去攀附、搭乘别人的梦想。那自己究竟想做什么呢？说来最初确实是被和他们一起创业这个充满诱惑力的提议给吸引住了，但自己的心声又是如何？

"现在也是一样，根本不知道自己想干什么……"

但也正是由这个提问引发的思考使他有所觉悟，他不得不对自己的世界进行一次重启，这或许才是真正的起航。

回日本。找工作。

现在回过头来重新审视在新西兰的这场失败，他这样总结道："这是在机构内部工作之外，必不可少的一种事业体验。"它的意义不在于能不能成功，而在于确认了自己能为某个项目冒着风险发起挑战。通过这种确认，他才顺利达成了与在企业组织工作的和解。

这时大桥又发现，自己胸膛里一直寸草不生的那片空地上，一株幼嫩的自信之芽正在缓慢地生长起来。

"从新西兰返回之时，告诉自己，工作是为了更好地完善自身、成全自己。"

至少现在尝试过从一个组织当中脱离去投身新的事业了。这种挑战或许确实比较草率，并以失败而告终，但这也是一次毫不迷恋身后、勇往直前的经历。也许这还远不是"自信"，只是一点微不足道的"确信"，但这就像是在慢慢培育一粒种子，在他心里，逐渐明晰了人生的方向。

说不定什么时候，想要重启挑战的时机就会再次降临。不依靠一个组织的力量而行动时，为了不致失败应该采取什么方案，这与自己作为一个社会人今后如何提升自身经验值、如何提升自身更为宽泛的能力密切相关。

而且也正因为如此，他才意识到在固定的组织内部工作，也许是现在最适合他的选择。有时在工作中或许同样会犯下严重的错误，但重要的是能在失败中学到些什么，再说是一个团体的话，自然会有一定程度上的包容性，这都是在新西兰的经历所给予他的启示。

他反复强调着：

"和同伴之间没能心往一处想，力往一处使；按计划规章行事的观念不强……需要反省的地方数不胜数。因此，下决心回到日本重新踏上工作岗位之时，一定要弥补这些缺憾，完善自身，变得更好。"

2008 年的夏天到秋天，我和大桥连同他的朋友们一起攀登了日本南阿尔卑斯山的北麓山脉和甲斐驹岳，被邀去一同登山是两年之前的事了。通过登山，自然而然地，他把我这个突然到来的访客也带入他的朋友关系圈当中了。

那天，行进在我之前的大桥一步一步地向前，他以这样的方式确认着自身的节奏，踏在地面上的每一步都显得格外坚定与踏实。

太过于焦急的话，走到半路就会疲惫不堪，但闲散过了头也是不行的。爬着爬着就能发觉一种稍显不可思议的现象——看着那么遥不可及，怎么走也不觉有所接近的山顶，只要像这样保持适度的节奏一点一点向前行的话，总会有走尽蜿蜒曲折到达的时候。

走到了森林的边界，山脊沿线一带的开阔风景出现的时候，大桥脸上浮现出了久违的笑容，接着像是向不惯于爬山的我展示这山中的风景一般，他边调整着气息，边对我说："看着心情很是舒畅吧?"

离与他初次见面已过了三年。

在东京八重洲的中餐厅首次听他讲述了自己的故事。他身着西装革履出现在我面前，从"为什么要辞职"这个提问开始，认真细致地回答了我的每一个问题。

从新西兰回来之后他就立马与当年在 A 银行认识的女孩结了婚，之后在很多家人力资源公司都注册了个人信息投了简历。

在接受了许多家公司的面试之后，他最终选择了一家从事证券业务的上市公司。这个公司虽只有几百名员工，比起 A 银行来规模较小，但它们同在金融行业，符合他自身要继续在这个行业待下去的决心。自那之后又过了四年，他现在已经是两个孩子的父亲了。

"现在也准备收拾东西离职了吗？随时就能离开的那种？"

朝着背对我行进在山路上的他，我试着问道。

"……这个嘛，我是准备把一切后续工作都安排好之后再离开，就算要走，也不能给别人添麻烦嘛。"

如今在这个公司他已经待了比在 A 银行更久的时间。

他说，比起每天在重压之下的泥沼中艰难前行的银行职员时代，自己现在更能感受到时光的飞逝了。

以 2008 年 9 月雷曼兄弟公司宣告破产为开端，经济开始走向低迷，周围眼看着就要陷入这场号称"百年一遇的危机"。但是，对于从前在银行里工作过，经历了那场金融危机浩劫的大桥来说，这不过是一种显得十分模糊的危机感。

在这几年间，以年轻人为对象的劳动就业市场发生了很大的变化。一度裁减招录人员的金融行业也增加了招录人数，到了 2006 年的春天，听说还恢复到了与十年之前同等的规模。跳槽市场也呈现出活跃的景象，人力资源巨头公司有关新人与高新智能从业人员的招聘代理所达成的营业额在近三年里各自翻了一倍。

但被称为"超伊弉诺景气"的经济繁荣到了 2007 年下半年，以次级抵押房贷问题的爆发为转折，也走向了终点。众多大型银行走在其他行业之前，不约而同地率先进行了招聘人数的裁减。并且，在第二年 9 月华尔街金融危机爆发之后，基本上在所有行业内部，招聘人数的数值指标都呈现出低落的态势。

新人招聘代理公司的村井满社长接受《总经理》杂志采访时，根据他所观察到的一系列情况做了如下描述：

"泡沫经济的崩溃，特别是 IT 行业的泡沫崩溃期过了之后，跳槽市场转瞬就显示出活跃的势头。但是从当下的数字来看，这是在极度压缩招聘规模走向就业冰河期的表现，是雇用调整的表现。"

随着与大桥同一年龄层员工数的减少，在经济运行情况良好的背景下，特别是在多数的大型企业内部，都纷纷增设了非应届生招聘的条款。在同一时间，针对就职几年后就断然跳槽的年轻人，出现了一个新的流行词——"第二新卒"[①]。但在跳槽市场所呈现出来的这种盛况也不全然源于年轻一代就业意识的变化，"一边是试图调整员工内部年龄结构的企业动作，另一边是当时没找到理想工作的年轻人所采取的'报复性跳槽'举动，两者一拍即合，才促成了这种盛况，"村井满继续解释道。

据国内求职招聘研究所所做"应届毕业大学生招录倍率[②]调查"的数据显示，2010年3月毕业生的招录倍率达到了1.62倍。

这个数字看起来还不算太糟，但随后文部科学省和厚生劳动省所做的联合调查结果显示，以2010年2月1日为时间节点，大学生的就职内定率只有80.0%，为1996年调查开始以来的最低值。

有媒体报道了有关学生群体的就业意愿调查结果，在以上劳动市场的变迁中，学生们更加倾向于进入"大型企业"，待在一个"安定的职位"。接着，以人事主管为对象的乐天调查研究组所发表的调查（2009年10月发表）结果显示，与9.5%的企业拟定增加录用人数相对，21.6%的企业表示今年要减少录用人数，更有7.4%的企业表示今年将不再招人。社会上一度充斥着对2011年毕业生的就业情况将进一步恶化的担忧。

在这种情况下，今后无论是应届生招聘还是非应届生招聘，其规模都将急剧收缩，新一轮"就业冰河期"即将返潮，这或许会催生出被沉

---

① 第二新卒："新卒"即日语中"应届生"之意。"第二新卒"即"第二次成为应届生的人"，指前文所说的工作几年后跳槽的年轻人。——译注
② 招录倍率：招录人数与求职人数之比。——译注

闷的"闭塞感"所支配的新一代"大桥们"。

大约在七年前——2003 年的秋天,大桥所转入公司的主要业务包括管理股东名单、制作与寄出开户申请书等与股份和投资信托相关的文件这一类受证券公司旗下事务管理部门委托的业务。

他最开始被分配到的是总务部的总务科。总务部首先要与各方协商签订有关合同,包括新迁办公大楼的租赁合同直至与公司清洁工的合同,其后还要处理公司内部会议等场合的杂务,可谓事无巨细,名目繁多。但在众多事务中,重头戏还在于对股东大会的筹备运营。

3 月到 6 月是股东大会的筹备期,也是他工作最为繁忙的时候。假设有十条议案将会在大会上表决通过,他们就要事先对每条议案的内容逐一研讨,最终形成较为完善的文书备用。

书面章程的修订和变更、有关卸任董事退职酬劳费的议案制作、新任董事的授职准备、对大会上来自股东的质询和提问所进行的问题预设以及相应回复的拟定……先制作草案,再拿去咨询总务部长、常务理事和顾问律师的意见,这样一来二去地不断对草案内容进行修正和凝练,最终形成议案递交社长处。因为具有法定文书的性质,议案原则上不允许有任何内容的差错,在股东大会召开之前,需要对文书的一字一句都进行仔细雕琢,确保万无一失。

因为要确保议案最终顺利通过,所以在大会召开之前向各位股东递交会议文件的准备工作也启动了。同时还需就问题预设与拟定回复的内容向相关部门部长级别的领导班子进行确认,并记录下他们各自提出的问题、做出的回答,对原稿进行完善。在临近大会敲定最终版文件内容之前,修改和完善的工作也会一直持续。大会筹备到了重要关头的时候,仿佛又将他拽入了在 A 银行工作时的忙碌状态。

但即便整日再怎么忙乱不堪,他每天也是把扫尾工作处理得妥妥帖帖之后才离开公司的。他尽量地减少没做完推后到第二天的工作量,又把仅由自己经手的工作文件也重新归档进了公共的文件夹。

在 A 银行的业务涉及私人信息，某一次突击检查发现这些重要文件被随意搁置在办公桌上，也没有任何上锁保护措施，他们支行因而被上面扣了分，导致综合成绩下滑。可以说大桥对桌面整理的坚持是从那之后养成的习惯，同时在他潜意识里，这种做法还承载了一种将会在这个公司继续工作下去的庄重仪式感。

这是一种无论自己什么时候辞职都能毫无后顾之忧地从这里走出去的心理准备——通过把桌面归置得整整齐齐来宣告一天工作的结束。这有点像他在高中时代的状态——把父母承认他可以自由退学的包容作为继续去学校上学的心理支撑。在他内心深处，一直在构筑着这样一个逃避所，这也和他以爬山为借口暂时逃离日常生活获得短暂的自由时间类似。

2009 年，因为公司内人事调动，大桥从总务科走到了经营策划部，从此投入了组织改革的工作当中。经营策划部正是他初进公司时的理想部门，这样的调动无疑昭示着公司在工作能力上逐步对他给予的肯定。

同年，股票电子化的脚步加快，证券公司正是他们主要业务的受理对象，公司便不得不对历来的业务运作和各部门的人员构成做出相应的大幅度调整。在组织结构的急剧变化之中，尤其是经营策划部，承担了大力向前推进改革的任务，大桥所负责的业务也逐渐深入到了企业的经营内核。

他提到的在 A 银行工作时代那种"向业界横向观望"的姿态，仍强势地生存在现在自己所属的这个团体当中。从各个部门的负责人处了解情况的时候，总归会提到"其他公司是怎么应对的""其他部门怎么处理的"这一类的问题，这种横向比较根深蒂固。尽管这样的询问也是为基础性的组织改革搜集讯息，但最终也会联系到谁将在改革中获利、谁又将处于不利地位这种搅乱思绪的问题，这不由得勾起了他原本在 A

银行就早已体会到的厌烦情绪。

但尽管如此，他也能快速调节好自己的心情。

由于现在的职务能让他从整体上看到公司经营的全貌，对于在新西兰受挫后决心"在新的工作中不断完善自我"的大桥来说，这使他体会到了强烈的价值获得感。而且，他认为没有什么其他事务比如今的这份工作更能让他不断成长、不断变强了。

在深夜被老板一通电话分派紧急任务的时候则最能真切感受到这一点。要是在以前，面对眼前堆积成山的业务受理任务，他或许会惶恐焦虑不安，甚至想出声喊叫发泄压力。但慢慢地他发现，不知何时，自己在接受上级工作安排的时候，也仍然能保持一份平静淡然的心态，及时说上一句"我明白了"，有上司惊讶于他的这种沉着与从容，评价他的性子"飘然洒脱"。他对待工作的这种从容不迫的态度，也逐渐帮助他在公司里站稳了脚跟并稳步晋升。至于他后来被调动到向往已久的经营策划部，也一定与此有关。

以前待在 A 银行的时候，大桥描述自己"好似身处漫长的隧道之中"。

好不容易在月底最后一天达成了业务目标，第二天早上醒来又要面对新一轮被下月配额任务围追堵截的日子。在不断被无形的任务催逼、成天受压迫感折磨的日子里，自己对周围的不满也渐渐加深，经常表露出负面的情绪。身边的环境一片黑暗看不到希望，那么自己究竟是前进还是后退呢——这种疑问强化了"公司聚会"和"被扔杂活儿"带来的窒息感以及在日常工作中所感受到的压力。

在工作的同时，虽然他为自己留下了一条可以随时辞职的后路，也并不意味着在他心里真有要辞掉现在这份工作的计划，这仅仅是为了让自己专注于眼前工作而摆出的一种姿态。

"不是自己想什么时候辞职就能够马上抛下工作甩手走人的。比如手里如果正处理着股东大会的事务，那么直到大会结束，身上的职责都不能轻易卸下。所以说要是不努力工作的话，连辞职的资格也没有。"

从 A 银行辞职去新西兰创业的尝试虽然并不顺利，但正是这样的曲折体验让他注意到了从前未曾发觉的一点——那样漫长的黑暗隧道，或许是从自己内心生发出来，困住自己的幻境。

下决心从企业这个团体抽身之后，他所面对的是一个全然不同的世界。从明天开始就会失去作为团体组织成员身份的不安，从一个紧闭的狭小空间中获得解放的自由感……虽有各种各样的感情交织在一起，但至少有一种感受是无比明晰的，那就是，直至方才还将他笼罩得严严实实的苦闷和黯淡终于在一瞬间消散开来了。

作为朋友，伊藤在大桥跳槽之前就密切关注着他的动向，后来也站在仍旧坚守原岗位的立场说了这样一段话：

"我倒觉得，他现在所在公司的环境和 A 银行也没多大区别，作为就职的一方来说，其实同属一类企业而已。但他换了工作之后，会发现'哎，原来公司都一个样啊'，于是心里也就接受了现状，安定下来投入工作了。人不就是一种需要生活在相对环境中的生物吗？在对两种环境进行比较之后，就会知道好好专注于眼前才是对的。我觉得大桥换工作之后和一直保持现状的我之间，差别也正在这里。"

也就是说，换工作改变的不是企业本身，而是大桥他自己。而且，仿佛是为了印证朋友的这番评价似的，大桥他自己也告诉我：

"我现在确实感觉，比起在银行上班的体验，辞掉银行工作的这种经历所衍生出来的意义更大。本来想一切从零开始，重新出发，但却是理想丰满，现实骨感。但决心要成就一番事业的想法本身，也让我忍不住暗暗地为自己喝彩。那个时候，我想，这种暗无天日的隧道生活太无趣了，不如趁早脱离，要是一开始就没入这个坑该多好。每次像这样在心里鼓动自己的时候，就感觉在工作中所承受的很多压力就会变少变轻。"

而现在，他在工作上又孕育着新的野心了。他想在这个公司里学到更多的管理技巧，还想更进一步，走进公司决策和运转的核心层。

然后，再靠着一步一步走来累积的这些经验，在某时某刻离开这个团队，开创属于自己的天地。

就像从前和那帮合伙人一起试着创业一样，他不禁想象着，自己什么时候能再跟一群人一起，共同谋求新的事业，大跨一步走出当下的生活。现在的大桥，又一次地想抓住那些虚空中飘浮的美丽气球了。然而不管今后如何，当下他需要做到的，则是优质地完成手中的每一件工作——作为经验技能上的储备，这一定能在将来的某个时刻为渴望实现人生飞跃的他带来丰厚的回报。

第 2 章　到底什么才是我"可以 胜任的工作"

2008 年 2 月，在面向来年春季毕业大学生的集体校招会上，某个食品企业的展位中间出现了正在工作的中村友香子的身影。

她负责给自由出入会场的学生们派发宣传手册，有时候根据需要还会介绍解说一下公司的概况。各家企业借用了大学的食堂和礼堂作为校招会的开办场地，开办的时长虽依据实际录用成果和各个不同大学的规定而有所不同，但大致上每场的例行时间是在半小时到一小时之间，算下来也就是说在半天内能够举办三场这样的校招会。

两年之前，她跳槽来到这家以冰淇淋、各种冷饮为主打销售产品的非上市公司工作。员工总数虽有 600 人之多，但在她所在的分店下，包括自己在内只有 2 名女性，而且另外一个还是刚进公司的新人。负责招聘工作的部长也发话了："有女性职工在场的话，和女学生们交流起来也方便一点。"

其实只要有什么和招聘相关的活动，他都想拉上中村一起去参加。

平日里公司聚会比较多，同事们日常也自发地组织起了网球、高尔夫的兴趣小组，整个公司洋溢着和谐友好的氛围，这也是她想要的一种环境。然而，有时候面对这种随随便便针对"女职工"的说话方式，她却不由得皱起了眉头。

不过，对于素日在总务部的财务部门里任职的她来讲，在校招会上能和大学生们相接触的时光，总是十分新鲜的。

她想着，要不过段时间，自己也正式去做做招聘的工作好了。比起坐在办公室里成天与一堆传票和电脑相对，她本来就更喜欢与人打交道。

但有一点却勾起了她的好奇心，她感到，从过去的这一年到今年，整个学生群体的氛围似乎发生了不小的变化。

根据国内某求职招聘研究所每年进行的"应届毕业大学生招录倍率调查"结果显示，这一年的招录倍率为去年的2.14倍。并且，这个调查还打出了"招录总数盖过泡沫期，达到史上最大规模93.3万人"的醒目标题。

员工不满1 000人的企业（4.22倍）与1 000人以上的企业（0.77倍）之间，以及不同行业的企业之间在倍率数值上虽然有较大差距，但企业一方的强烈招录愿望，却是历年来前所未有的。到了第二年，又因为市场不景气，涌现出了大量公司内定被取消的报道，所以说，时代也许总是在不断追寻着过热的极端化。但至少在当下，"就业冰河期"这种提法已经变成过去时了。

她们公司绝不是学生们眼里的知名企业。因此，展位前也相对少有人问津，专程来造访的也都是从食品制造企业一览表上看到这家公司名字的人，径直奔向这里的学生毕竟还是少数。

但去年情况就很不相同，至少当时还能偶尔碰见一些目标坚定明确的学生前来求职。然而，到了今年，会场中遍布各大型企业的展位，景象蔚为壮观，而到自家公司展台前驻足的绝对人数明显少了很多。这恐怕也是那些媒体报纸总打着"求职者的黄金期！黄金期！"之类的旗号搅动着就业市场人们心理的缘故吧。她也尝试着向周围的学生们了解情况，但大家好像都一副很忙的样子，对她反应冷淡。

这不知怎的激起了她对以往的怀念，她在无意中回忆起了当时自己出来找工作的情形。她毕业于早稻田大学文学院，经历了两次留级，这段时间之内她一度想去出版社工作。后来目标指向媒体行业之后，又去参加了好多次像今天这样的企业招聘说明会。但在她记忆里，当时可没有像自己如今这样热情"招揽"学生进自家企业工作的现象。

应届毕业大学生的招录倍率在1991年达到了2.86倍的峰值，转眼间又在2000年以0.99倍的数值探底，往后便持续在大约1.3倍左右横向波动。针对一直持续到2004年的"就业难"，就渐渐有了"就业冰河期"的叫法。

就业招聘市场横跨10年的严峻形势也成了自由职业者人数大量扩张的一个不可忽视的背景。有记录表明，自由职业者的人数在2003年就达到了219万人，当时，"NEET"① 这个词还未深植日本社会，但也时有评论指出这是因为"年轻人的就业观"出现了问题。

回头看看自己公司员工的年龄构成，一个令人沮丧的事实是，和自己差不多年龄段的员工都几乎完美地被单独隔离成了一个层级。就像前面一章讲大桥的时候提到的，在他身边，和他同期入职的同事或后入职的晚辈都少得可怜。而在中村周围，也几乎没有以应届生身份被招录进来和她同龄的员工，好不容易遇见一个同龄人，也跟自己一样是跳槽过来的。在这家公司，研究生和短期大学②毕业生加在一起，每年招录的人数也不过10到20人。再查询一下她自己的毕业年份2002年的情况，发现这个数字竟然是零。

她直到今天才明白自己当时所处的求职时代是怎样的一种面貌。

于是，她用一种看似云淡风轻的口气对我说道：

"我当时一直在搜寻和媒体行业相关的职业，而这个圈子本身就很

① NEET："Not in Employment, Education or Training（不就业、不升学、不进修）"的缩写，又译"尼特族"。指游手好闲的无业者。——译注
② 短期大学：二年制高等教育机构，主要招收女生。——译注

难进，所以刚毕业的时候也并没有意识到冰河期的存在。但如今来到这里，在亲自帮衬中小企业招聘的过程中，才猛然意识到自己曾一度受到了冰河期的影响。"

她一边回顾着当时的情形，一边作出扎心状感叹道："那时可真是碰了不少的壁。"

学生时代的她一直觉得，自己是早稻田出身的，就算平时花的功夫不多，最终的出路都不会太差——对于形势的估计过于乐观。而且如今回过头来看，为什么直到留级后毕业这么漫长的时间里，自己都对出版社怀有那么深的执念呢？这让她在二十几岁的前半段里走了不少的弯路。

在大约六年前的 2002 年 4 月，故意落下了一个未修的学分而未能按时毕业的中村变成了一个实实在在的待业者。她在两个地方来回奔波，一家是连锁副食品店，一家有关 ADSL 连接技术的体验支持中心，过着同时打两份工的日子。

她把重心放在了从大二就开始去做兼职的那家连锁副食品店。这时她就很少站在店铺前做迎来送往的门面活儿了，而是在店里做起了正式员工的辅助性工作。有时店里连一个正式员工也没有，在很多日子里，几乎所有的工作都是由他们这种经验丰富的非正式员工完成的。

过了正午前后客流量达到峰值的时间段，她一般在下午 3 点进店，晚上在打烊、关闭结账通道后还要一直待到 11 点、12 点，这期间要为第二天的营业做准备。

比较有趣的是库存管理的工作。连锁店的股票刚刚上市成功，在业界有一种"流失损耗率"的说法来衡量食品的废弃率，现在公司正处在彻底贯彻降低"流失损耗率"方针的重要关头。

比如说，炸鸡、春卷和沙拉都是以袋装的形式入库的，应该考虑的是何时将它们开封做成熟食，提前摆在店面上。一天的营业结束时，还要对第二天各类商品的销售情况做出预判，此时要——检查当天全部商品的留剩情况并进行综合判断，以求降低流失损耗率。

接下来是晚饭时间前的第二次客流高峰，过了这个时间段基本上就到了晚上7点。这时她就要开始清点高销量食品的库存了，并决定新一轮向批发商订货的商品种类。订购的生鲜类食材和熟食类产品将会在两天后送达，因此能不能就订购数量做出正确的判断，就要看个人的经验和本事了。前一天没有加购的商品到了第二天销量却出奇得好的话，就要提前撤柜贴上"已售罄"的标签，留到第二天再销售。

工作时，脑袋里充斥的关键词就是"流失损耗率"。每种食材都有各自的保质期，特别是有些熟食一旦做过量，到了第二天就只能不得已丢弃。还有，在特别订购的冷菜类食品将要送达的时候，更要考虑到这个问题。每天根据商品的进库和销售数据，像完成排列字谜游戏似的对总量庞杂的商品库存进行调整和配置，这些分内的职务让她感受到了在某一岗位"工作"的价值。

在此前一年的求职活动期间，她反倒愈发投入这项兼职工作了。

"在我那时候，一般在1月和2月向大型出版社投递简历，3月接受面试，4月等待内定录取通知，所以到了4月就稍稍有些坐立不安了。大型出版社的面试进程都已经结束后，其他出版社的面试却还没开始。一时间觉得和宣传有关的工作好像也不错，但之前对其他行业也并没什么研究，于是就不知道该怎么办了。"

想去出版社工作，参加出书的策划与实行——原本就抱着这种信念去东京上大学的中村，同时也是一名校外"就业活动兴趣小组"的成员。在这个小组中，他们一起编写简历、撰写小论文，然后再交互传阅点评。或以"周刊杂志"或"女性杂志"为主题对象，组员们一起讨论杂志主体的特征、受众群体以及做广告的倾向。有时还会请来供职于媒体行业的前辈做讲座，接下来还要请前辈们帮忙看看简历制作是否恰当，以及还需要怎样的改进。成员们在相互比照求职信中，互相指出对方的亮点和缺点，渐渐变得熟识起来，中村在大学四年的后半段时间里，和他们成了很好的朋友。

但是，一说到找工作，所想到的目标对象就是出版社，也时常与小组成员们一起为求职活动做着准备，但不能说这带来的影响就一定是正面的。

本来去应聘的就是实际聘用人数比较少的出版社，一时间，去参加入职考试的小组伙伴们都接连宣告失败了，于是周围开始出现很多跟她一样工作悬而未决想要延迟毕业的"难友"。因此，在她心里滋生出了一种"不是我一个人"的安心感和连带感，也许就在此时，她错过了向其他行业其他职业转向的机会。

之后，由于实际上正处于"就业冰河期"最困难的阶段，周围的朋友们看样子也都失意不已，她本来就对找工作失去了最初的热情，这无异于又在她头上浇了一瓢冷水。身边有人尚未拿到内定就跑回家待着了，也有选择去银行当个普通柜员的……就算不是理想中的职业和企业，大家都普遍在拿到某一家公司的内定之后，就停止了找工作的进程。

"周围'放弃挣扎'的人有很多。因为并不知道有利于求职者找工作的黄金期是什么样子的，在工作迟迟没能敲定的状态下，就会直接认为'啊，原来这就是找工作的现实'。怀着满腔热情想要好好拼上一把，但从结果来看又根本无济于事。内心里消极放弃的声音逐渐占据了上风——随便怎么样吧。"

"说实话，对我来说去一个完全不了解的公司在心理上总是害怕的。"她继续讲道。在略微恐慌的情绪中打开搜索引擎进行检索后发现，到了5月之后，许多挂在网站上的招聘广告都已经过了截止招聘日期。在首次招聘会拉开帷幕之际，多家企业联名参与招募，看似可供选择的余地很大，学生们也觉得总能找到一家合适的，但企业这一头却要对他们进行"精挑细选"，到了第二、第三次招募的时候，其聘用数则大大减少——这可谓是就业冰河期的一大特征。

这时，一种强烈的不安笼罩在中村心头——要是换一个求职方向也仍然找不到工作的话该怎么办呢？找不到工作不说，还会迷失在职业选择中，这会让她更加感到害怕。与其这样，还不如把对媒体行业的选择坚持到底，这一方面能消除一些多余的顾虑，另一方面忠于自己的理想也能让她获得内心上的安定。

这些因素纠结在一起，反倒使她对连锁副食品店的工作更加上心了，从另一面看，这又何尝不是对现实的一种逃避呢？

内心里有渴望从事的职业，但却找不到理想的工作岗位。在对"理想职业"执念不灭的状态下轻易转向别的职业，这是她无论如何也不能接受的。要是委屈了自己的理想还拿不到其他公司内定的话，说不定她的心理防线会全盘崩溃，因为没有什么比这更伤自尊的了。

再看看周围，像前面说的那样，和她同级的学生里，留级的或者变成待业青年的，大有人在，这就是这个时代的特征。因此，在今天看来她的这种不太合理的选择却能让当时的她感到心安。

虽说没找到工作变成了待业青年，但生活上不是也并未因此变得窘迫吗——转不成正式员工的又不止我一个人，她想道。

像这样为自己的选择寻找理由支撑的时候，看似最为安心的状态，便是一边用留级的方式维持着"去出版社工作"的梦想，一边全身心地投入眼前的兼职工作。这样一来，一切都还未开始，一切也都还没失去。

"要是能把在这里上班当作就业的第一选择就好了，但这又是不可能的。在这边打工的话，就可以忘掉找工作的那些烦心事，我在这里待的时间比店长还久，早就对一切驾轻就熟了。比起到处碰壁的求职，在这里待着心情舒畅多了，又还能从工作中找到获得感。"

结果，她在此后的两年时间内，把大部分时间都贡献给了这份兼职。同时，也在不知不觉中度过了三次求职期。

虽然"冰河期"还未结束，但跟那已经没什么关系了。大四去参加面试的时候就已经坦率地把自己爱书的喜好传达给了当时的面试官，但留级之后，想要给面试官留下一个好印象就变得更为困难了。无论是大型还是小型出版社，面试官们在面试的时候一定会问：

"为什么就算留级也还想来出版社工作呢？"

每次听到这样的提问，她对自己想要"制作出版图书"的信念就减弱一分——为什么非这样不可呢？她自己也变糊涂了。

"既然这么想参与出书，那你想做什么类型的书呢？"

"说一说你留级之后的感受吧。"

……眼看走到了最终面试，之前进行得都还算顺利，没想到最终还是没被录用。

小的时候，她最爱让母亲给她念卡通故事书了。小学时代则尝到了阅读的快乐，于是只要一有空就会找些小说来读，沉浸在了物语的世界里。

但是，究竟为什么自己没能通过面试呢？

一旦面对面试官抛出的问题，她就变得不是自己了。

"我到底行不行啊，看样子好像面不上啊……"这样的怀疑总是如影随形。

第一年过去了，第二年又过去了，她仍没放弃去出版社的梦想，然而找不到工作的她在这时就要迎来毕业了。

可毕业本身并没有给她带来明确的"分界感"，虽说走出了大学，但这也只不过是向连锁副食品店的横向移动而已，待业青年的生活对于她来说并不陌生。

"留级之后唯一发生改变的只有年龄，思想上并没有什么变化，因为从二十二岁到二十四岁基本上都在做同一件事。"

所以就算迎来了毕业，自己的生活也不会发生多大改变。如此想来，比起在找工作上不甚明朗的局面，这份兼职给了她一种更为明晰的"具体性"。

例如，能直观地面对眼前一堆琳琅满目的食品——奶油可乐饼、炸虾、土豆可乐饼，还有春卷、紫菜饭团、炖菜、炒菜和鱼……商品能摆在货品架上的时间被称为"货架寿命时长"，她要根据保质期和实时库存的情况进行相应的调整和把控，再充分预计第二天能卖出的商品数量。

比如说，裹了面粉的可乐饼第二天一早就会送到，面对100个的进货量，到底要炸多少送去上架呢——没错，炸80个的话，剩下的20个就可以算进明天的库存里。要是像油炸食品一样可以装袋冷藏的商品，"货架寿命时长"就相对能往后延一点。沙拉和生鲜的保质期是一天，紫菜饭团从贴上价签开始算起只有6小时的保质期，所以到了第5个小时就不得不对其进行下架处理。每天的营业额随着天气的变化上下浮动，有时也会突然接到客户的大量订单。在如此种种情况下，要想尽量减少库存品的浪费，她就要不断考虑，怎样组合才是最优的安排。

工作当中存在一种具体性——只有在这里，她才觉得这被牢牢把控在了自己手中。同样，在这里才能依照自己的想法决定一切。赚的钱又能养活自己，特别是"流失损耗率"在她的调控下有效降低之时，一种由工作带来的独特满足感也随之而来。

虽然知道某一天也必须回到公司工作，但转念一想，当下这种名义上暂时的"待业"生活又有何不妥呢？

2004年3月，她身着正装参加了毕业典礼，礼堂里坐满了比自己岁数小的毕业生。

坐在自己的座位上，她神思恍惚地注视着正在进行中的仪式。念名字是根据学号顺序念的，仔细听上一会儿，就能数出和自己一样留级的同级生大概有多少人。看着依次被叫名字的这些毕业生的身影，她恍然觉得自己并不属于这场典礼。

当时，经常参加求职活动兴趣小组的成员大约有 10 个人，如今基本上都已经走上各自的工作岗位了。有人直接成了中小型出版社的在职员工，也有人是在经历留级之后才成功在出版社找到工作的。但最终选择与传媒相关公司的不过 4 人，剩下的这几位同伴在中途便放弃了逐梦，转向了其他行业。

找工作的时候，想的是"事到如今，已经不能再转向了"，但她现在才确实觉得，当初的这种想法有多么不成熟。事实上并不是不能转向，她怕的是，自己就算改变了决定也不一定能找到工作。

"现在想来，要是不在出版社这一棵树上吊死，早早地找到一份其他的工作安定下来就好了。但当时眼看组内的朋友一一放弃了传媒行业，自己也没多思考，仅仅是觉得多了一种选择可能性而已。"

她实在是悔不当初——为什么自己对出版社有那么深的执念？这种执念为什么没能尽早割舍？为什么没能随机应变，及时调整职业选择？为什么就不能降低一下自己的心理预期呢？自己当时未免也太一根筋了吧？

"还真是自己把自己困住了呢。'现在不可能找到工作的'——在这种自我捆绑式观念之下也就丢失了继续去找工作的动力。"

这一年的夏天过去了，在秋意渐浓之时，中村寻到了一本名为《工作》的杂志，这是由求职招聘社所发行的招聘信息专刊。她不停地翻动着书页，寻找着可以作为备选的企业信息。

之所以选择用浏览杂志的方式查找企业信息，是吸取了之前在学生时代找工作时的教训。因为她当时在网页的搜索栏里搜寻符合条件的企业时，老是容易把条件设置限定得过于严格，在选定搜索关键词的时候也过于挑剔，导致有些本来可以作为备选项的企业直接被挡在门外了——与之相对，不受个人职业选择倾向左右，相对来说拥有比较客观丰富招聘信息的求职招聘类杂志，对于她来说是比起网络来更能轻松省心地找到合适职位的一种媒介。

那时，《工作》杂志刚好经历了改版，职业女性形象登上了杂志封面，舒展的笑容传递出工作时的满满幸福感，内容上，招聘信息也全部更换成了彩版。该杂志1980年创刊，从90年代后半期开始以"融入就业市场，我不再是'我'"为办刊理念继续发展，但随着此次杂志的改版，关键词"成长起来的自由"开始成为一个新的主题。

大学毕业后的这半年，中村继续在连锁副食品店干着兼职。现在店内的运营基本上全部交由她负责，一切对于她来说是如此得心应手，在这个工作岗位上，她越发能感受到自身的价值了。商品进货的工作充满乐趣，教导新人实习生的角色也让她获得了满满成就感。甚至有时总公司还会就新菜单的开发征询她的意见，这时候她就会和东京都内以计时工身份工作的老店员们一起，讨论调料的合理搭配、简易的包装方式并分享自己的心得。参与讨论的正式员工们也十分平易近人，整个会场气氛出奇地和谐友好。

她也想过，就这样顺势成为体制内的正式员工或许也不错。帮衬店长的辅助性工作做久了，她甚至觉得，执着于出版社工作的那个自己正在逐渐远去。虽然晚是晚了点，但她开始意识到这份工作所具备的优势，再加上大学也已经毕了业，随着时间一天天流逝，再考虑去以前从未接触过的行业工作恐怕更不现实。

出版社没指望了，接下来就涉足食品行业吧——

但如今她总结出，这种考虑本身也许就潜藏着观念错位的苗头。

"虽然那两年找工作失败了，但我相信，在兼职中所收获的工作经验能让我自信地迎接面试。把从前积累的这些经验应用到新工作中就行了，要说的话，我当时还想成为店长呢，当了店长的话，店内的大小事务都能交给我全权负责。"

但是，当时她没能注意到的是，这种对"想做的事，喜欢的工作"坚持到底的心情，与在出版社碰壁的理由其实是重合的。

"脑袋里只想着'行业种类'，缺乏对'工作方式'应有的观念，所以心理上开始向食品店倾斜后，曾经那么心心念念的传媒行业就迅速被我抛在脑后了。"

毕业之后，她和父母之间也闹得有点僵。家里父母都是小学老师，母亲责备她不好好找工作，父亲相对来说乐观一点，但也在她耳边不停念叨——"真的要放弃出版社吗，你自己心里能接受吗?"也许是被戳到了痛点，她听了只觉烦躁不已。

"要说能不能接受，很明显还没开始尝试就已经放弃了，所以心里是无论如何也不可能坦率接受的啊。我父母都是 50 年代的人，在他们脑袋里全是'只要努力就能实现梦想'这一类的观念，听着就心烦，基本没法有效沟通，所以当时和他们的关系就逐渐疏远了。"

在几重背景的影响之下，她最终选择了进入食品零售行业，接着便找起了有正式招聘需求的企业信息。在《工作》杂志的边角版块里，一则食品零售集团的招聘信息映入她的眼帘，这家公司的店铺地理位置在车站和百货商店等，主打产品是西点特产。

一个月的基本工资是 20 万日元，包含奖金在内的话一年下来，年收入应该能达到 300 万日元。算了算账，她赶紧动手开始整理起自己的职业简历。

面试同她预想中一样，一旦面对自己有所擅长的领域，那些疲于应对面试官提问的场景便会成为过去时。六年积累下来的工作经验，虽然没有在应聘出版社的面试中直接发挥作用，但在进入同一行业的时候，毫无疑问会成为一把强有力的武器。不管怎么说，面对人事负责人的问题，她都能结合自己的经历讲得滔滔不绝并且头头是道。

想来，连锁副食品店的卖场里培养起来的工作技能，一定为她的表情增添了不少自信的神色。致力于降低流失损耗率，仔细分析解读销售数据，根据实际情况调整进货商品的数量……她的目标是，成为店长接手整个店铺的管理，推动公司整体的高效化运作以及提升销售营业额——

"总之我想从事的是跟店铺运营有关的工作。"

听了她的陈述，人事负责人的回复则很简短：

"希望你能成为我们公司得力的一员。"

她工作的地点在东京都内一家大型站前百货商场，要说起那里早晨的繁忙景象，中村至今都能做出栩栩如生的描绘。

前一天留下的疲惫还未褪去就要睁眼起床，出门挤电车。车厢中爆满拥挤不堪，下车后放眼一看，检票口也全被排队出站的工薪族挤满了，人挨着人，她在逐渐向前推进的人潮中通过了闸机口。当她好不容易抵达百货商场背后的工作人员入口时，已经到了早上 8 点。就像发生雪崩时人被骤然吞没一般，时间一到，浩浩荡荡的员工人群像是被一种强大的力量迅速吸卷进了入口，第一次见到这种景象时，确实觉得十分壮观。

周围人都呈现出一种急匆匆的激昂的状态。百货商场的店铺与路边的商铺不同，工作人员就算迟到了，到了营业时间，商场还是会照常开门。内部电梯往返于后庭的更衣室和各个楼层之间，稍宽敞的升降式电梯因为还搭载了货装箱的缘故，稍微站多了人，里面空间就被塞得满满当当的了。

电梯在每层楼都停，因此比较耗时，要是搭乘的时机不对，有时候可能等上半天也不会来。尽管如此，楼梯又只有卖场里才有，所以这些工作人员不得已只能耐心等待，越是临近商场开业的时间，大家的表情就越是焦虑。

店里的工作实实在在是一个体力活。在更衣室换好工作服再转移到货品存放仓库的时候，她都已经累得抬不起头了，接着还要打起精神把货装箱装上手推车。就这样，一天来回于后庭与店铺之间的轮回运转也就开始了。先是要搬运蛋糕之类的商品，再一样样归置进冰柜，店铺后货仓里的空气虽然像被冬天的严寒笼罩住了一样寒凉不已，但做完这一系列操作的时候，她的额头上已经不知不觉渗出了一层细细密密的汗珠。

她于2004年11月应聘进入这家食品厂商，开始在百货商场的食品专柜供职，那时已临近圣诞季和新年，正是一年中的繁忙时期。

入职后的一周，她在总公司一楼的实体商铺环境下接受了职业培训，对公司贩售的全部商品进行通盘了解之后，她就被分派到了市中心的这家百货商场。月薪虽像招聘广告里那样，实际到手金额在20万日元左右，但深入一了解才发现，最初计算的时候销售津贴部分已经包含在里面了，也就是说这是种一时半会儿上涨不了的工资结构。再者，因为加班费同样已被纳入基本工资中，公司便没有使用工作时长记录卡。

尽管如此，她也并不觉得这种工资制度有多么不可理喻不合情理。原本在相似的店铺里打工的时候，她吊悬着一颗心，想着无论如何都先要成为一名正式员工，至于工资待遇这些条件统统可以放在一边，总之正式入职开始投入工作才是第一要务。

最初的一个月，她一直处于玩命工作的状态。早班是8点半上岗——临时店员一般晚上6点就能下班，而正式员工要一直在店里待到晚上8点左右。晚班原则上是从下午2点直到商场营业结束，晚上8点半是百货商场的关门时间，等到顾客完全从商场里走出来又要花上半个小时。

晚上，等到卖场里顾客都走空了，她就会关闭结账通道，接着清理库存进行货品预订操作，做完这些再默默继续往来搬送留存货品。到了最后，还要在相应位置摆上捕鼠器，直到这里，一天的工作算是全部完成。做完这些店铺关门扫尾工作，早的话晚上10点，迟的话有一次差点错过了末班电车。一周里有时放一天假，有时一天也没有。

像这样工作了一个月后，她感觉到从前在连锁副食品店打工时所构筑起来的自信竟随之崩塌，消失得无影无踪了。

特别让她觉得难以接受的是对于塌坏甜品、碎裂饼干的处理方式，还有需在过期前半个月作废处理的礼品装商品也经常让她头疼不已。以前打工的超市规定，必须要在严格清点货物之后上报流失损耗率，容不得半点掩饰和瞒报。但在这里，处理方式就变得十分敷衍随意了，好像只要销售业绩良好这些问题便都可以忽略不计。店铺女店长经常拿到全店的销售冠军，十分具有领导气质，但她有时会用自己的零花钱买下变形塌坏的蛋糕，还把这些钱也算进营业额当中。

店长一旦生起气来就会非常恐怖，要是有人想把这些商品作废处理，那肯定会受到严厉的斥责，包括临时店员在内所有人都对她感到十分畏惧。所以就算没有具体指示，手下的店员也不得不效仿她的做法，自己掏腰包买下这些无法继续销售的商品，到头来这倒形成店里的一种风气了。

"要是鱼什么的身上有损伤倒是只能扔掉，但是甜品饼干之类的塌一点碎一点也还能吃，特别是当礼品装商品被废弃的时候，保质期至少还有两周以上。盒装食品的包装稍微往内瘪了一点，为什么里面的商品也要连着被丢掉呢。我们也觉得这实在非常可惜，所以既然经理都买我们也只能跟着买了。虽然想一想这并不合理，但特别是，如果由于自身的原因导致商品受到损坏的话，自己心里也会过意不去，到最后也不得不买。"

　　每天，都要把作废的商品统统丢进垃圾袋里，最后再拖到商场的垃圾存放处一并丢掉。每当这时她的心情就会变得特别糟糕，这或许是因为她没能顺利卖掉这些货品而陷入自我厌恶中，这种自我厌恶感和罪恶感逐渐演变成了购买这些废弃货品的最大理由。有一天，她发现自己也和其他店员们一样，甚至开始道起了歉——"实在对不起，我只能买下这么一点。"

　　不知怎的，把卖场的蛋糕带回单身公寓放进冰箱的时候，又会突然生出一股莫名的悲凉感。早上，蛋糕被当作早餐，吃了之后就去上班，当然有时候晚上也会用这些蛋糕来填饱肚子。一天，中村遇见公司里一个跟她同龄的前辈，她便借此询问这是不是行业内部普遍的做法，对方的回答稍显漠然：

　　"哦，那个人原来是通过这种方式来提升销售业绩的啊，公司的人都不知道呢，人家还都对她的业务水平称赞不已。"

　　这总让人感觉哪里不对。

　　以前工作的连锁副食品店就绝对不可能允许这样随意的情况出现。想到这里，她不由得对自己如今身处的工作环境产生了一种抵触情绪。而一旦开始就不能轻易退出，怀着隐约的抵触感，她仍然默默坚持工作着。

　　她入职的时间正好与圣诞节前最忙碌的时间节点重合，那时，店内的紧张气氛达到了顶峰。店里忙不过来没有休息日，因为疲劳过度出错率大大增加。店长老是批评自己手下这些员工办事不力，特别是对于她这个新人身上所存在的问题，更是没有什么包容理解的宽宏大量之心。

　　终于在一天下午，当着员工和顾客的面，一个临时做兼职的女大学生被炒了鱿鱼。

　　"这都是你自己的问题，是你自己不争气！不中用……"

中村正忙着接待客人和摆放商品，那边突然传来了店长大声训斥的声音。在吃惊中回头观望时，又传来了店长严厉的声音："你明天不用来了，请回吧。"女大学生随后流着眼泪跑出了店里。

这里还有另外一个事例。一次，店里一个比中村早几个月入职的员工在西点商品的订购中做出了过量的预计。因为订购的是添加了蛋奶糊的蛋糕，所以最佳食用期只有一周左右，而能在店铺里销售的时间最多只有三四天，照这个样子，卖剩下的蛋糕就会造成十几万日元的损失。

"你，准备怎么办，把这些?!"果然又传来了店长冷冷的声音。对她来讲，维持销售额就是第一要义，店里面四个店员对这一点都心知肚明。所以，造成损失的那个店员受到店长的责备之后，便陷入了惶恐无助的状态。

第二天，女店员拿着从母亲那里借来的钱，说是要自己买下这些商品来弥补给店里造成的损失。但事情并未就此作结，中村受店长之命，要和女店员一起把这些商品搬到其他店铺里去，并要低三下四地请求对方把日期新鲜的同类商品和自己搬过去的进行交换。

造成损失的女店员显得十分沮丧，或许是因为心里焦虑又过意不去，不断重复地说着"还是我把它们买下来吧"。中村在一旁看到她这个样子，不由得担心谁知道这会不会是自己明天的写照? 店长这么严厉地斥责她，也是为了加强她对进货操作流程严格性的认识，这样说来训斥本身也有一定的"教导"意义。但当中村亲眼看到同事被责难的场景后，她便不可遏制地感到了恐惧。什么时候店长的怒火发到自己头上的话，自己能平静地去应对吗?

圣诞季过完之后，店里另一个资历较老的店员又休了产假，原来的六个人就变成四个人了。一直以来中村都只被安排一些基础性的工作，这样一来，身为正式员工，担子就落在了她身上了。

店长经常对她说：

"正因为你原来在卖便当的食品零售店里待过，所以做事不中用。"

"你以前学的那些知识没什么用，不要得意忘形了。"

"不中用"好像已经成了店长的口头禅。从前，对那个临时店员，她也说过"因为你不中用所以只能被辞退""没有工作能力的话，打工也好做什么也好，放在哪里都是不中用的"。

她其实也不是不能理解店长的心情。员工本来就少，再加上又走了两个人，剩下来的四个人当中，一个是刚入职一个月的新人，还有一个也只有短短几个月的工作经验。

对于零售行业来说，销售数字本身就是一定"价值"的体现。失去对"数字"的掌控对于店长来说无疑是恐怖的，而处于高位的数字却只能由经验尚浅的团体成员们来维持，可以说如今店长才是那个顶着最大压力在工作的人。要让全体员工打起十二分精神去完成销售目标，在她看来最好的方法莫过于通过施加重压来保持员工的紧张感，从而有效管理整个店铺。但这种紧张感却造成了适得其反的效果。

每当中村被店长批评"不中用"的时候，她虽然知道这不过是店长的口头禅罢了，但心里也会感到苦闷不已。

从另一方面来说，能进入这家公司她就已经很感恩了。既不是应届毕业生，也没有作为正式员工的工作经验，公司方面录用她也是一种冒险吧。加上当时，人事负责人在面试她的时候，十分亲切耐心地听她讲述了对未来的不安与顾虑，并对她未来的规划也提出了建议。正因为如此，她才得以由自己以往的工作经验树立起对于自己的信心，同时，对未来工作的美好想象也在那时生根发芽。

在这里，店长却老是批评她"不中用"，于是她的这种自信也因此被打击得支离破碎了。

"即便不能忍也要继续忍着，好不容易成了正式员工，这时候辞职的话在社会上更没有什么立足之地了。"她心里逼迫着自己这么去想，一种说不出的厌恶感却控制不住地涌上心头。

　　"最让人感到心累的是，和以前做的工作一比，离自己想做的工作是越来越远了。无论是从规模还是结构上来说，以前工作的地方都要更大更完善，也更有连锁店的气势。在这边却被说成是'不中用'，这实在让人觉得接受不了。"

　　店长对她说："你以前学的那些知识没什么用，不要得意忘形了。"从前工作的店铺让她暗地里感到自豪，现在这家店铺的运转方式却让她觉得异类，这种情绪不知怎的或许被店长察觉到了。

　　这还是她出生以来第一次对人际关系感到如此苦恼。她亲眼目睹比她还小的女大学生被赶出店里，后者失态哭泣的侧脸深深地印在了她的脑海里，挥之不去。有一天这种待遇不会也落到自己头上了吧？但每每想到离职之后艰难度日的艰辛，她就不自觉地退缩了。

　　"我说中村啊，要笑得自然一点哦，脸色看起来有点憔悴，得打起精神来。"

　　店里一个临时店员看到她的状态不由得担心，便对她讲了几句鼓励的话。主动向来店的客人搭话、为客人介绍商品时面带微笑是接待客人的基本礼仪。但这次因为她太过勉强于维持笑容，嘴里便卡壳说不出话来了。下了好一番功夫才记住的商品说明也讲不出来，于是犯错频率逐渐增加，形成了一个恶性循环。

　　时间翻篇来到了 2005 年年初，在忙得兵荒马乱的新年过去之后，情况终于有了转机。她仍然继续在店里做着平淡无奇的工作，摆摆货品，接待接待客人，直到有一天，她为一位客人介绍完商品之后，对方却诚挚地向她道了一声谢。

　　听到对方和善道谢的那个瞬间，她的眼泪忽然止不住地顺着脸颊滚落了下来。她一时间反应过来，觉得惊异不已，自己明明连私底下也很少哭过。她的情绪管控，好像出现了问题。

虽然并没有想过要辞职，但却是越来越想好好休息一下了。这次她意识到，像这样子继续工作下去是不行的。

当天晚上，她没有回自己的公寓，而是去了在东京上大学一个人在外面租房住的妹妹家里。进门后，中村问妹妹自己今晚能不能暂时先住在这儿，说着眼泪又一次流了出来。

"怎么了？你今天好奇怪呀！"

妹妹对她古怪的举动显然感到吃惊，赶紧给家里当老师的母亲打了电话。

中村开始讲述自己现在的状况，这次她向母亲尽情地诉了一番苦，良久，那头问道：

"平常有好好吃饭吗，也是随便敷衍敷衍就过去的吧？"

夜里精疲力竭地拖着疲惫的身子回到家之后，连去便利店的力气也没有了，待上一会儿有时候就直接这么睡着了，早上起来就吃一点碎掉的饼干或者变了形的甜点。

"是没怎么好好吃……"她如实回答道。

年初销售季结束到情人节之间的这段时间，店里员工轮流着放假休息，这是她入职之后第一次休假。

离放假还有一周的时间，母亲和妹妹都忿忿地指出，这已经到她可以承受的极限了，也不知道是不是那根一直紧绷的弦突然断了，她身体上的不适感一天比一天加重。

她还是逃离了这个地方，申请了带薪休假，回到了九州的老家。

在假期结束的时候，她并没有选择按时返回东京。

阔别已久，她终于又回到了在北九州市的老家。然而，回家呆着呆着，她就逐渐失去面对现实的勇气了。

假期倏忽而过，但她仍然不想回到东京。对于从学生时代就开始交往、现在没有固定职业的男朋友，她心里虽然一直有所牵挂，但因为工作后这三个月里太忙，基本上没有什么和他见面的机会。工作、人际关系、男朋友，她是把在东京生活的全部都放在了一边，义无反顾地回到了老家。

但不能就这么无故缺勤，因此她又专门去了一趟心理治疗内科，请医生开了一份诊断书。这边一延长休假，店长那边紧接着就打电话过来了，中村显得十分胆怯，半天不敢按下接听键，最后不得不由母亲代接。

怎么会变成今天这个样子的呢……

她是在这个街区的公建住宅里长大的。

在她住的这个社区里，周围并排耸立着大约五栋集体住宅，另外还有两栋稍高一点的公寓，一家当地银行的员工住宅也在这附近。员工住宅是她上小学的时候建起来的，随之而来的还有转学到这里的银行职工子女，他们的到来让一个班级的人数增加到了 40 人。虽然到现在，这家银行又经历了合并，更换了名字。

听说这个街区是一家大型钢铁公司的工厂原址，她觉得这里比以前显得萧条了许多。在儿时的记忆里，周围总是很热闹，来来往往的人也很多，但如今这里只剩下一堆沉重的话题。百货商店逐渐不在这里开店了、朋友抱怨这里找不到像样的工作……留在家乡的同年级同学们也纷纷选择去大城市找工作，陆续搬离了这里。

这个社区承载了她很多回忆。

父母亲是双职工，她从上学起就是一个脖子上随时挂着家门钥匙的"钥匙儿童"，从家到学校不过 5 分钟的路程，放学之后她总要玩尽兴了才回家。她有十几个玩伴都住在这个社区，有时候他们还会跟家附近的狗狗一起玩，书包就这样暂时放在某个小伙伴家里。他们在整个小区范围内你追我赶，跑来跑去，也不知何时夕阳的余晖收起了最后的光束，周围逐渐被夜色笼罩起来。

她回想起，那时自己特别爱看书。

也许因为母亲本身是小学教师的缘故吧，在她记事之前，家里就摆放着一堆儿童漫画书。出生几个月后母亲便重返工作岗位了，所以她当时经常被寄放在附近的祖母家。

但到了晚上，母亲便会读书给她听，这成了她每晚睡前的固定节目。《不不园》《古里和古拉》《饥饿的青虫》《小达磨与小天狗》……她还订阅了由福音馆书店发刊的《小朋友之友》和《科学之友》，所以每月都有新的故事可看。

进入小学之后，她就完全变成一枚小书虫了。没和小伙伴一起玩耍的时候，她就常常一个人摊开书来阅读。在家里，读的是全套的儿童读物；在学校，担任图书委员的她一到午休时间，便把自己整个埋没在了小说的世界里。最初的阅读涉猎范围，是讲谈社的X文库以及X文库白心专栏，还有集英社的蔚蓝文库轻小说专栏，渐渐地，她逐步开始从图书室借书来看了。她把米切尔·恩德的《未完故事》《桃子》放进包里，要是一有自习时间就立马取出来阅读。那段时间，连同走在小区的路上，她的手里都捧着一本书在读。

十岁的时候祖母去世了，从此以后她便更加投入地沉浸在书的世界中。读了夏目漱石，接下去又读森鸥外和芥川龙之介。

不在于学习文章的遣词造句或者要从中读取某种价值，她所喜欢的阅读状态，是飘摇置身于故事的意境当中，流连忘返迟迟不肯醒来。因为在受伤难过的时候，好像只有这种沉浸式的阅读方式才能把她带到一个远离现实的世界。到了中学的时候，她把新潮文库和角川文库的《夏日一百册》拿来，一本本依次通读了一遍，虽然并不是抱着特别想看的心情去读的，但既然出了推荐集，不看的话总觉得可惜。

这种爱看书的喜好，是如何催生出她希望做图书出版的梦想的呢？

这是在好几次采访之后才从她那儿得知的，她就自己的意识中对于"工作原初印象"的认识，向我讲述了下面这个小细节。

"我母亲是一名小学教师，她经常把学校里的工作带回家，晚上还会忙到很晚。给试卷算分、写交给家长的通知书……在我小的时候，有时她傍晚接完我就直接回到学校了，当然也有带着我一起去她办公室的时候。"

她最早接触到的大人工作时的模样便是母亲的这种形象，一个全身心投入工作的女教师形象。

在男女雇用机会均等法所颁布的 1985 年前后那个年代，之所以像这样拼命工作，很大程度上是因为所从事的职务性质是公务员吧。从同时还养育着孩子来看，则更是如此了。

听母亲说，当老师是她的梦想，虽然高中所在的班级升学率很低，但她在学习上全力以赴、坚持不懈，最终考上了师范大学。

"所以母亲一直说她是幸运的。加上祖母也对她说'你去工作吧，孩子我可以经常帮你带带'，于是她就放心投入工作了。主妇的社交圈本身是很窄的，母亲为了工作走出家门，也结识了很多朋友。其实跟现在很多年轻女老师差不多，做一个类比就明白了。"

争取来的机会来之不易，母亲对待工作认真仔细、兢兢业业的形象，一定在她幼小的心灵上打上了很深的烙印。

但在她眼里，工作到深夜也没有一丝一毫怨言的母亲看起来却是乐在其中的。

在她心里一直深藏着一个疑问——为什么母亲能以一种如此享受的态度来对待工作呢？把爱好变成自己的工作，做着自己喜欢的事，会是什么样的感受呢？

一方面迫切地想要知道问题的答案，一方面她本身又特别爱读书，这两者在她将要踏入社会的时候自然结合在一起，衍生出了她想要去出版社工作的强烈愿望。

从东京回家后的这一个月里，她基本上没怎么出过门，每天都过着无所事事、恍恍惚惚的日子。但她心里明白不可能一直这样遥遥无期地拖下去，再怎么也要先回一趟东京去公司办好离职手续。

过了些时日，她给公司的人事部打了电话。

"要辞职的话也要先跟店长沟通的呀，打到我们这边，我们也不能直接帮你解决……"

人事负责人做了这样的回复。她只好去了一趟东京的总公司，到的时候，店长已经在那里等她了。

果不其然，店长显得非常生气。但传达了希望辞职的想法之后，她的心里一下子感到轻松了许多。

在人事负责人也参与进来的三个人的面谈当中，她前期先是沉默了一会儿，之后放开顾虑，开始　倾吐出辞职的原因。丢弃货品以及被迫购买商品给她带来的别扭感，看着女大学生被赶出店门的恐慌感，这些都转化成让她惶惶不可终日的强烈不安，让她没办法继续再在店铺里待下去了。

店长气鼓鼓地听完她这番话，抛出了自己招牌式的感想："说什么想辞职，还是自己能力不够吧！"回去的路上还一直念叨着：

"一遇上什么事就和父母抱怨要辞职，就这么辞了的话，下次找到新工作不还是干不了多久就不想干了吗？"

中村觉得她说得也不无道理，顿时语塞，便没有搭话。

她再次回到自己家里，这次和母亲之间的争吵就变得不停不休了。

她想等精神稍微振作一点后再回东京继续找工作，但母亲言语里却反对她返回东京：

"在这边日常打打零工不好吗，为什么一定要回到东京不可呢？"

她心里不情愿就这样一直住在自己家里。

"我在东京都还没正经干成点什么事呢……大学里学得不好不坏的，也没能干成自己喜欢的工作，就算正式工作了这三个月也像被剥削的临时工，简直不堪回首……"

在老家当地找工作的话又会让她很没存在感。母亲却坚持说，如果托人去找门路的话说不定能找到像样的工作，不必非要回东京去找，她听得心烦，每当这时都只想捂住耳朵。两个人经常各执一词，互不让步，到最后只能陷入无止境的口角和争论中。

因为她还未把自己从公司辞职的消息告诉老家的朋友，所以尽量闭门不出，怕外出碰见熟人。于是她成天闷在自己房间里，钱包里没有收入进账，也不去找兼职，偶尔搭把手做做家务。看到女儿这个样子，母亲在心里积了一肚子的火。

她迫切盼望一个人独立生活，但以目前的状态来看，这只能是一种空想。但无论如何，她都在这个街区待不下去了，想要尽快逃离。

住了两个月，她逐渐意识到家里也不是久待之地，在这里受到束缚太多，得不到自由。所以到了3月，她给父母丢下一句"我去东京找工作了"便再次贸然离家了。

在这大约三个月的时间里，她对"工作"所持的看法似乎有所改变。

稍微冷静下来之后，她开始总结，在工作时到底什么能为她带来快乐，什么又会让她感到痛苦。结果发现，之前所在公司的最大问题来自店长施加的压力，与之相对，与同事们接触交往，一起讨论店铺未来发展前景的时光则能给她带来收获感。这不是商品销售本身所带来的，而是一种在与人接触的过程中所感受到的快乐。

接着她在一家大型人力资源公司注册了个人信息，在与职业顾问的交谈过程中，对方也正好指出了她的这种意向性：

"我说中村小姐，我们不妨换一个角度，从具体工作性质来看待工作这件事怎么样？要是本身喜欢与人进行接触的话，其实也没必要非待在实体店铺不可。"

她终于意识到，正如这位咨询顾问所言，原来她并不是非去出版社不可，而是根本没有考虑到其他的可能性。眼里只看到自己认为有可能胜任的职业，一旦认定就非此不可，于是亲手画地为牢，把自己禁锢在了一个狭小的世界里。后来觉得店面销售的工作适合自己便一头扎进去，也是同样的道理。

咨询顾问继续说道，如果她能接受的话可以为她提供几个职业建议。比如管理员工调职升迁的电话咨询中心总监，再就是人力资源中介公司、人力资源调派公司或者门店里主管人事的部门……

"从事完全不熟悉的行业也行吗？"她问道。咨询顾问回答说："这跟什么行业没有关系，你只需要根据我说的工作性质去找，金融也好建筑也好，具体干的事其实都是一样的，不用担心。"她听完，心里便稍稍有了底。

就这样，通过中介机构，中村试着去应聘了好几家企业，但最终她选定的却不是由这家中介机构推介的公司。

忙着应对这几家企业招聘面试的同一时间，父亲也联系上了她。说是让她去找早稻田大学学生就业科的熟人，告诉对方自己已从九州老家返回东京的消息。

一年前毕业典礼之际，她已经经历了两次留级，工作却还迟迟未定，那时父亲便和她一起去拜访了学校的学生就业科。当她说自己还没找到工作的时候，父亲却显得十分震惊，她居然到现在还没去就业科咨询求助过。当时，中村执着于去出版社工作的梦想，就业科的企业招聘信息好像并不对她的胃口，因此她完全没把学校的这个部门放在心上。

但那次父亲却和就业科一位与自己同辈的男老师聊得十分投机，之后父亲又特地跟对方联络了一次，告诉她如果接下来要继续找工作，就去就业科向这位老师打一声招呼。

她想起一年前，就业科的这位男老师向她推荐了一份食品厂商下属总务部的职务。

"虽然这跟你理想当中的工作是完全不同的职业方向，但这家公司的氛围却给人感觉很不错。或许你对总务之类的工作不是很感兴趣，但考虑到公司的工作氛围还不错，倒不如换一个角度，着重从工作环境上考虑从而做出自己的选择，你看行吗?"

那时，就业科老师的这番话并未打动她，但如今，她却对此深有感触。

随后，我去采访这位男老师时，他向我讲述了当时的情况：

"记得那段时间，比起她本人来找我，倒是在电话里头跟她父亲谈得更多，大概就是找我商量没找到工作就毕业的话接下来该怎么办，还拜托我要对孩子本人保密。无职业者的增加在当时也成了一个社会问题，在这种背景之下，就业科改名为职业发展规划中心，开始开课举办讲座，启动了手把手对学生进行教导的职业规划教育。"

原来，中村去就业科寻求帮助之时，这个机构正处于酝酿改革、青黄不接的阶段。

"在就业冰河期，去面试20家、50家甚至100家公司的人都有，但最终也没能被录用。人事负责人最为重视的就是面试者与人沟通交流的能力，因此当第20、30次面试都落败的时候，自身就会产生一种自我否定的情绪，对接下来该怎么办也茫然了，如此一来就变得低沉消极，陷入了一个又一个的恶性循环。管人事的人只要听一下学生的自我情况介绍就能明白的，谁还从未取得过公司的内定，那么就会被直接淘汰。尚未取得过内定成了被刷的理由。在各个专业里面，文学专业的情况最不容乐观，最糟糕的又是（像中村这样）出身于文学专业的女生。但因为是从早稻田大学毕业的学生，所以还不至于找不到工作，可以说本身还是有一定优势的……"

但他又继续补充说道：

"所以希望中村在挑选工作的时候也能考虑到公司的企业文化这一方面。"

中村再次去就业科拜访的时候，他拿出以前向中村介绍过的那家食品公司的吉祥物玩偶，笑着说道：

"这个，是他们送给我的哦！"

"对了，你最近在哪里面试呢？"

"就是类似于做人力资源调派这种业务的公司。"

"人事这方面我也不太清楚，我这边有一家公司，不知道招不招这方面的人，要不我帮你问一下吧？"

电话打过去之后，听那边说正好有一名总务部的员工辞了职。这样一来，几经周折，她便跳过笔试直接去参加面试了。

这家企业以冰淇淋、冷饮类食品为主打营销产品，创立于战后初期，是一家业内老字号了，在全国各主要城市都设有门店，并同时拥有好几家工厂用以商品研究和生产。也许因为公司还未上市，产品所占市场份额较为稳定，公司上下都弥漫着一种安闲悠然的气息。

正好应届大学生的招聘也在同一时期举行，中村混在一群应届生中间参加了考试，那感觉就像重新回到了一年前。

面试虽然跟应届生分开，在一个单独另设的房间里进行，但也只不过是象征性地走走过场罢了。没有自我陈述的环节，到最后也只问了她会不会喝酒，要喝酒的话会不会觉得为难这类问题，当她回答自己比较喜欢喝酒之后，对方便露出了满意的表情。总之给她的感觉就是，那种精神饱满的体育会系男生应该在这家公司最为吃香。

在此不久之后，她便接到通知自己已经被录用了。

她有点犹豫不决。通过上次的介绍，她去面试了一家大型机电制造厂商出资创办的人力资源介绍公司，面试结果现在还未出，对方说是会在五一黄金周之后给她一个答复，如果被录用的话，工资待遇相对而言也更高。但到时候如果落选，她便不得不回到原点开始新一轮的面试，时间也会飞快地流逝进入到夏天，搞不好她又会陷入与往常同样的困境。

"先工作吧，抓住这个工作机会对我来说是最有利的选择。"

她对自己说道。这个时刻也意味着她的"求职期"被正式画上了一个句号。

2008年的某一天，正值一年中的招聘季，待在分公司办公室里的中村面对着桌前的电脑，暂时忙完了手头的工作。

一晃离当初进入公司已经过去两年时间了。

刚进公司时想去的是营业部，结果却事与愿违，被分到了总务部中的会计部门。每天都坐在办公桌前，和一堆与银行存款转账有关的文件及传票打着交道——这和她想象中的工作场景真是有着天壤之别，既跟图书出版沾不上边，又跟食品经销没有什么直接关系，连原先说好的要做与人打交道的工作，也化作了泡影。

但她也发现，自己不再像从前那样对某种工作持有固定的执念或偏见了，不知道这是一种成长还是一种妥协。但确实上司和同事们待人都很好，公司的业务发展和销售业绩都保持在理想的水平，没有那种苦于销售任务削尖脑袋也要提升业绩的工作压力，公司整体氛围给人"家"一般的舒适感。因此她想，或许这个工作正好适合自己。

在学生时代加入的就业活动兴趣小组的成员中，有好几个同伴都进了出版社，但现在就算听着她们关于职场的闲聊，自己也并不会有多羡慕了。

而且，她继续说道，看到这几个朋友的状态，她终于知道她们为什么能被录用了。

"她们是那种，就算不在自己擅长的领域，也能因为工作强打起精神发挥自己的能动性专心致志投入的一类人。我自问可能做不到像她们这样拼命，或许正因为此我才应聘失败的。"

现在，看书仍旧是自己的一大爱好。但以前自己总把这种爱书的喜好跟未来要从事的职业紧紧绑在一起，而现实与自己的想象则是全然不同的。当她重新审问自己究竟是不是真心想要做跟图书出版相关的工作时，却发现自己不过是作为一个普通读者，平时读读闲书陶冶陶冶情操，读到有趣的书目时也向朋友们介绍一下而已。

如今，在这家食品公司做着事务性工作，中村的心也随之安定了下来。

早上 6 点多起床，吃过早饭后 7 点半去乘电车，8 点半换上工作服，8 点 45 分着手开始工作。向客户、营业部交付钱款，一张一张地核查、处理个人经费等发票票据。

从中午 12 点到下午 1 点有 1 个小时左右的休息时间，电话值班当天则从下午 1 点开始休息，时长同样是 1 个小时。下班时间固定在 5 点 40 分左右，只要工作上没有特别棘手的事件要处理，一般不会加班。偶尔留在公司加班，营业部的同事还会觉得很新鲜，特意过来拍拍她的肩跟她寒暄两句。

在这里，她还有希望多干一点活的想法，有时甚至会产生工作不够努力的歉疚感。但比起从前没日没夜加班、为事情怎么做也做不完而焦虑异常的日子，现在的这份工作则能允许她默默地按照自己的节奏做事，这不啻为一种奢侈的幸福。

虽然她没有多少财会事务方面的工作经验，但这两年来，她理清了许多工作上的头绪，对具体事务也有了更多的把握，这也变成了她继续干下去的动力。就像最近，她上头的直属领导被借调到了其他联营公司，部门新来了一位科长，对方因为长期处理实际业务，而对具体交易状况的把握显得较为生疏。因此，近期来自其他部门关于财务方面问题的解答任务，就集中落在了中村身上——"这个，应该算作接待费吗？""这按照公司的规定，应该怎么处理？"……如此种种，不一而足。

以前面对这类提问，她只能向总公司的财务主管打电话问询，但近来她可以基于自身的判断向对方提出可行性建议了。在财务问题上有几个固定的回答模式可供参考——"总公司的 XX 先生/女士应该对此有所了解""这件事可以咨询一下副总"……在处理这些问题的过程中，她也逐渐知道了什么样的事件中间会存在些什么问题。于是她慢慢摸清了整个公司的结算系统，了解了其中的一些相互关联和内部门道，因此只要不是碰到相对复杂的问题，她都能凭自己一力解决。

每当她敏捷利落地回答完一个相应的提问，心中确信自己正在业务上"成长"的小芽就会又往上拔高一分，这与相信自己在公司里确有一席之地的自信感紧紧联系在了一起。

当然，也会有不安或者不满的情绪存在。

例如，在年龄问题上，她今年都满二十八了，但即便是公司里的男性职员，刚过三十岁就已经结婚生子的也不在少数。

"这样一来女性职员就会成为周围同事重点关注的对象，被说什么之所以不结婚就是因为工作太拼命了之类的话。虽然知道他们并不是怀着恶意，但说实话这种工作结婚非此即彼的价值观完全不对我的路子。结了婚，生了小孩，为什么就不能继续工作了呢？只是现在我还没有付诸实践而已。遗憾的是这种想法如今好像并不被大家所接受。"

对她来说，待在公司的这两年也是对周围无处不在的眼光变得越来越敏感的两年。

要是公司里有哪个女职工结婚，领导便会简单询问一下对方是不是有了小孩、接下来辞不辞职，但这种"顺便一问"的目的绝非那么单纯。为什么女性在工作或结婚这种问题上只能做出唯一的选择，为什么自己的职业选择要与终生选择直接挂钩，一旦做出便不能再行变动呢？

她开始对这些问题有所思虑，一方面是因为大学时代的友人们一个个接二连三地走上了结婚、生小孩的人生轨道，还有一个重要因素，在于她一直以来准备与之结婚的男友被派驻到了海外工作。

当年她重返东京之后，便与大学时代交往的恋人分手了。历经那段时间的短暂分别，再次见面时他已属一家建筑公司旗下员工了，然而情势一变，他又被突然指派到了一个海外项目当中。

"对他来说这是一个很好的机会，我们相互之间都有与对方结婚的意愿，但在这个项目结束之前他都要一直待在国外。本来按计划应该在第二年回国的，但总感觉有一种会长期持续下去的态势。那样的话，往后两三年都结不了婚，他很难开口让我就这样等下去，我也不可能爽快向他作出承诺会等到他回来为止，我跟他之间就是这种状态。"

在如此种种情况下，面对眼前悬而未决的未来，她突然冒出了新的想法。

"不知道为什么，那时觉得要是因为结婚而辞职的话也没什么不好。不过不管怎么说，应该是一种想要把决定往后推迟的心理在起作用吧。出乎意料的是，我对现在这个公司竟然没什么执念，可一旦明确短时间内结不了婚之后，便想要努力投入到工作中去了。倒不是为了提升自己的能力，而是以兼职的形式干久了就对此形成习惯了，我想改变一下这种状态。"

再说自己在财会方面的工作经验还比较薄弱。不仅面对公司的会签文件时经常摸不着头脑，一张申请账单到手，对于对方客户与自己公司具体是哪一类的合作关系，脑子里也没个概念。

"那么就先工作到三十岁，到时候再考虑未来吧！"

她仿佛下定了决心似的对自己说道。

总之，那些纷繁复杂的情绪和想法，就先封存起来放在一边吧。

等到自己积累了足够多的工作经验，变成了总务和财务上的双重"资深人士"，能支撑起自身气场的时候，再考虑这些也不迟。

到时候或许会继续留在这家公司，也或许会挥动着双手向它道别。可以等到那时，再回头重新审视一遍自己，理清究竟哪种对自己来说才是所谓"能够胜任的工作"……

对她的跟踪采访总共历时三年，最后一次，是在此一年后进行的。那时，正值春天逐步走向尾声的时节。

受 2008 年秋季爆发的经济危机所带来的影响，年轻人的就业环境在短时间内变得异常严峻。

企业外派裁员和应届生内定资格被取消的新闻报道不断涌现，电视上也循环播放着"派遣村"①的实景记录影像。

许久不见，她看起来显得越发干练和自信了，一问原来是获得了"主任"的头衔，接着被调派到了其他部门，负责起营业部收发订单的管理工作了。

"和以前相比，现在自己的想法发生了很大转变。"她说道。

"以前视线总集中在自己身上，老想着自己以后会变得如何如何。想要做图书出版、想去公司总部上班、想当上店长……到底能不能达成所愿，什么时候才能实现这些愿望，脑子里全被这些问题所占据了。现在，竟然产生了无论如何也不能辞职的想法，你说这奇妙吧？而且看问题的角度也变得多样了，比如，要是辞职，这手里做到一半的工作该怎么办，对公司又有什么影响，就会更多地考虑这方面的问题了。"

---

① 派遣村：东京日比谷公园内专为失业派遣员工建造的跨年用临时起居场所。
　——译注

而且，在公司内部地位和立场的改变，也为她带来了许多微妙的变化。

　　"说实话，靠着现在手头这点工资要在东京生活下去确实有点困难。营业部门的男性员工因为工作上经常被转调到外地或者其他岗位，所以能拿到很多津贴，工资也随之水涨船高。但与之相对，作为一般办事人员的女性员工并没有相应的转调机会，这样一来，男女差距就被拉大了。（和制度上相对完善的大型企业有所不同）我们公司体制还很陈旧，招聘事务型女员工时更倾向于选择公司离家近、通勤上方便快捷的年轻女孩。再或者说，选择性地录用那些到了三十岁就会结婚、辞职的女孩是一种惯例做法，整体意识基本上都还停留在这个阶段。"

　　像她这种四大名校的毕业生在这家企业里是极其稀有的，但由于正处秩序混沌的就业冰河期，她阴差阳错地闯了进来，成了一名普通的事务型女员工。但公司也给了她许多特殊关照，比如任命她去负责管理的职务、接受她在住房补贴上提出的要求，这些在公司里都是从未有过先例的。

　　"在我之后，女性员工的录用率也在逐步上升。领导告诉我，也许之前还有人对我所获得的'特权'表示不满，但看看后来进入公司的这些女孩就会明白，要是我当初不去争取更多权益的话，她们现在也享受不到当下的这些福利了。"

　　沉浮于这种时代浪潮中，在不知不觉间，她便成了公司组织内部女性伸张权利、争取更广阔发展空间的排头兵。

　　"总觉得自己成了不折不扣的大炮灰呢，为什么牺牲的老是我啊？"她笑着说道。但似乎要转变话锋似的，她稍有停顿迟疑，转而又继续说了下去：

　　"要是我现在辞职的话，对后面进来的这些女员工影响可能不太好，而且，我自己也会觉得不甘心，主要是这两方面的顾虑。"

在她身上，已经看不见昔日那个一心想要做自己喜欢的工作且面对现实固执己见、毫不妥协的女大学生形象了。

自己能为这个社会多做点什么，身上又肩负着怎样的责任——不论她自己是否意识到了，但我想，也许如今，她正在学习和摸索着"工作"一词所蕴含的更深层涵义吧。

第 3 章　遇到了"理想的上司"，
　　　　　 所以辞了职

内线电话的铃声又响了起来，拿起听筒放到耳边，里面传来了对外营业部门负责人低沉的话音："嗯……是这样的，这边某某在 A 公司应聘的结果出来了……"

山根洋一仔细辨别着对方言语里的话外音，想从中摸清事件的走向，但他有预感，这次的事情定然已经凉了大半截了，不由得皱起了眉头，在心里微微叹了一口气。

"还以为这次的牵线搭桥会成功呢！"

但抱怨也丝毫无济于事，现在应该立即收敛起情绪，尽量打探出更多信息，做最后一点努力——

"真的没有可商量的余地了吗，那您这边方便透露一点更详细的信息吗？"

2008 年 9 月，美国大型证券公司雷曼兄弟宣告破产，世界经济转眼呈现出了低颓态势。在此之前，他接到合作企业后续打来的电话时，基本上都会听到对方明快的报喜声——"这边已经决定录用了！"但近来从负责人口中获知不理想结果的比例却大为增加。作为一家大型人才招聘中介公司的咨询顾问，他已有两年的工作经验了，但如今应聘者录用率如此低迷的情况，山根还是第一次遇到。

人才中介公司在跳槽者和人才接收企业中间充当一个来回斡旋、提供信息的角色，企业则用支付中介费的形式来购买它们的服务。

像前文所提到的大桥和中村那样，求职者利用普通"登录型"通道求助于人才招聘中介公司之时，首先要用自己的个人信息进行注册登录，再依次录入自身履历以及跳槽的理由动机信息。针对用户的职业选择志愿，中介公司会给出相应的指导性意见，求职者再从中介方提供的招聘信息中选出某个或某几个心仪的企业前去应聘。公司还会以提供面试攻略的形式为用户顺利通过面试而专门支招，接着便会为用户接洽面试时间上的安排以及帮助修改简历、完善推荐信内容等。而这些服务都是完全免费的，直到注册用户确定了职位去向，中介公司才会向企业方收取中介服务费用，此项费用的市场价格大约在被录用者年收入的30%到35%左右。

扩大到整个跳槽者群体来看，通过人才招聘中介公司找工作的也仅为其中一部分而已。但厚生劳动省职业安定局的资料却显示，自从1997年中介行业限制放宽、走向自由化以来，有偿职业中介事务所的数量激增，从3 375所上涨到了2006年的10 375所。再从大型人才中介公司所主导的求职招聘中介件数的数量变化来看，这些年的折线图走势持续大幅向高位拉升，可以看到整个行业正在飞速发展壮大。

但原先预计今后还将继续保持下去的良好成长势头却在此时遭遇了挫折，短时间内增长几乎停滞，从2008年秋天开始直到第二年，这期间山根深刻地体会到了行业内部的剧变。

"我看人事部对前景预期也太乐观了一点，竟然还坚持这不会对公司未来业务产生太大冲击。"他略显愤懑地说道。

但他显然不能抱着云淡风轻的态度，就此撂下一句"果真如此吗"，便退到一边隔岸观火，他还必须从代表企业一方进行交涉的对外营业部门经理那里，获取更多细节性的信息。眼看将成定局的企业录用决定最终却泡汤了，他作为在中间牵线搭桥的咨询顾问当然要向求职当事人转达被拒的具体理由。

不予录用的理由是面试成绩不佳还是录用人数有所减少，再或者，是公司的后续经营难以为继，还是由人事负责人递交的会签文件没能通过审核。通过交涉如果尚有回旋的余地，这边又该朝着哪些方向加以改进——他要就不同个案的细节，向负责人提出质询，或者通过负责人直接向招聘企业打探相关的信息。

"还有一点必须要问清楚，那就是如果企业重新制订录用计划并再次公开招聘时，在上一次的招聘中落选的同一求职者如果想要再次前去应聘的话，应该遵循什么样的程序和步骤。是不是仍需从基础的简历文件开始接受筛选，能否获得内定，是否还得重新参加最终面试，这些都要一一进行确认。唉，但就算问了，对方企业的回答却总是含含糊糊的，多数情况下就以'目前尚不清楚'给搪塞过去了。"

业内人士谁也不曾预见，这场在美国爆发、波及全球的经济危机会对如今的非应届招聘市场造成如此沉重的打击。

而今回首却发现，早在 2008 年入夏时节，就已经有预示征兆了。从前，他们帮助过一位二十五岁的求职者去应聘一家 IT 企业的销售职位，当时尽管当事人并无相关销售经验，但因为其毕业学校正好符合公司的录用标准，个人文件审核几乎未经周折便很快顺利通过了。但不知从何时起，是否具备"设计规划"与"组织架构"的相关工作能力与经验这一条，成了公司选用人才的重要考量指标。按照惯例，这明显有违行业的普遍认识，在当年夏初，这被认为是正常经济波动下的特殊情况。然而入秋以后，"偶然事件"增多，竟逐步走向了常态化。

"包括经费预算和市场运营预算，在我印象中，各处都在对人员录用相关费用进行大幅削减。虽然各行各业有所不同，但总体感觉上平均预算至少减掉了三四成。"

由于身处买方市场，优秀技能型人才的跳槽意愿实际上也并不高，如此便陷入了一个恶性循环。眼看着以往招聘需求量较大的企业正在一步步缩减着招聘规模，他敏感地觉察到了危机也在向他自身迫近，这让他有些坐立不安了。

但 2009 年年初与他见面时，却发现他并未完全被失望情绪所笼罩。面对公司不断下滑的经营业绩，他虽对此慨叹不已，但另一面，目前的严峻形势也催生出了他内心渴望摆脱困境的工作干劲。

"我很喜欢周围跟我一起工作的这帮同事，也非常愿意同他们一起共渡难关。为了保住我们这个工作团队，公司就必须存续下去。我最近也更加真切地体会到了，就算工作本身很有趣，要是跟周围的同事处不到一块儿的话，继续在这个公司待下去也会很无趣的。归根结底，一起相处的'人'，才是最重要的。"

两年前，就在他即将踏上新的工作岗位之际，我们也曾见过一次。那时，他虽然怀抱着对新环境新工作的惶惑不安，但却一直在极力掩饰这种情绪，向我展现出来的，是一种强力压制下的平静和沉稳。但如今跟我讲话时，他整个人显得十分放松，特别是他后来自然大方、不疾不徐的说话方式给我留下了极其深刻的印象。

"最近，我为客户提供咨询服务的方式也发生了很大变化。要是在2008 年之前跳槽中介生意的鼎盛时期，了解了客户的职业志向之后，基本上根据客户毕业院校的排名就可以与相应企业进行接洽、为对方输送人才了。但如今形势既然发生了变化，按照以往的经验来操作显然不行了，起码要更多地去了解客户对当下的职场环境到底有哪些不满，哪些方面获得改善才能满足他们的需求。比起跳槽后的工作技能提升问题，我们更为关注的，是客户针对新的工作环境所提出的要求。因为要是不把重点放在提升客户的工作幸福感上，那么最终的匹配结果就很有可能达不到预期的成效。"

比如针对前文中的中村这类特别在意"职业性质"的求职者，咨询顾问就会向他们重点强调"工作方式"的重要性。探寻隐藏在求职者内心深处的跳槽动机，再对他们的真正需求以及横亘在眼前的障碍——进行分析与判断，随后给他们介绍合适的工作岗位。这也是他们工作的真正价值所在。

在这两年间，山根担任了几百位客户的咨询顾问工作，成功促成一百多人顺利跳槽。他逐步积累着行业经验，所取得的成绩也日渐受到瞩目，由此他也收获了更多的自信。回想起以前，自己也曾是这批应聘大军中的一员，而当时踏入这家中介公司时五味杂陈的心理状态与当下累积起来的"自信"之间，似乎也存在着某种微妙的联系。

2006 年 7 月上旬，山根来到一座屹立于东京都内的商业大厦楼下，他即将拜访的人才招聘中介公司就位于这座建筑楼内。这一天，是他与职业咨询顾问进行首次面谈的日子。

三个月前，他登录进这家中介公司的官网主页，注册了自己的职业信息并完善了个人简历。随后，公司方面指派专业咨询顾问通过邮件迅速与他取得了联系，并进行了相关信息的确认。之后经过几轮邮件上的交流与协商，他们依据程序确定了后续的面试日期。

他向大楼保安出示了相关证件并告知了对方自己的去向，之后便搭乘上了缓缓上升的电梯。电梯门准确无误地在指定的楼层打开了，首先映入眼帘的，便是装扮十分清丽整洁的前台接待人员的身影。

在前台登记之后没过多久，负责接待他的一位女顾问便出现了。在对方的指引之下，他进入了公司内部，一排像城市酒店那样的客房楼层通道出现在他面前，通道两边全都排列着大小约为 5 平方米、像密室一样的包厢，放眼望去，一个个包厢向通道那头无限延伸。包厢内部统一放置着一张纯白的办公桌以及两把纯白色的椅子。这种私密性良好的单间应该是专为防止个人信息泄露而设置的吧。既然被称作"职业咨导服务"，这种包厢也确实称得上"咨询室"这个名头。

这家中介公司每天约有两百注册用户前来实地咨询，那么就算走廊表面上安静得没有一丝声响，但仍然可以想见，其他每个房间里针对不同求职者的咨询指导，也一定正在有条不紊地进行着。

具体来说，人才招聘中介公司所提供的"咨导服务"究竟是怎样开展的呢？

在跳槽中介生意发展势头良好的 2007 年，为了了解跳槽市场的最新动向，我曾做过一次与此相关的调查采访。

那次采访的主角跟山根一样，同为一名男性职业咨询顾问，他向我进行了如下的详细说明：

"做职业咨询顾问首先要做的是构建起人与人之间相互信赖的关系。所以最开始要以闲聊和服务说明作为切入点，在询问客户为何要选择通过中介公司更换工作之后，再慢慢转移话题，让客户讲述自己对当下的工作抱有什么样的不满、什么情况又引发了自身的不安情绪等与跳槽理由联系紧密的问题。"

假设对面坐着一个希望更换工作的客户，年龄在二十七岁左右，在一家大型通信公司已经干了五年，平常所做的是向顾客企业推销本公司通信系统与通信业务相关产品的工作。但他每天都与同一个上级领导打着交道，整日的工作内容就是完成上级交给他的任务。长此以往，他对公司这种相对保守的工作体系便感到厌倦了。因此，他选择了向人才招聘中介公司进行求助，接下来，他便向咨询顾问袒露了自己的心声："总之要是有更好的去处，我恨不得马上就换工作。工作性质的话，我觉得那种能和很多人打交道的工作比较好吧。但在工资待遇上，我希望不要怎么降级，比如市场运营这种，感觉上就还不错……"

把这种比较笼统含糊的说辞一点一点地听进自己耳朵里之后，首先要清除的，就是对方话语中的"外围障碍"。例如，说到"市场运营"，他就要进一步向客户确认到底是哪种公司、哪类产品的市场运营。现在在大型通信公司上班，又不想降低工资待遇，那么符合他要求的，也许只有像"P&G""花王"这一类的企业了。但遗憾的是，这种人气高的企业招聘需求量又很小，根据他的判断，要成功地在能满足这位求职者自身要求的企业里找到工作，几乎是不可能的。

尽管如此，行业原则却不允许他们把此类判断直接告知客户，因为大多数用户都会同时寻求多个中介公司的帮助，如果一早就把这种负面信息传达给了客户的话，就很可能会造成客源流失。当然了，要是他们认为对方没有跳槽的必要，也必须果断地向对方提出中肯的建议。

像这样的咨询指导面谈平均下来有两次，每次时长大约为一个半小时，具体的企业介绍可以放到第二次进行。如今要做的不是对客户的要求就此做出"妥协"的回应，而应该尽量顺着求职者对未来职业的憧憬心情把话题继续推动下去。这时，一般会让对方谈一谈当下的工作体验与感受以及在工作上所取得的成就，与此同时，咨询顾问已经在心里谋划下一步的应对策略了。

"其实我们心里早就已经有预判了，就算去不了P&G、花王、本田这样的大公司，也可以选择虽不那么知名但在基础行业里相对可靠的、有地位的公司。再说，既然对方提到了'想要跟更多的人打交道'，那么宣传工作便也可以纳入考量范围之内了。像这样，一点一点地向客户描绘所介绍企业的样子，在这个过程中，逐步把客户的认识往自己的判断上进行引导。"

他做职业咨询顾问已经有好几年时间了，每天都反复聆听着这些求职者们讲述着自己的故事。由此他发现，有关改行换工作的社会价值观，也在不断地发生变化。很早之前——其实也不过是2002年左右的事了——那时很多人都抱着孤注一掷的决心来到中介公司，寻求职业建议和帮助。然而现在就算改行门槛并未降低，人们对跳槽行为本身却逐渐打消了原有的顾虑。可以直观感受到，辞职跳槽的风气正在各行各业蔓延。

近来，各大转职网站的广告充斥了大街小巷，当乘坐地铁等公共交通工具的时候，也必定会碰到这些由中介公司所打出的五花八门的广告。其中最打眼的当属转职支援网站"en-japan"了，他们起用滑稽组合"爆笑问题"做广告，其广告词"转职需谨慎"随处可见。

他私下把这种倾向命名为"跳槽的大众化"。要是能不改行的话就尽量维持现状好了，但要在一个完全不适合自己的公司里一直干下去的话，也太委屈自己了。所以，要是对跳槽抱有强烈的兴趣、现在的工作又让自己感到苦闷的话，那就大胆地换工作吧。就像去挑选、试穿觉得适合自己的衣服一样……我们所做的工作也只不过是像服装店店员那样，把自己认为可能适合顾客的衣物挑选出来，并给出试穿建议而已。实际上决定买不买这件"衣服"的最终选择权，则始终掌握在求职者本人手里，他解释说道。

——那么，三年前坐在山根对面的那位咨询顾问，便也是这样，手里抱着一沓文件，脸上笑容可掬，把中介服务的流程大致简单介绍了一遍之后，便从简单的闲聊开始徐徐展开话题了。一个半小时过去，咨询时间快要结束之时，她再适时拿出候选企业的名单摆在他面前，恭谨地问道：

"您希望去哪个公司呢?"

接过手粗略扫过一遍之后却发现，中介公司推荐的全是跟IT行业有关的企业。

像山根所选择的这种大型人才招聘中介公司里，依据历来的中介经验与实际成效，背后都有自身独立的数据库和匹配系统作为技术支撑。实际上，早在面谈进行之前，系统就会根据注册用户的基本信息事先排列出一定数量的推介企业作为客户的备选项。也许因为山根如今在开发及销售通信器材、软件并以企业为目标对象客户的 IT 公司上班，匹配系统才会自动为他检索出这些以 IT 业为主的候选企业吧。

但他自己却有不一样的心思。他想要的，不在于职业技能提升，而在于职业转向——实际上便是转到这种人才求职招聘平台工作。在考虑换工作之初，他便是这种想法。

从这一年的春天开始，他和学生时代的两个好友便一起在东京都内的一条主干道沿线上租了一套三居室的公寓，从此过上了合租的生活。从位于 12 楼的卧室窗台边向外眺望，可以看到城市中心密密麻麻的高楼建筑群。到了夜晚，五颜六色明明灭灭的大厦外壁灯光和车灯后拖出的一条条炫目荧光带，共同勾画出了一幅绚丽繁华的中心都市图——这就是他的栖身之处。

三间卧室分别为 6 张、6 张、7 张榻榻米大小①，除了要轮流倒垃圾、打扫房间之外，他们彼此都十分尊重各自的生活起居习惯和安排。有时碰到休息日，他们则会齐聚在客厅里一起看剧或者聊工作、聊往事，抑或一起探讨人生中那些纷繁琐碎的点点滴滴。

其中一个合租的室友，当时正在山根所求助的那家中介公司中制作网络招聘广告的部门里工作。

在山根考虑换工作的时候，他事先向对方了解了一些相关的情况。这位室友跟他同龄，是北海道人，从老家的一家出版社辞职之后便再度来到东京，开启了自己的新事业与新生活。

"要是想换工作的话就放开点去行动吧。"朋友说道。

职业咨询顾问具体是干什么的、人才中介又是什么样的工作性质、要做哪些准备才能胜任这项工作……山根一连问了好几个问题。接着，室友还为他引见了公司里的一位同事。山根听着听着不禁觉得，这类工

---

① 1 张榻榻米的大小约 1.62 平方米。——译注

作不正好满足了自己在 IT 企业工作以来逐渐膨胀的跳槽期待吗?

后来,他终于走进了这家中介公司的咨询室。

"其实……"山根缓缓开口道。

"其实我不想再选跟 IT 行业相关联的公司了,而是想要来贵社这样的机构工作。"

说完,面前的咨询顾问却丝毫不显得惊讶。

因为公司正好也在招募新员工,咨询顾问便就此跟他聊了起来。他也去过业内其他与之有竞争关系的人才中介公司和人事关系咨询公司,但最终却还是把目标定位在了这一家中介机构上。差不多过了两周,他就收到了公司决定录用的通知。听说一般通过中介公司找工作要花一个半月左右的时间,所以如此神速的录用决定反倒让他觉得有点摸不着头脑了。

出生于 1980 年的山根在埼玉县长大。父亲是高中美术老师,母亲虽是全职太太,却也是从美术学院毕业的大学生。加上弟弟妹妹家里一共有三个孩子,妹妹学的是陶艺,毕业之后便升入研究生院继续深造了。虽然在这种具有艺术家氛围的家庭环境里长大,他却从来没想过要在音乐或美术上有什么造诣。上小学的时候虽然硬被拉去学了一段时间钢琴,但他自身却十分抵触,父母拿他也没办法,最终只好任由他放弃。到了现在,他仍然坚持说自己的确没有学钢琴的天赋。

父母虽然没有采取狼爸虎妈式的教育方式,但他却记得,在大学升学考试中,父母曾要求他"眼光要尽量朝上"。偏差值在 50 的话,就要朝着 55 努力;在 60 的话,就要再向 65 加把劲……处于青春期的他虽然存在逆反心理,偶尔也会跟父母唱唱反调,但从小受他们的影响,他对"不能轻易选择放弃"的观念却也表示认同。

从老家高中毕业时,他本来想读理科,最终考进的却是横滨国立大学的经济学院。虽然同时也报考了几所私立大学的理科院系,但不幸全都落榜了，不过他并没有因此而气馁。一是因为横滨国立大学只需要数学成绩拔尖就可以考上，再加上这也是他的第一志愿学校。

山根平时面部表情并不丰富，说话时语气也总是淡淡的，但一提到跟学生时代相关的话题，他脸上的表情立马就会变得生动起来。

"哎呀，说起来那个时候每天尽在玩。和朋友们一起结伴去旅行，在学园祭上兴致勃勃地捣鼓模拟店，玩得特别尽兴。感觉大学就是一个与各种各样的人接触、打交道的地方。"

虽然有谦虚的成分，但据他自己回忆，大学期间他"唯一认真对待"的，便是一个以"地域经济"为主题的研讨会了。针对"港口未来"地区的再开发问题，他收集了大量的媒体报道信息与专家言论实录，也去实地采访了项目承包开发商"三菱地所"方面的看法以及第三方部门的意见，最后还对当时担任横滨市市长的中田宏等领导的言谈评论进行了分析。经过这一系列充分的准备，最终他的发表展讲按预期得以顺利进行。也是在同一个研讨课上，他认识了现在成为他室友的另一位好友。

当时跟他同级的大多数同学，都一起住在相铁线的和田町。

从和田町的站前广场要爬一坡长长的台阶才能到达他们的校舍。每天早上，他们都爬得上气不接下气，到了夏天，衣服更是经常被汗水打湿浸透。不过那时，山根也经常伙同住在同一个街区的朋友们去喝酒，有时候喝得醉醺醺的，手上还拿着酒瓶，便歪歪倒倒地闯入某个哥们儿家里去"做客"了。一大帮人一起出门旅游的时候也不少，总之，山根在大学同学中人缘还算不错，在人际关系上也很吃得开。

但学生生活也会走到尽头，不管内心是否能适应新的变化。快乐的时光总是短暂的。

当他意识到要找工作这回事的时候，正好是求职招聘期的启动之时。也就是在大三的夏天到当年冬天的这段时间，他逐渐把视线转向了未来将要从事的工作上。但他自己也不明白，自己究竟想要做什么类型的工作。要是让他对不久之后自己踏上社会后的图景做一番想象，也许他会想到"每天都要去挤爆满的电车，实在是太恐怖了""想找一个体面的工作""要是能继续这样生活下去该多幸福啊"——脑袋里浮现出的，不过是这类抽象的想法。

然而后来他在公司工作了两年后，面对采访，他告诉我：

"进入公司之后，认识上就发生了改变。现在更多地会觉得，要是什么也不干的话，不就腐朽堕落了吗？要我具体阐释我倒说不出来，但心里存在一种要把个人价值和社会价值结合起来的想法。比方说踏上社会之后身上的责任不就更重了吗？要对公司负责，还要对客户负责，如果能把这种责任切实承担起来，也就能获得工作上的自我价值感了。"

但是当时却没有这种想法，那时完全不想这么早地就进入职场工作，他继续说道。

开始找工作时，山根选择了先去"三菱地所"和"三井不动产"的宣讲说明会了解情况，考虑到这两个公司跟自己在研讨课上的研究、发表颇有关联，因此在个人情感上也更加亲近。但不用说一早就被刷了下来，他坦白说，就算前面侥幸晋级，最后也一定跨不过面试这一关。

既然找不到一个明确的目标，他便从"人性力"这个关键词着手，开始寻找起了自己的人生方向。为了解释这个概念，他搬出了自己从前在横滨站附近一个小酒吧里当兼职调酒师的经历。曾有一位跟他关系好的客人问他：

"你周几来店里？"

"每周一三五。"他回答道。

"那我以后就星期三过来！"对方的回复让他很是感动。

说起兼职中那些琐碎的体验，值得拿出来讲的也不过如此，但当他认真地考虑起"工作"这档子事的时候，这个场景却飞快地在他脑海里一掠而过。如此微不足道的小事在某种程度上对他来说却是意义非凡。橙汁利口酒、调了奎宁水的杜松子酒，这些东西在他们店里能喝到，当然在其他店里也能喝到。但客人却专挑自己在的日子来喝酒，也许正是对方赏识的话语和友好的笑容，才成全了自己在"工作上的快乐"。

"这才是作为'人'本身'价值'的体现吧……"

他所说的"人性力"，也应该包含这层含义。

所以在接下来找工作的进程中，他又把目光转向了"东京电力"和"JT"。接着，他又体会到了综合商社的魅力。他认为，像电力和烟草这种基础垄断性行业，在工作内容上能留给人的想象空间很是有限。但综合商社就不一样了，在这里有各种各样的商品以及商用材料，如何把这些东西推销出去，在本质上应该是和人自身的魅力息息相关的。

向谁推销这些商品、如何把自身的"附加价值"附着到相应的商品上才能达到更好的售卖效果……按照这种思维模式，在"人性力"这个关键词的"庇护"之下，他也顺利地接纳了那个不知道该找哪种工作的自己。

结果，他最终的内定去向是一家面向法人企业的 IT 和通信器材销售公司。这家公司包括分公司在内员工数量庞大，产品销售业绩上也呈现出稳步上升的良好势头。他虽然失去了去东京电力和三菱地所工作的机会，但至此他终于在一系列的求职活动中获得了暂时的满足感。

他所去的这家公司商品经销范围很是广泛，其中通信系统（网络、电话、IP电话、电视会议）的法人营销业务便是他接下来要负责经办的部分。在他看来，附加在通信器材和通信系统上的技术，在行业范围内都不会存在多大差别，因此就工作性质来讲，"人性力"才至关重要。

"不是只有自家公司或者自己才能销售这种商品，恰恰因为别的公司也在卖，所以才有可比性，而我就想成为那种能受到顾客特别青睐的销售人员。比起商品本身的价值，如果顾客是因为看中了我服务的价值而做出购买选择的话，我就会感到特别高兴，心理上也会更受鼓舞。"

不过还有一个遗留问题，那就是他还没有拾掇明白自己究竟具体想要做哪种工作。在他潜意识里也认为自己不可能永远在这家公司待下去。踏入社会开始工作之后，这个答案说不定就会自动浮现出来。虽然现在还不知道这个"理想工作"的具体形态，但等到疑问被解开的那一天，再向着"那个"工作方向努力也不迟。仿佛为了打消心里时隐时现、说不清道不明的那层不安感，他一边把自己的情绪向这种乐观的方向上带，一边又踏出了作为社会人的第一步。

2004 年 3 月，山根大学毕业，在接下来的新员工研修培训活动结束之后，他便被指派到了分管通信系统器材产品销售的部门中。

进入公司之后他才知道，每天早上他们都得参加各个部门里各自举行的"晨会"。在他所在的部门，首先是新员工朗读社训；然后出勤点名；如果有特别联络事项的话，相关人员还要出列当众报告宣读；到了最后，还有"演讲发表"这一项内容。问了过后才知道，作为研修的一环这是专门针对新人所设计的，具体内容是以日常新闻事件作为演讲题材，做一个 3 分钟的自我意见陈述。

"演讲主题上没有限制，所以其实尽管说下去就好了，举个例子，就像'据最近新闻报道，××公司于近日发布了新产品'这种。发表结束后，部门领导会说一两句话作为点评，但有的时候什么也不说。唉，当时觉得这个环节麻烦死了，上台紧张不说，下面还尽是自己不认识的人。"

比起分布在全国各地工作条件严苛的分公司来说，总公司的氛围和待遇可以说是相当不错了。跟他同期进入公司的大约有 200 人，其中约有 150 人被分派到了分公司的经销岗位，据说被分到本部的包括他自己在内一共只有 30 个人左右。

留在了总公司却最终选择辞职的除了派遣员工和合同工之外，几乎一个人也没有。然而被指派到分公司的那些新人当中选择辞职的却逐渐增多。如果在总公司上班，有时还可以跳过晨会直接奔向营业厅，但跟各个地区有着千丝万缕联系的分公司中，有的还会分早、中、晚召开3次公司会议，并将此添加到固定的日程表中。当然，如果没有完成规定的月销售额，他们还会受到上司严厉的斥责。

更让人头大的是，不仅要看一天下来的销售业绩，面对中午那场例会，他们还要把半天时间内所做出的成果拿去交差。就算事不关己，但一想到这种"酷刑"每天都将准时上演，山根便感到不寒而栗。实际上，对目标和每天的管理不堪忍受的分公司同事们，几乎天天都在嘟囔着恨不得马上辞职。

但作为"新社会人"进入公司以来，虽然也遭受到了好些文化、观念上的冲击，但总体来说他还是乐在其中的。特别是在最初的一年中，他根本无暇去想得那么复杂，对眼前这个崭新的世界，他抱有源源不断的新奇感。

在通信系统的日常营销中，他秉持着无比的热情与干劲不断接受着来自新课题的挑战，这也是因为他在一开始就确信，这个工作是需要相应的"人性力"的。

例如，在某个企业的会议室里需要安装某种连接网络的终端设备，这时有不少回路装置的种类可供选择。假如这个回路要在东京和大阪之间进行连接，那么安全保障性最高的做法便是在中间直接牵引一条专门线路，但这同时也是费用最高的一项选择。而山根所在的通信公司，则专注于这种互联网通信技术的开发与推销。那么接下来，还要对安全性能上的组合构造进行进一步的选择。他不仅要为客户说明本公司通信系统所具备的价值和优势，还要依据对方的预算给出合理的采购方案建议。

工作当中最能给他带来快乐和满足感的，莫过于在同行业同种商品的销售竞争中取得胜利的时刻了。在客户那里与其他公司展开竞争，为了本公司产品的推广而展现出十八般武艺。

那还是进入公司第一年冬天的时候，其他大型公司低价但功能也相对较少的产品与本公司价高、功能却更为齐备的产品之间形成了竞争的态势。客户方的采购经理考虑到功能上的优势当然更中意后者，但同时也因为预算上的限制而显得十分犹豫不决。

山根向对方直截了当地说道：

"如果首先购入的是低价产品，那么后续还要忍受低配所带来的不便。与其如此，还不如一开始就把钱投资到优质产品上，那样得到的回报一定会更加丰厚。"

"其实您可以这样想，"他继续说道，"比起投资 100 元得到 150 元的回报，用 100 万的投资换取 150 万的收益不是获利更大吗？设备要是在关键时刻掉链子的话，不就成了赔了夫人又折兵吗？"

他的推销最终得到了购买方的认可，当自己提出的企划案被对方采纳的时候，也是他最为兴奋欣慰之时。他在心里自我暗示道——"看来我还不赖嘛！"这样想着，自信心便也得到了增强。

山根在职的这三年间，公司每季度所设定的目标销售额他都能顺利达成，可以说从未失手过。

在平时的产品销售工作中，他一直保持着自省的状态，时刻提醒自己作为新人在相关知识和经验方面跟竞争企业的销售人员相比还有不小的差距。不仅要继续学习互联网通信技术的相关知识，经验尚浅的自己如果想要在业务上先人一步的话，就不得不在获得顾客的心理信赖方面下更多的功夫。要赢得信赖，通常来说就意味着要时刻保持谦逊的态度。他也决定，要把这种态度贯穿到实际的工作当中。

"不是说如果实际情况高于自己的期待就会生出感动吗？"他解释道。所以，在商务邮件的回复上他总是要比别人提前一步。如果对方要求在三天之内得到问题答复的话，他两天就能搞定。在资料文件的制作上，他也不甘于停留在普通水平，其精心程度往往远超顾客的预期。

这种努力的姿态，确实和他所取得的成绩紧密联系在了一起。

在他辞职之后，负责接手他客户企业的一位后辈说道：

"山根前辈留下来的'遗产客户'对我来说真是天上掉下来的馅饼。刚开始我几乎不用做什么就能接到源源不断的订单。他对客户的要求特别上心，各种回复也很及时，还有企划案的交付速度也是特别快的。"

一次，在地方上一个大约一千员工规模的制造厂商决定要购置一种通信系统器材。当然该制造厂商的采购代表联系上了好几家公司，并对它们各自的产品都进行了一番比较。

山根在电话里告诉对方不要有顾虑，如果有什么嘱托要求或者咨询事项的话便直接跟他联系。对方一开始就自身的疑问点向几家公司的销售员都抛出了同样的问题。网络的结构图、实际通信时网络连接的操作方式、不同器材在细节上的差异……山根通过邮件对这些问题一一为对方做了仔细的解读，其回复速度在所有同类公司当中几乎最为迅捷。如此一来，对方公司再有什么疑问，就只找他一人了。

接着，从对方负责人那里，他得知了该公司年内可支出的具体预算金额。"这个额度其实绰绰有余。"他在心里默默估算道。在有商务合作的公司之间，像这样把几百万预算实情告诉对方的，的确不多见。该公司要是计划与他们公司缔结合作关系的话，那么接下来只需要在预算内为对方提供一份最优企划案，事情便基本上办成了。

这家制造厂商通过山根从他们公司购进了好些种类的器械。不仅如此，后续还进一步追加产品功能，甚至时不时还为他们介绍客源。两个公司之间由此建立了密切的联系。

"感觉自己在做业务的过程当中成长很快。"他说道。

"具体也说不上来，但就是模模糊糊的，有一种想把个人价值放到社会价值中去的想法。"

做着对于自己来说得心应手的工作，就会对"社会"产生积极的影响——不管怎么说这多少带有一丝主观的色彩，而且他想象中的这种"社会"或许也并不是真正意义上的社会，但这种"自我价值感"，却是切实存在的。

"成为'社会人'之后，身上就会被附加更多的期望，有来自公司的，有来自客户的。要是能回应他们的这种期望，就可以找到自我价值所在。如果被客户信任，也就更有动力去为他们答疑解惑，并且愿意花更多的精力去设计一种理想的系统安装方案。"

但拼命工作一年之后，与原先在工作上的激情相对，渐渐地，他心里冒出了不一样的声音——迷茫与困惑在这时找上了门。

在与其他公司的竞争当中获胜的时候，一种独当一面的喜悦感就会油然而生，要是客户因为信赖自己而选择了本公司产品的话，他就更觉得开心了。随着客户对他服务态度夸赞的增多，他也更加有了自信。也许他在工作上的抱负比起一般人翻了一倍，但随着他对手里的工作越来越熟稔，"老问题"就又冒了出来，自己究竟具体想从事哪种工作？他越来越频繁地想到这个问题，"就连能为自己带来兴奋感的业务竞争好像也……"他开始分析道。

"确实在同类企业中赢了的话是很开心的，但就算竞争失败，客户方面还是会导入同一种系统，互联网系统都是差不多的，区别只在于卖家是谁。"

回顾一下他的心路历程，明显跟这种说辞是相互矛盾的。原本他就想凭着自身的"人性力"赢得竞争，成为这种卖"非垄断性产品"的销售人员也是由他自己选择的。而且也正因为他的个人价值获得了自己乃至他人的承认，才会有前文中提到的制造厂商以及越来越多的客户前来购买他所销售的产品。

这种与初进公司时完全相反的认识逐渐占了上风，折磨得他快要精神分裂了。他原来信奉的那套能支撑起自我价值的内在逻辑突然就崩塌了，然而在崩塌无望的世界里，他还要继续工作下去。突如其来的空虚感逐渐充盈了他的整个胸膛，挡也挡不住。于是，个人价值与社会价值相重合的主观感受也慢慢淡化了。

那么，这种"空虚感"又从何而来呢？

"这么说吧，和客户一起探讨了很久的互联网架构之后，最后要决定导入某种系统了。"他接着说道。

"这个时候，其他竞争对手突然下调了同种器材的价格，于是我们这边也马上拿出了更进一步的器材结构设计方案，接着就以仅仅低于对方一元的价格火速地把合同签掉了。这种操作其实还不少，说实话后来真觉得有点无语，因为这跟个人价值完全没什么关系，这上面没有任何'人'的附加价值。往后这种事件越来越多，就更加觉得现实离自己的想象越来越远了。

"工作本身做起来是很开心的，但是产品能不能降价也不是自己能决定的，说到底决定权还是在公司手上。虽然说营销服务的质量也是一方面，但客户最为看重的还是公司的招牌。客户在众多卖家当中选定了我，我当然是很高兴的，但就算选了其他公司，购买的产品在性能上也完全不会发生什么改变。"

当然，降价背后，是商品本身的价格和公司规模等因素在起作用，对企业来说，这也只不过是一种通用的战略性选择而已。既然选择了在"集体机构"里工作，那么丢掉公司这个"外壳"再谈胜负本身就是不可能的——山根对此深有感触。现实中在企业里的工作模式，绝不仅仅是"人性力"这种理想化的说法就能解释得通的。所以对此体会越深，自己作为公司一员的自豪感以及那原本高涨的工作热情也消退得越快，就像脱了缰的野马，他再也抓不回来了。

离初进公司已经过了一年的时间了。

随着逐渐习惯了工作上的节奏，他终于有余力坐下来，把视线转移到自己周边的环境上了。当看问题的角度变得更加客观之时，他才猛然发现，其实自己现在的工作也并不那么合乎心意——有很多人指出，这正是现在年轻人频繁跳槽的原因之一。如此说来，给予他这种"客观角度"的周边环境，又是怎样的呢？

在山根的心里，也不光是对工作内容的厌倦以及在理想和现实对比之下的落差感。那时，他的视线由自己转向了比他年长的前辈们，只不过这种视线在对他们日常工作进行仔细观察的过程中，逐渐生出了批判的意味来。

他所属的科室有十来个人，有五十出头的领导、三十出头跟他同龄的销售员以及四十五岁左右身肩科长职的业务经理。上面还有统管好几个科室的"部"，部长时不时地就会来下面的科室巡视一圈看看情况。公司内部大家的职务经历也各有不同，有三十出头就当上经理年收入1 000万日元以上的员工，也有职务上基本不曾有过变动的普通员工。

在工资待遇上他是比较满意的，也绝不是说对公司一点好感都没有。随着日渐习惯了这里的工作方式，很多门道他也基本摸清了。但他继续说道：

"当我发现跟公司前辈们的工作状态相差无几的时候，就再也不想待下去了。不过有一点要澄清，我其实并不讨厌这个工作，在人际关系上也还可以，可以说我还是挺喜欢这个公司的。但是，再看着比自己资历更老员工的工作状态，五十几岁的前辈却和自己做着同样的工作，而且自己的销售业绩还时不时会超过对方。他们身上虽然还有个一官半职，但是工资上并没什么明显的涨幅。所以，感觉上好像自己的未来一眼就能看得到头一样……"

他那时候就有预感，可能过不了多久自己就要选择辞职了。可是，要是一直找不到自己真正想做的工作，就算换了工作，之后也还会有同样的困扰。问题就出在这里。

他试图把自己现在所做的这份工作解析个明白。一段时间以后，他突然反应过来，自己是否对"销售"有什么误解？原本，他有志于成为一名可以"推销自我"的销售员，同时，也因为注重所谓的"人性力"才选择了如今这份工作，但他却没有意识到，其实在销售产品的种类上，也大有文章。

事实上，他对利用了互联网技术的通信系统并不怎么感兴趣。总之，也许正因为自己并不那么热衷（绝非讨厌，但却无特别感觉）推销这类产品，那股不知名的、阴魂不散的不安感才会时时找上门来。乘电车的时候、在家里看书的时候、工作上暂告一个段落的时候……

"这样的状态要一直持续下去吗？"

他觉得这不是开玩笑。别说"一直"了，就算期限是十年他也觉得这未免太过漫长。

自己原本那套思维逻辑与现实感受之间出现了互相矛盾的情况，但得承认，这种状况的出现是合理的。关键是要明白一点，要是从不同的角度着眼，所观察到的"现实样貌"便是千变万化的。

"真让人头大！"他在心里抱怨道。

"把那些在公司里做了十年的人跟自己相比，差别可能就在工作动力上吧。连续工作十年的话，也就从普通员工、主任、股长一路升到科长了，可是在工作内容上却没有什么实质性的变化。除了经理，无论是像我这种新人销售员还是经验丰富的公司前辈，工作内容都基本上是一样的。积累了好几年的工作经验，但左不过就是跟通信器材打打交道。感觉上就像一潭死水，一成不变。"

清醒地认识到这一点之后，山根难免对自己职业生涯产生了焦虑感，也不自觉地把这种焦虑的情绪带到了工作中。

在这种情绪背景下，时间来到了他参加工作后的第二个年头。与此同时，他们部门也来了一位叫 T 的新任科长（经理）。

这位新来的经理大概四十出头，听说他三十几岁的时候就已经当上科长了，是从主管复合机销售的营业部那边调过来的一名干将。

"难对付"是山根对他的第一印象。

T 经理到任之后，立即就展开了科内销售业绩的评估工作。"你们应该更能卖才对啊！"经理对他们说道。

虽然就山根自己而言通常能够完成预期销售目标，但其他跟他同年进入公司或者刚进公司一到三年的年轻职员身上则经常出现业绩不达标的情况。不过，顾客对于新人的信赖度往往不高，再加上要把复杂繁琐的通信系统弄懂弄透确实十分费劲。三年方能磨得一剑，年轻人需要成长的空间——对年轻人应该多加包容，这是他们科室历来的共识理念。

假设这里有一项业务需求，要求把东京与大阪之间的网络利用通信工具连接起来。那么为了顺利达成这项业务，就要在充分了解互联网特性的基础上，再根据客户的使用频率、经费预算等需求进行综合考虑，最后做出最优选择。然而，就算找到了最优的安装组合方式，但也不是简单将之形成文字化的方案就万事大吉了。

"如果要用的是现成的网络，那么就还需要了解相应的声音、影像端口以及企业自身防火墙端口所具备的特性。就算是预想中的最优方案，也可能因为机器零部件之间适配情况不佳而发生不可预料的故障。"他向我解释道。

而且，在业务推销时如果遇到了其他大型企业类似金牌销售员一类的竞争对手，那么本公司的销售新手们就很容易因为知识水平不过关而落败。因为通常来说，有关产品性能细节性问题的详尽阐释，也必须出现在企划案当中。在他们公司的独特语境下，"三年磨一剑"中的"三年"，指的就是新人的技术性知识水平越来越精进，在营销手段上也越来越具备灵活性的这段时期。

不过不巧的是，被调派到他们科室的这位 T 经理原先所在的部门跟通信系统技术并无多大瓜葛。导致他经常在新手员工们认真制作企划案的时候插上一句："怎么老是待在公司里呢？要达成销售目标的话，不应该多去跑外勤吗？"故障排除在他看来仿佛也是件新鲜事，因此大家还会受到他莫名其妙的质问——"为什么在这上面还要花这么多时间？"山根继续道，"我最开始就有点怀疑，如果连 IP－VPN 和广域局域网的区别都搞不清楚的话，不是相当于鸡同鸭讲吗？没想到后来真是这样。"总之，这样一位对技术层面知识一窍不通，对办事程序也完全没有头绪的"门外汉"竟然如此理直气壮地数落起了他们的办事能力，这实在让人汗颜。年轻职员们面对业务上的压力本就苦不堪言，被这么一说，自然就会产生抵触情绪。山根也憋着一肚子闷气，暗自嘟囔道："怎么就这么没有自知之明呢，明明不懂，嘴还那么厉害。"

但 T 经理的本事也就在这里。

虽然到任之初，他的办事风格跟科室氛围格格不入，可"因为是新手所以能被原谅"的风气却正在一点一点被他改变。

首先，T 经理带头加强了知识性的学习，山根每次与之对话都能发现，在对产品的认识和了解上他进步很快，可以说是突飞猛进。再者——也是令山根最为佩服的一点——就算在知识水平上有所欠缺，但其神佛不破无比灵验的营销策略几乎勾起了全体新手员工的好奇心。通常来说，通过三四次的交涉与商谈能够敲定一单生意的话，进程上就已经算很快的了，但期间如果 T 经理也一同前往，便不知是何缘故也许当天就能拿下订单。

他具体是怎样做到的呢？包括山根在内所有人都对此感到不可思

议。一次，随同 T 经理一同出席商谈的一位同事回到他们办公室后，无比感叹地吐出了四个字：

"真是牛啊！"

仔细一问，T 经理跟对方采购代表进行交涉的时候曾说道："决裁权在您手上掌握着呢，不妨按照您自己的意志来做决定。"总之，其鼓动采购代表做出抉择的方式显得颇为"僭越"。如果山根他们也采用这种方式的话效果会如何呢？肯定会遭受到对方的白眼吧，加上他们本来也不受待见……然而对于 T 经理的说辞，对方客户竟没有丝毫的抵触，给出的反馈也很是积极友好。仔细观察就会发现，他的意志和主张悄无声息地就"渗入"到了对方阵营内部。

山根在一次 IT 器械的产品展览会上，也听到了 T 经理所发表的一场演讲。整场演讲几乎不涉及什么专业性的话题，他却换了一个切入点，从公司内部人员之间有效交流沟通的重要性开始讲起，之后无论是在对产品价格与功能功效之间对应关系的解说上，还是在对产品优点的解构上，他自然流畅的说话方式都极具煽动性，在话语逻辑性与用词准确性方面也着实令人叹服……

随着经验的不断积累，也许有一天自己也能达到这个水平，但就其营销话语体系的充实程度来说，T 经理确实让人钦佩不已。从传真通信软件到互联网通信器材，大概因为他无论推销哪种产品，其核心营销理念都是固定不变的。不知道 T 经理是否在通过自身的业务示范有意向他们灌输有关销售本质的"奥义"。与此同时，"不具备相关知识就做不好营销工作"的固有观念也遭受到了前所未有的冲击。

还有一件事，也加深了山根对他的信服感。

之前从他们公司购置过某种产品的企业突然打来了投诉电话。据客户方描述，几天前在晨会会议室里，机器在使用过程中刺刺啦啦断声了，之后通信系统又陆续出现了一些其他的故障。

山根在脑海里快速过滤着可能出现故障的原因——是网络性能低下还是器材适配性不佳呢，抑或是话筒的连接线出了问题？不管什么原因，只要更换一下器材，问题就应该能得到解决，山根这样推测道。于是他就指派自己负责指导的一位后辈去排除机器故障。

　　结果这位后辈在机器线路的连接操作上太过生疏，什么也没做成就回来了。

　　"为什么要派一个临时工一样的人来处理问题?!"对方负责人在电话里对山根恼怒地质问道，接着又气呼呼地加了一句："过几天把你们经理也叫来!"最后，约定好去对方公司谢罪拜访的时间是星期六的早上8点（对方企业周末正常上班）。

　　为了去对方企业登门道歉，山根不得不牺牲了自己第二天的休息时间。心情上很是沉重。道歉也好，被冲掉周六的休息日也好，这全都是自己种下的苦果。然而，约定的虽是8点，但考虑到去对方公司的路程，基本上早上5点就要起床。而且想到还要把这个不幸的消息告诉经理，他都快变得抑郁了。

　　但到了当天早上，T经理在车站跟他碰头的时候，却出乎意料地对他说道：

　　"真是对不起啊，让你这么早就过来。本来让我一个人去解决就好了，但我在专业知识上有很多不懂的地方，想着让你跟我一起去的话，应该更保险一些。"

　　山根原本料定了经理一定会对自己发火，不对，具体什么故障都还没搞清楚就轻易支派经验不足的新人去解决问题，这本来就是自己的错，经理发火也是理所应当的。出现问题的时候，自己心里就没有觉得"麻烦死了"的想法吗？正因为觉得麻烦，才会支使别人去处理的吧？

　　不仅如此，牺牲休息日去收拾其他人留下的烂摊子，这放在谁身上都会不高兴的吧？他想。就算是自己，多半也会抱怨上一两句。

T经理看样子对他感到十分歉疚，以"感谢你陪我走一趟"的态度跟他交谈着——这是为什么呢？

山根愧疚得快要抬不起头了。

同时，一种强烈的感受从他内心深处翻涌上来。

"能跟他一个团队可真好……"

前任经理则与此形成了鲜明的对照，也正是他，让山根产生了"真不想待下去了"的失望感。虽然公司是以科室整体业绩的好坏来评定经理工作能力强弱的，但那位前任经理未免也太过注重单纯的业务成绩了，基本上除此之外什么也不看。

事实上，每个销售人员的业绩水平都有起有伏，既有顺风顺水的常胜期，也有无论作何努力也摆脱不了低业绩泥沼的低谷期。工作上不顺，自然就会生出焦虑，但随着新经理到任，科内的焦虑现象好像就大大减少了。

在山根看来，理想的管理人员必须具备的一项素质——同时也是自己的奋斗方向——就是能关注到下属这种自身节律上的变化，同时还具备一双能从客观角度看出成绩不佳背后原因的火眼金睛。但是，前任经理却缺乏这种洞察力，眼里能看见的，只有一堆冷冰冰的销售数字——至少他是这样觉得的。

在这种情况下就算把员工找来谈话，也不见得会有多大起色。这时，他的口头禅就是：这是你个人的原因，我也没有什么办法。渐渐地，人微言轻的销售员们就不再对他有所指望了。结果，一种只顾攫取个人的利益而把科室整体利益放在一边的不良风气也就此形成。

随着这种风气逐渐蔓延开来，最终前任经理自己也受到了影响。如果以科为单位的整体销售业绩不达标，那么无论怎么激励业绩也上不去，销售员很有可能会继续消沉下去，业绩水平良好的销售员说不定也会抱怨：在季度销售数字上我可没给大家拖后腿。如此一来，团体精神就涣散了。也许是"三年磨一剑，年轻人需要成长的空间"这种说法间接地导致了此类情况的出现，对年轻人的"宽容"实际上也是思维滞怠的一种表现。

可以说，T经理到任之后首先发生改变的便是前文所说的这种风气。

他借着跟年轻职工谈心的机会，一边请教在技术上的学问，一边以销售前辈的身份向他们提出中肯的建议，如果遇到产品投诉，他也通常会陪同前往道歉。有时甚至还会对下属说道："你不去也行，好好干你手头的工作吧，我会想办法搞定的。"把自己推向了即将接受客户责难的不利境地。

要是科室的整体业绩不佳，经理对上头的部长也不好交差，但他却一次也没有把这种被夹在中间左右为难的负面情绪带到科里来过。他仔细观察着新手们各自所具备的特征，接下来便根据他的观察，以诚恳善意的态度向每个人都提出合适的建议。要是之前业绩水平一直处于低位的哪个员工突然拿到了一笔订单，就算订单金额只有10万日元左右，他也会在晨会上笑盈盈地向大家公布这个消息。同时还会用自己的双手紧紧握住当事人的手，连声向对方说道："真了不起，祝贺祝贺！"

说起来，T经理向山根也提出有关业务改进方面的建议。就在那次陪同山根前去投诉方公司进行交涉之后，他对山根指出："你在察言观色上还不错，但要多注意在与对方沟通交涉中可能会出现的其他漏洞。"与对方进行商谈时，为了消除观点上的分歧最终达成一致意见，协商的时间难免就此延长，当初预计的交货期自然也就跟着往后顺延。这一延迟，买家可能就不乐意了，甚至还会出现订单告吹、鸡飞蛋打的情形。为了避免这种损失，就要切实明确产品的交付日期，经理继续对他说："你要先预估推算好签字、验收货品的时间，再按照这个时间节点，有意识地推进与对方商谈的进度。"

山根感叹道："无论卖哪种商品这个道理都是适用的，当时恍然大悟，有一种'原来如此'的感觉。"

就像去处理客户投诉的那天早上自己所感受到的那样，在身边的同事中，"那个人，真的还不错"这样的评价声也越来越多。大家"为了经理也要努力"的决心同时也推动了科里团队意识的凝结，但其实这样的改变从头到尾也没用多长时间。

"当我们这个年龄段的职工因为销售业绩不好而发愁的时候，他就会说：'你们是一定能把产品卖出去的，现在这个阶段精力又旺盛，在销售上又很有潜力，怎么会不行呢。只不过是具体推销方式上的问题。'之后，他就会陪同当事人与客户面谈，再给出相应的改进意见，把销售的技巧传授给我们每一个人。渐渐地，大家就会认识到，团队整体业绩不好的话，就会加重经理的负担，所以这个月就算已经达成了个人销售目标，但团队整体仍未达标的话，就要下决心拼到最后。再说，到时候经理肯定还会表扬自己'干得不错'呢。"

山根开始认真考虑"是否应该辞职"这个问题的时候，是 T 经理来他们科室一年之后了。

他也没想到，感服于上司的人格魅力反倒成了他辞职的理由。但眼看科内的氛围正一天天地朝着和谐健康的方向转变，山根不由得产生了"想做跟人力资源有关工作"的想法。

"个体的变动竟然能让整个公司发生如此大的变化，这我至今才有所体会。不仅改变了包括我自己在内的个人意识，还让团队整体风气也有了很大改观。换一个领导，就能让科室整体面貌都焕然一新，这也太神奇了！于是就想到，如果有一种能促成这种变化的工作存在，说不定那就是我真正想做的。"

当初他觉得，卖什么无所谓，只要是一份能检测出自己实力的工作就行了。抱着这种想法，他选择了现在这家公司。可是，尽管在业务竞争中也曾获得成就感，但到头来，他却只是感到无止境的空虚。T经理的到任，成了他继续工作下去的理由。和公司内部氛围变化同时出现的，还有自身的变化。不过，难道一生都要在这家公司待下去吗？这种偶尔浮现于心头的疑虑其实从未消散过。然而另一方面，他的目光却渐渐转移到了"人"身上，加上平时看书读报读杂志也了解了一些相关的信息，他慢慢对人力资源管理逐渐产生了兴趣。他一边在网上搜索着人才中介公司的相关介绍，一边也向当时刚成为合租室友的朋友打听着消息。

"如果在个人和公司之间牵线成功的话，那么对双方来说都是意义重大的。不如说对公司整体精神面貌影响最大的，还是'人'本身。"他思索着。

随着对人才录用咨询顾问这份工作有了更深入的了解，他不由得想道："这可是一项关系到求职者一生的工作，做起来一定很有成就感！"

之后，便如前文中讲到的那样，他没费多大周折就取得了一家人才中介公司的内定资格。

离他最初获得社会人的身份，已经过去了两年半的时间。

拿到内定名额之后，大约经过了两周的犹豫和纠结，他终于在8月的时候向公司表明了自己想要辞职的意图。

当然，他的上司肯定要对他加以挽留。

估计在T经理眼里，销售业绩一直都很出色的山根一定是一个可以重点培养的"潜力股"吧。

随后T经理对他说道："我当然不是反对你换工作，可是一定得现在非走不可吗？至少也要先在这里待上三年吧？"

"你干销售的时间不长，工作经验还很单薄，这里还有很多值得你探索的地方。就算要辞职，也要等到当上主任，有了更多底气和自信以后再说吧？我希望你能好好考虑一下。"接着经理继续劝说道。

听完，山根觉得经理这番话其实也不无道理。

但他心里，却是有苦说不出。在道义上来讲，辞职对于他所尊敬的上司来说就成了赤裸裸的背叛行为，而且出于情感上的考虑，脱离 T 经理的团队更是让他从心底里感到不舍。山根刚进公司不久，就萌生了跳槽的念头，而如今，正是因为眼前这位上司的出现，才"指引"他找到了自己真正渴望从事的职业，尽管这看上去确实非常矛盾。

山根为自己解释道："其实换工作并不是为了寻求升迁的机会，我只是想去一个从未接触过的行业里做一些全新的尝试。"尚未找到理想中的这种职业之时，在原来的公司继续钻研下去也是一种选择。事实上，这一年他就是这样过来的。

其实，他是打心里想跟这位相见恨晚的上司一起共事工作的，但是，当下所积累的工作经验却不能直接运用到未来的职业中。因此，为了尽早进行未来职业的经验积累，也要尽快做出决断才行。这对自己来说才是一种正确的走向。

"可难道不应该先把一种工作做到极致之后再转向第二种职业吗？你现在其实还是初出茅庐的状态。"

T 经理所说的话确实戳到了山根的痛处。面对一份工作，的确应当抱着认真对待的态度尽自己的努力做到"极致"，在这之后再换工作便无可厚非。但他同时，也对"把工作做到极致"感到恐惧。在对这种"恐惧"进行自我分析之后，他向我讲述了这样的顾虑：

"要是做到极致，就可能一直附着在这里永远都不能脱身了，因为在这个过程中很有可能就被浸染、同化了。在这条路上继续走下去的话，虽然有可能成为行业内的专家，但如果对这条路并没有太大兴趣，那就会面临很难转行的风险。再加上我本身就是因为不想成为专家才决定转行的，要是本来就没有想当专家的想法，肯定也是成不了专家的。

这就是让我感到纠结苦恼的地方。"

正因为如此，不仅是对公司，他要在对整个IT行业本身都还未来得及产生归属感之前，尽快实现转行，因为现在至少还有可以折返，选择的余地。

"现在是转行的最佳时间。"山根态度颇为坚决地说道。

"可公司需要你在，我也需要你在，希望你能成为我的得力助手，一起更好地完成工作。"T经理仍在对山根做着挽留。

"您这样对我说，我真的很高兴，可是……"山根欲言又止了。

隐藏起了真心话的对谈，终归只能在两条平行线上各自行进着，到达不了同一个层面。

这天晚上，山根与总经理以及自己的直属上司T经理三人一起，吃了一顿饭。离开聚餐的烤肉店之后，他们又来到了一家居酒屋。他们围坐在小桌前开始喝起了啤酒，这时T经理开口道："一定得现在非走不可吗?"几乎是重复着和之前同样的话。

山根回答说："我想去人力资源公司。"但由于他没有进一步点明公司的具体性质，总经理就直接把他所说人力资源公司当作人才派遣公司了。于是总经理便对他说了这样一番话:

"我们公司也有'派遣'形式啊。但我听说在大型企业的工厂里上班的有一半都是派遣员工，三十五岁的男性职员年收入也不过在200万日元左右，而且这种人还比比皆是。给这些人介绍派遣性质的工作，能增加他们的幸福感吗? 倒不如说是把他们推向不幸的境地吧!"

其实，这也是说着"我们公司也有'派遣'形式"的总经理对于自身的一种质问。总经理也好部长也好，都处在一个能够纵观公司全体部署的位置上，因此他们对派遣员工的处境再明白不过了。一旦公司业绩出现严重的下滑，为了节约成本，首先被裁员或者克扣工资的便是派遣员工这类非正式雇用职工。

虽并未说出口，但山根在心里想道："总经理所说的'三十五岁的这些人'，如果去到一家更能发挥自身专长的公司当正式员工，情况又会如何呢？说到人力资源立马就将之等同于派遣，不也是一种观念上的错误吗？"

他并非觉得非正式雇用这种形式本身存在问题。问题在于，对于那些想成为正式员工的人来说，明明有更适合自己的工作环境，却因为受到了某种限制而不能换工作；在于导致这种结果出现的相关构造。至于他，则想在能为这群人提供工作机会的岗位上任职，而在人才中介公司工作，便有机会实现这样的愿望。想到这里，他便端起眼前的玻璃杯，将里面的酒一饮而尽。

尽管对话当中存在许多误会，但三个人你一言我一语，话题便一直持续了下去。酒过三巡，酒桌则变成了直接将"我反对"脱口而出的上司们独占话语权的专场。就山根去上洗手间的一会儿工夫，回来便发现酒桌上已经结账走人了。

几天后，他又碰到一次跟 T 经理交流的机会。这时 T 经理已经放弃再对他进行劝说了，转而对山根说道：

"我想说的都已经说过了，最后还是看你自己的意思吧，我不拦着你做自己真正喜欢的事。但是你现在还是单身，人又年轻，等到了三十岁左右成家了以后又怎么办呢？待在我们公司，还有望拿到 1 000 万日元的年薪。你想去的这家公司在工资待遇上能达到这个水平吗？"

"不是钱的问题……"山根回答说。

要想在三十几岁的时候拿到 1 000 万日元的年薪，根本不像经理所描述的那样简单。况且能拿到这个数目的人在公司里还不到一成吧？他并不觉得自己能成为这一小撮人。再加上——

"正因为是您接任了经理一职，我才会想要从事那样一份工作。"山根坦白道。

如果一个人能改变一个团队，那么也就有可能改变一个公司。公司的管理人员不同，员工们在工作动力与业绩上的表现也不尽相同。由此，他感受到了公司管理职位的神奇魔力。

山根开口对经理说："多亏您的出现，才让我的观念发生了改变。"

听到这里，T经理脸上的表情显得格外失落。

山根想，经理应该是从他的表情上读出了他非走不可的决心吧。

T经理终于开口说："我明白了，但至少，你要好好考察一下那家公司的情况，在这之后再做决定。"

"而且，"他继续说道，"要辞职的话我有两个条件，一个是在剩下的这三个月左右时间内，在新人成长起来可以独当一面之前，你还得继续在我们团队里工作，至于另一个条件——

"那就是在新年或者那之前，总之在你换新工作之后，要跟我一起去喝一次酒。我想仔细瞧瞧你小子在新的平台上到底干得怎么样。"

听完这席话，一股感动的暖流涌上山根心头。他心里感叹，也难怪我会对眼前这个人产生深厚的信赖感。

时间走到了2007年年初，繁忙的冬季过去之后，温暖的春天终于如期而至，而山根也逐渐适应了他在人才中介公司里的新工作。

职业咨询顾问是一个需要经常熬夜的职务。入职头一个月，他拼命学习钻研业务基础知识，又经过两周时间的基础研修之后，他被分配到了负责IT类企业转行求职咨询的部门中。公司为了让他们熟悉业务，还开展了为期一个月的OJT培训①活动。因为这项工作要在转行上帮别人斟酌、出点子，所以公司内负责新人"传帮带"的前辈就带着他反复地进行情景模拟式的角色演练。并且到了实际开展业务之时，前辈还与

---

① OJT培训：OJT是"On the Job Training"的缩写，又称"职场内培训"。即由职场前辈带领新人，在日常工作中边示范讲解，边实践学习。——译注

他组成了一对临时搭档，以这种方式助他踏出了业务实践的第一步，实习期满之后，便放手让他独自上阵了。

他每个月大约要接待 20 位用户，平均下来基本上每天都会有一场面谈。考虑到大多数用户白天都要上班，所以他一般都在中午之前忙着与转行求职人和雇人企业方进行邮件联系或者电话沟通（关于面谈日期的确定以及推荐信的撰写），针对求职人的面对面咨询服务则大都在傍晚前后的时间段进行。

晚上回家的时候往往已经过了 11 点，或者更晚。有时候回到家，合租室友的房间仍然笼罩在一片漆黑中，寂静无人。室友一个在造船公司上班，一个从人才中介公司的广告部门又跳槽到了其他地方，都是同样的晚归族。他们本来说好了，要是他们中谁谈了恋爱或者准备结婚，就可以解除合租关系重新去找新的住处。但三人最近一致决定续约，理由是看样子像这样的单身生活至少还要过上一两年。当他们在谈笑中默契地达成一致之时，却无不各自带有自嘲的意味。

在约摸半年时间内，算起来山根与转行求职人之间进行的面谈就已达到了将近 100 场。

山根讲起了自己的感受："好多客户都会很真诚地道谢，还有客户感叹改变了他们的人生轨迹呢！"

职业咨询的基本流程就像前文所描述的那样，首先耐心地听取客户辞职的理由，再把中介公司手上合适的企业招聘信息资源呈给客户做选择。

在与各类客户的交谈中，山根逐渐发现了隐藏在这份工作中的妙趣之处。

在这些客户当中，他接待了一位二十几岁在 IT 公司上班的女性。开始对方说想找一份跟海运有关的工作，但这种行业的雇人招聘较少，几乎不可能令其如愿。

而正是在这种案例上，才能体现出一位职业咨询顾问的专业素养。

山根开口问道："为什么非海运行业不可呢?"于是对方随后便一步步地向他解释，这并不是对行业本身的要求，自己只是单纯地被这种利用港口和航路高效率运送物资货物的方式——一种具有高度系统性和秩序性的运转方式所吸引了。也就是说，"海运行业"在这里只是一个象征性的说法，是她对自己就业倾向性的一种主观描述。

既然如此，他想:

"说起来，其实大多数咨询公司不就是这种运转性质吗?"

因此，在后续的交谈中，山根依据自己对公司内部以及整个行业的观察，向她介绍了一些不同类别咨询公司的大致工作内容。在讲完某个咨询公司的情况之时，她眼睛里迸发出了憧憬的亮光，说道："好想试一试这家公司!"最终，这个女孩果然入职了一家由山根推荐的咨询公司。

虽然这只是一个稍微极端一点的例子，可作为帮助别人从一个行业转向另一个行业的牵线人，在为别人打开通往另一个世界大门的同时，他自己也收获了满满的成就感。

但这也意味着，他必须要一层一层地深入挖掘隐藏在求职人内心深处的动机和渴望。一方面这是为了避免结成不平衡、不如意的劳雇关系，另一方面，在同一个求职人同时拿到多家公司的内定之时，面对合作企业"为什么不重点推荐我们公司"的询问，也好有个交代。掌握了这个门道以后，工作开展起来就格外顺手了。

"来公司咨询的有各种各样的人，其中，有些人并无自己明确的求职意向，但也有那种目标非常明晰、对自我特性认识深刻的人。但不管面对哪一类人，首先都要深入探寻他们打算辞职的理由。因为既然想辞职换工作，那必定就会对现在的工作有许多不满，而他们理想的工作形态也许就隐藏在这种不满的背面。"

就拿山根自己的情况来说，从前他的不满在于，在经理之下不管职位高低几乎所有人都在做着同样的工作，这样的工作对于他来说是无望的。而在这种不满的背面，他的理想就是从事某种（在某位业务负责人的领导下）能改变一家公司整体风气的工作，即与人力资源相关的工作。那么如果条件合适，就算不跳槽到人才中介公司，甚至不选择辞职，自己也可以在原公司内通过自身的努力成为一位优秀的上司。像这样，手里有好几个选择，而每一种选项之上都有多层理由的重叠，人们往往根据自身情况的不同来决定是否要做出职业上的变动。

对广告行业兴趣浓厚的人背后也许隐含着想要跟更多人打交道的职业诉求，那么其实做营销类工作也能满足他的这种诉求。所以，面谈时首先就要对求职人的这种"意向"进行了解，尽管这种提法可能看起来比较抽象。把这种"意向"的轮廓厘清之后，再进行职业与公司的选择之时，就格外轻松了。

他继续向我阐释道："如果有自己想从事的职业，则没必要把目标单独限定在一家公司上，因为在其他公司里也能实现职业对口。我做的工作，就是运用作为一名职业咨询顾问所具备的知识跟想象力，帮助他们拓宽这种对口的范围。"

常有人说，对于人才中介公司来说，只要有一张桌子、一部电话就行了。从依赖个人人脉关系的小规模公司到拥有数万名用户以及一万家左右合作招聘企业的大型公司，它的存在形式多种多样。

从前，我采访过一位人才中介公司的管理人员，他告诉我，通过面对面直接面谈的形式，他们能了解所有求职者的跳槽动机、每个行业的招聘需求趋势、企业及行业的人气热度变化和企业所需人才的特征——也就是说，人才中介公司手上掌握着有关社会变动趋势的巨量信息。

就连只在公司待了短短数月时间的山根也对 IT 行业的状况有了一个大致的了解。

山根接着说："说实话，我实在很难理解，明明有些人很有能力但工资还那么低，还有那种甘愿一直当合同工也不选择转行的，我真觉得可惜了。举个例子，我碰到很多三十几岁在那种对大型企业的业务进行二次承包甚至三次承包的公司里上班，年收入 400 万日元出头的年轻人，在他们当中其实很多人只是不清楚自身的价值，只要有契机，换个工作可以说是相当轻松。有些人工作能力很强，但手头却没有多少信息资源，几乎是在完全不了解业界行情的状态下前来咨询的。"

说到底，人才中介公司"售卖"的就是公司自身所掌握的"资讯"以及如何更换工作的经验。

跟山根有所交流的这些 IT 工程师，对未来几乎都怀有同样的不安感。无论是以前还是现在，山根都对这种不安感深有体会，那是一种对未来走向迷惘的不安——

一位看起来精明能干的年轻工程师对他说道：

"在现在这个公司待下去，恐怕在工作内容上就不会有什么大的变化了。将来如果跳了槽，到了一个能允许我从零开始单独开发一套系统的工作环境里，我又有没有相应的能力呢?"

山根向我解释道："他们觉得，到了三十岁再想换工作就很困难了，所以现在想赶紧换一个对后续的系统核心部分开发有利的工作环境。"

"IT 行业之下有很多对业务进行二次承包、三次承包的公司，因为跟大型企业只是业务接头的关系，所以管理上其实很成问题，这也是让员工们感到不安的原因。工资一直也不见涨，向上家派来的项目经理提的建议也往往不被采纳，也根本没有直接跟顾客沟通的机会。他们经常被上面领导训示要服从、要听话，不该问的别问，做好上面吩咐的事就行了。在这样的环境下感到憋闷也是理所当然的，这也成了他们开始考虑换工作的理由之一。"他进一步向我描述了承包公司 IT 从业人员的生存困境。

虽然山根现在的年收入也不过400万日元左右，比跳槽之前还降了40万到50万，但他却对这份工作感到十分满意。为想要转行的人提供行业资讯、为这些进错了公司的人谋求一份更好的工作……

"这些求职人的生存现状让我萌生了一种责任感，为了让更多人找到自己心仪的企业，我要继续努力下去。通过牵线搭桥，公司既想要这个人，这个人本身也渴望进入这家公司的话，那我的努力也就创造了相应的社会价值了。"山根对我谈到了他工作的意义。

但终究还是有一种隐约的不安感。从前做通信器材和系统销售的初期，也是很有工作干劲的状态。要是因为找到了自己的"理想工作"而选择跳槽还情有可原，今后自己要是又"喜新厌旧"了怎么办呢？自己就快奔三了，年龄越大，重新进行职业选择的余地也就越小。做着职业咨询顾问的同时，山根比谁都清楚行业、职场的现实，有时候反观自身，自然也就生出了不安与担忧的情绪。

山根说道："现在还没到能独当一面的阶段，只能不断努力、不断获得成长。"但以换工作为契机，山根对"职业"、对"实现自我价值"，有了更为明晰的认识。然而在这种认识不断加深的同时，一种看不透未来的不安与担忧也随之而来。

尽管如此，但随着工作的开展、经验的积累，从前模糊的职场目标终于慢慢有了大致的轮廓。

他自我推测道："大概我有一种希望得到周围人普遍认可的强烈愿望吧！"

"为了在工作上得到其他人的认可，当然要锻炼自己的能力，努力达到驾轻就熟的状态，这也意味着要比别人花上更多的功夫才行。最近想朝着经理这一职务方向努力，是真的有这种想法，不仅仅是憧憬而已。"

因为想干跟人力资源有关的工作，所以他来到了现在这家公司。如今通过在企业与个人之间的"牵线搭桥"，他暂时找到了属于自己的"个人成就感"。当下，他又萌生出了"以一人之力改变公司整体经营状况"的抱负，可以说这既是他个人的成长，又是由前文出现的那种"不安"所带来的正面影响。在他的脑海中，已经能刻画出自身职业目标的具体形态了。

山根说："将来，我想组建一个自己的团队，成为一个能凝聚团队精神的核心人物。我自己是有感受的，上头领导的做法会对团队成员的工作动力、业绩产生很大的影响，而我就想以自身的力量去促成这种积极、正面的影响。"

说这番话的时候，山根联想到的，无疑是他曾经的上司，T经理。

自从辞职之后，山根只跟他见过一次面。科室达成上个季度销售目标拿到奖金，按惯例举办庆功宴时，T经理曾向他发出邀请："这一次也有你的功劳，一起来参加吧！"

饭桌上，面对T经理对自己工作近况的询问，山根回答：

"现在还是新人，还有很多要学的地方，不过工作目标很明确，就是成为经理，拥有一支自己的团队。"

然后，停顿了几秒后他又重新开口说道：

"正是因为您的出现，我才明确了自己的职业目标！"辞职之前他对这一点或许还很懵懂，但现在正是向对方表达感谢的时机。

与提请辞职之时不同，T经理这一次的神情不是失望，而是显得十分腼腆。

过了很久，T经理都没有回话，而是略显无奈又掩藏不住地笑了——好像在说："是不是真的啊？"

第 4 章　安于现状，就会跟 时代一起"堕落"

当儿子大野健介告诉父亲自己打算辞职的时候，作为父亲的大野武史沉默了。话到嘴边，却只剩下了一声叹息。

可他内心却受到了强烈的震动。

健介的老家在三重县，高中毕业之后，他升入国际基督教大学（ICU）教养学院的理学科开始了大学阶段的学习。在这之后，他又获得了北陆尖端科技大学院大学的硕士学位。在大学研究室的推荐之下，他进了一家鼎鼎有名的大型电机公司工作。作为父亲，面对儿子这种无可挑剔的履历，他心里无疑是暗自感到骄傲的，当然，也一定是十分欣慰和满意的。

然而，仅仅过了两年半时间，儿子健介便提出要辞职换工作了。

这不是商量，而是一声通知。早在告诉他这个消息之前，健介就已经看准了另外一家大型电机公司，将之作为自己的跳槽目标企业了。当时，健介仿佛毫不在意似的，轻描淡写地对父亲说了一句："情况就是这样，现在辞职想去那家公司。"

没有怨言是不可能的。再怎么说，健介原先所在的公司也是总体员工规模达到 10 万人、日本巨头企业的代表之一。他想，好不容易进了公司的研究所，就不能继续待上几年以后再做选择吗？

然而另一方面，对于二十七岁已经有了自身判断能力的儿子，他不知道自己的话又能起到什么作用。

四年后（2008 年）就要退休的大野现在已经五十六岁了。他在四十岁时离开了位于关西的石油化学公司，跳槽来到了现在的公司。从那以后，他便经历了很长一段离开家人前往公司"单身赴任"的时期。所以，在儿子的成长过程中，他觉得自己并不是一位尽职尽责的父亲。正是因为联想到了自身的职业经历，他才没对儿子的跳槽提出任何反对意见。

而且，他回想到在自己将近三十五年的职业生涯中，本身就与职场上跳槽辞职的年轻人有过很多接触。

最近有时论批评说现在的年轻人不具备吃苦耐劳的精神，刚入职就辞职的案例近年来比比皆是。但他觉得，年轻下属的跳槽无论放在今天还是放回以前，都是一种非常普遍的现象。很早以前，在他自己的下属当中，这种入职即辞、速度之快令人咋舌的现象就已经出现了。不仅如此，主动要求公司内职位调动的人，也不在少数。

"跟想象中有很大差距。"年轻下属们几乎都是同样的说辞。也就是说，儿子健介并不是一个特例。

他又想到，其实这也可以理解……

回想起自己年轻的时候，对于父母所说的话，不也是不闻不听更不愿意照做吗？

"我出生的年份是 1947 年，那个年代出生的人正好是团块世代①的排头兵。"

为了对健介的情况进行了解，我首先拜访了他的父亲大野武史，一开头他这样对我开口说道。

他永远也忘不了刚进小学时老师对他们讲的话——"孩子们，要知

---

① 团块世代：指日本战后出生的第一代，尤其是 1947 年至 1949 年婴儿潮出生的人群。

道你们是日本人口数量最最庞大的一代哦，所以今后无论在哪个领域里，你们与同伴之间的竞争都是很激烈的。"

健介的父亲深有感触地说："老师讲的话果然没错。"在学校，一个班通常有60个孩子，之后无论是升大学还是在企业里面工作，同一代人之间的竞争感觉上都是异常激烈的。

大野继续讲道："当时，工作在我脑海中的概念就是在战后复兴的最后冲刺阶段和形势逐年向好的时代中像熊熊燃烧的炭火一样毫无保留地尽自己的那份力。那是一种在转动的齿轮上不断向前奔爬的感觉，只不过这种齿轮比你们想象中转得更快，不拼命保持高速运转的话就很有可能因为跟不上节奏而掉队。我们公司生产的是多孔塑料，因为是非垄断性质的生产经营，所以如何以最低的成本、最高的生产效率在行业内脱颖而出，就成了公司的首要课题。这样一来，我们在产品生产的过程中，就需要不断追求更高水平的合作性与协调性。其实从这里就可以发现，不是因为日本人自身努力工作才使经济有了飞速的发展，而是因为本身处于那样的时代，我们工作起来才那么拼命。"

但是，要让健介他们这一代年轻人对上述时代有所体会则是不现实的。健介自己也说过："辞职的理由太过琐碎了，连我自己都不一定理得清楚，更别说跟他们解释了。"也许这就是他只把自己的最终决定告知给父母的原因。在这一点上，父子俩都深切地感受到了横亘在他们中间的时代"鸿沟"。

"现在确实是不同了啊，健介他们这个时代!"大野武史感叹道。

他继续向下说："这个时代的齿轮转得慢多了。如今，年轻人在职业选择上虽然有了更多的自由，但整体来说，获取个人成功的通道却变窄了；而以前，就算可供选择的余地很小，但个人却更加容易取得成功，两个时代的差别就在这里。而这种差异正好通过两代人的工作观念与意识表现了出来。如果齿轮本身转得很慢，自己又在精神上有所松弛的话，保不准就会从齿轮上滴溜溜地掉下来。为了不致堕落，必须找到相应的着力点，自己让齿轮快速转动起来。从这个意义上来说，他们这一代身上背负的压力比我们那个时候更大。"

"但是……"他中间停顿了一下，就像要事先告诫我们这一代年轻人一样，又开口说道：

"齿轮虽然会因为跟不上周围的节奏而掉队，但与之相反，如果单个个体速率过快，整体也同样不能正常运转，所以既要保持高速运转又要与周围做好协调与配合。我们当时那一代人，就处于这样一种左右都有顾虑的状态。"

他们那一代年轻人所特有的"不安"与健介他们所感到的"不安"，也许是有着本质差别的。但是，这种不安却并不应该由"时代"来买单。不同时代的不安只是在表现形式上有所不同，对每个时代的每一个个体来说，大环境却都是相同的。

"你自己应该为自己的人生负责。"

对着看起来尚缺稳重的健介，大野武史曾这样说道。

就像老话经常讲的那样，只要是做一项工作或者长时间担任某种任务，到了一个月、三个月、一年或三年、五年甚或更多时间节点的时候，不知何种原因，人就会在工作心态上发生变化，而且这种变化是具有周期性的。在这些时候，自己怎么调节心态，以何种方式解决问题，对成人来说这是他们的自由，但对社会人来说则是他们身上需要担负起来的责任。两年半的时间虽然短暂，但现在早就与过去的时代不同了，父母再想指挥子女这样那样已经不现实了……

健介想起从前父亲曾经对他说过的话："大学毕业之前我们还可以给你负担各种费用。但是至于毕业之后要做什么工作，那是你自己的事情，你要为你自己负责。"

"以后，如果万一到了想换工作的时候，一定要慎重考虑过后再做决定，不要到时候接二连三地换了一次又一次。千万不要抱着'别人碗里的饭菜更香'这种心态轻易去换工作……"

这是在心里隐藏了许多话的大野武史对儿子提出的唯一建议。

被城市郊外的绿植所包围起来的研究所到了人声逐渐湮没的夜晚时分，就融入一片带有薄薄一层湿气的静谧当中去了。

偌大的房间里整齐地排列着大约 15 套桌椅，要不是地板上加铺了一层地毯，这里就完全是一间教室的感觉了。在这个空间里，则根本听不到任何一句多余的话，周围都安静得快要让人窒息了。就算已经到了午夜 12 点，还有好几名员工坐在自己的位子上一动不动地盯着眼前的电脑液晶屏，与之相伴的，是起起落落的键盘敲击声、密集的鼠标点击声、文件翻页时纸张的摩擦声以及空调低沉的呜咽声。

与总部办公楼里那帮人天天西装革履的打扮不同，研究员们大都穿着比较随意。

隐藏在办公室的一角，坐姿一直较为随性的大野健介暂时停下了敲击键盘的双手，他对显示在电脑液晶屏上的文章和公式反复确认后，终于打开了文件菜单选项，选择"打印"点了下去。

过了一会儿，便传来了办公室总打印机自动运转的声响。

他站起身来把刚打印好的稿子在手里整理了一遍之后，就拿着它们去向科长交差了。他们科长大概在三十五岁左右，好像知道他要过来交稿似的，顺势便接过他手里的报告将之叠放在办公桌上了。

这就是在这两年间重复了无数次的操作。

科长做完自己手头的工作之后，应该就会着手审查他的稿件了。

健介想道："可就算这样……"

"究竟这回又要重复修改多少次呢……"

对于论文质量的好坏，他逐渐丧失了自我评判的能力。每次交给上司检查，总是被打回来重新修改，到了再次提交的时候，又会收到新的修改意见。本来把论文交给科长以前，就已经让一位前辈反复帮自己看过了。接下来，好不容易通过了科长这一关，却仍然可能再次被部长推翻重写。那也意味着，又将重新回到原点……

这样的修改经历了一遍又一遍，他终于变得疲惫不堪了，各种条条框框让他丧失了思考的活力。想不出新的东西，推翻重写的部分仍是按照旧稿的文脉在走。渐渐地，仅存的那一点自信也从他体内一点一点地流光了。

实际上，他也对自己的上司隐晦地表达过，就算这样改下去最终跟他的原稿也并不会有什么本质上的差别。但上司却将其作为一种年轻职员的"通过仪式"，继续进行着推敲。如果是展讲资料的话，大到文章内容结构，小到文章字符的统一，都要一一进行细致的确认。向客户展示的资料暂且不说，交给公司部长或者研究所所长的报告要求则更为严苛，这令他十分抵触。

"无论如何你也要继续改下去。"这是上司对他最后的嘱咐。

2003 年春末夏初的时候，他已经在公司待了两年多，马上要迎来第三个年头了。

他们研究所包括通信、生命科学、数据库等几大主要部门，每个部门之下又分设了众多具体职能部门。他所在的部门专门负责超级计算机的开发与研究。每天，十几名员工同处一室，日夜钻研着技术上的突破与创新。

这之后发生的一件事让健介颇受震动。一位入职快满两年的研究员向所长提交了一篇简短的小论文。文章主题在于两点，一是公司花了巨大的人力物力投入超级计算机的研究究竟作何用处；二是这种研究究竟能对社会、对技术本身的提升有多大帮助。

在超级计算机的开发与研究上，他们的行业竞争对手是 A 公司。

因此，他们绞尽脑汁所要撰写的文章就有了一个非常明确的目的，那便是要挖出足够多的证据证明自家公司的产品在性能上比A社更为优良。在对计算机性能的评估上，有理论性能与实际性能这两大指标。前者大多跟物理性的条件相关，在整个行业公布的产品信息里早已有相关说明。

然而，产品的实际性能却要经过实际的编程运算才能够检测得出。当然，实际性能与理论性能越为接近则说明效率越高。

他写稿之所以如此绞尽脑汁，便是因为从实际性能来看，自家公司的产品确实比不上竞争对手。不用说基准判断指标，从单位面积性能、耗电量等多种角度上来判断，都是竞争对手更胜一筹。

如果在研究生院，接下来就可以直接按照实际测试结果撰写报告了。可惜在这里，所讲求的并不是纯粹的技术论，而是对于自家公司的偏袒和维护。虽然他被反复的改稿和文字游戏折磨得几近人格分裂，但却也不得不接受这就是自身工作的现实。

而他——或者说他们整个部门——所要做的便是找出自身的计算机产品在运算方式上所具备的优势。

A公司的产品确实在特定科学技术类的计算上表现突出，但他们公司的产品也并不是毫无可取之处。虽然在对实际性能的评测上A公司产品的优势可能更加明显，但在对各个领域数据的计算上，他们公司的产品则更具有"通用性"。

既然如此，便可尝试对这一项优点进行重点宣传。通过反复强调本公司产品在特定领域内的高效计算性能，"制造"出其在同类产品中的优势也不是不可能的。之后再运用分析所得结论，对超级计算机技术开发的意义与功用进行最大限度的宣传与渲染。

写作宗旨如此，内容上也自然格外重视"读者视角"了。上司之所以对文稿要求这么苛刻，也是想通过不断的修改让文章内容显得更具煽动性。在这里，文章论据和论证的科学性倒被放在了其次。

回到自己座位上之后，健介开始了静静的等待。过了一会儿，他用余光瞥见上司手里拿起了自己那一叠十页左右的稿件。

他手头已经没有其他任务了，只待上司将他的文稿看完。跟往常一样，他暂时把自己的情绪收敛起来，走向其他楼层的休息室。喝了一杯咖啡之后，他走进吸烟室，点燃了一支烟。在这个小屋里，只有排风扇不停运转发出的轻微轰鸣声。和着刚刚憋住的那一声叹息，从他口鼻中吐出了长长的一串烟圈。

一名年轻工程师的背后，却是如此说不清道不明的凄凉与空虚。

入职以来，不仅在这一件事上，整个部门给他的感受都是相似的，"编造"、玩文字游戏的地方屡见不鲜。产品的实际性能问题，只不过是其中具有代表性的一项而已。

他戏称自己为"高级派遣员工"，那是因为，他们还要以书面文件的形式对实际做开发和设计工作的事业部时不时抛出的突发性提问做出相应的回答。研究所的先行研究经费虽来自公司整体的预算拨款，但另一方面，负责产品制作生产的事业部也会向他们提供经费上的支持。他所在的部门多数业务的开展还得仰仗后者。

他继续向我解释道："就超级计算机的中央处理器来说，并不是我们自行开发的，而是从其他公司购进的。就算应事业部的要求，需要测试出计算机系统的实际性能，但由于很多数据都拿不到手的缘故，在评测方面本身就存在一定局限性。而且其他公司对于我们这边的数据咨询请求也不可能全盘给予明确的回复。所以，我在撰写报告的时候，只能如实写上'资料论据不足'，写出来的报告，我自己可是要负全责的。虽然有说法称这只是一种对既存产品的'微调'，但对于写报告的人来说，实在是苦不堪言。"

他还有几个跟他同期入职的好友在其他部门，一问大家，基本上都有同样的感受。但因为他们研究的领域不同，所以本质上仍旧是孤身一人。与他年龄差距最小的前辈也比他多了 5 年的工作经验，除此之外，便再没有跟他同一年龄段的同事了。他有满肚子烦恼想要倾吐，但却找不到合适的对象。

"这样跟说谎造假又有什么区别呢?" 好不容易能喘口气，他吸着烟将自己的大脑放空了，但这会儿他又突然想到了这个问题。

啊，不对! 他并不曾在报告中说过谎，他的文章内容全都是有现实依据的。在某些领域的计算上，他们的产品确实比 A 公司更有优势；在一定条件的限制下，测算出来的数值也的确有所上升。但是——

为了在竞争中占据优势地位，报告里通篇都是对产品优点的片面宣传。

只能说这里面没有虚假的信息，但这跟实实在在的 "事实真相" 还是有很大差距的。

当然企业也有企业自己的一套操作方式，从各种角度最大限度地宣扬本公司产品的特性和优点这种做法本身也是无可厚非的。

而且自己在报告中所分析的 "在某种条件下" 的优良性能在适用范围上确实也较为广泛。如今他们的产品在多种数据解析、科学技术计算等方面同样表现不俗，在激烈的竞争中尚可占据一席之地。并且，行业内其他竞争者同样会利用产品细节上的微小差异来做文章，并将其作为自身在市场竞争中的武器。在日本的这种行业现状中，自己这样的存在且不论好坏，对于公司自身的利益来说首先是必要的。从整体构造来看是否合理则另当别论。

但即便有各种各样的理由，他还是觉得自己作为研究人员的骄傲与尊严被现实撕裂了。对此，他久久不能释怀。"服从企业的规则、唯企业所命行事" 与 "遵循自身价值观、在自我肯定中工作" 之间，必定是有本质区别的。

如果回到企业内部视角，往深一步对"企业本身的正义"这种说法进行仔细推敲的话，又会有新的问题出现。部门有部门独立的"研究正义"，提供研究经费的事业部有其"话语权正义"。再者，在这些之上还有覆盖全局的"整体正义"。

大野略显无奈地说道："尽管要以'研究关乎公司名誉'的心态尽量往好里写，但心里却明白这不过是公司为了存续所采取的手段。与单个部门不同，公司整体'正义'当中也包含了对其经营的事业进行适时调整与修饰的内容。无论是主观感受上还是在技术层面，要是这种'事业'已经丧失了竞争优势、赚不到钱的话，当然是趁早舍弃掉最好。可是，为了企业'短浅的利益'，我却还要在论文中对实际上会对公司利益产生损害的'事业'大肆进行宣扬。总体来说，就是要在多重'正义'当中去找一个尺度，这个尺度跟最小公倍数或者最大公约数的性质差不多。"

无论如何，这份工作总让他觉得自己就是在"说谎"，然而他还得为自己亲手所写的报告负责。报告末尾虽然也明明白白地署有共著领导的姓名，但本公司所产超级计算机的"性能优点"却直接因为他的论证而得到了"强化"。

但这种吹捧却不是发自他内心的，他相信自己的上司也一样。

问题不仅仅在于与 A 公司的竞争。在他看来，就自己公司所生产的超级计算机本身来说，其价值也在不断贬值。

"要是在 1995 年以前——"他试着想象道。

那时这个部门里一定充满了活力。

流体力学、医疗、宇宙工学……所有科学领域中都导入了超级计算机系统，其强大的计算能力成功解开了许多困扰人类的世界之谜，诞生出了各种各样的成果。而从事超级计算机开发的研究人员，必定对行业未来的发展抱有强烈的信心。毕竟，其研究成果是显而易见的。

这就是作为研究者所能体会到的极大的乐趣。当然，如果背后没有大企业作为支撑，这也是不可能实现的。他们搭乘着企业这艘大型飞船遨游在由梦想与传奇构筑的外太空中。这时个人与企业的关系，是令人幸福的互惠互利的关系。

但现在呢？

企业的态度是冰冷的，对于年轻的技术研究员来说，这里也并无梦想或传奇可言。大野之所以感到痛苦，也许在很大程度上是因为他找不到可以下定决心攀附的"齿轮"。

经济泡沫虽然破灭，但新技术的发展却未止步。他之所以把自己称作"高级派遣员工"，是因为他所做的工作已经脱离了核心技术的开发，工作地点就算不在公司，也没有什么实质性的影响。另一方面可以看到，如今消费者所使用的电脑在性能上也取得了飞跃性的提升，如果不考虑外观，把这些市面上的电脑以一定数量连接起来之后，其性能说不定也能赶上现有的超级计算机吧。再看看在世界市场上所占有的份额，与当时相比日系企业的比例出现了明显的下滑。超级计算机研发本身是必要的，但他在自己这个部门当中却感受不到这种研发的"必要性"。尽管如此，公司却还想保持20世纪80年代以后的那场华丽的"传奇"。

提到大野的遭遇，当时经常跟大野一起喝酒的一位公司同期员工似乎也深有感触，他开口说道：

"就算在同一个公司，各个部门的情况也不一样。不过，他们计算机硬件组是最让人感到窒息的一个部门了。在世界市场竞争中也惨遭挤压，国内国外的市场占有率都少得可怜。明明跟竞争对手相比已经落败了，却还不让人讲出真相，所以就只能在说辞上做文章了。拼命地强调着在'哪些方面第一'、'哪些领域有优势'，明明很差劲的东西还要一个劲儿地夸赞，当然会让人觉得心里难受啊。

"遗憾的是，还会有很多客户非常重视这种'某些方面的第一'，做这些客户的生意对公司来说仍然可以盈利，但这改变不了产品性能落后的本质。到头来，这让公司里那群老人抓到了继续鼓吹产品优势的理由，并且丝毫不觉得这里面有什么问题。"

大野对自己的工作实在是提不起什么工作上的热情。以大野为首，就算整个部门都认为这种"性能优势"几乎不值一提，但违心提交上去的报告却堂而皇之地成为了公司的"官方评测结果"。想到这种报告正在一页一页地堆积起来，大野不由得打了一个寒战。

窒息感——

至少有一个也行，在这个部门继续待下去的理由。比如，一个通往成功体验的目标。

大野继续讲起了他的团队观，说道："上面的领导说不定还觉得我们这些家伙不够圆滑、假清高，但实际上我们比谁都想要结成一个和谐互助的团队。说真的，聚会上的那种连带感有没有其实都无所谓，我想要的是工作上的那种连带感。朝着同一个目标努力怎么怎么样的，就像电视剧里面的那种情节。"

上司正是曾经在这个部门中有过"成功体验"的优秀工程师。大野回到办公室，上司正认认真真地阅读着大野所撰写的报告，尽管这份报告在大野自己看来百无一用。

他继续述说着自己的感受："觉得这个工作没什么意义之后就只剩下厌恶的感觉了。直接给客户阅读的报告反倒比较少，整天就是为所长或者事业部写报告、写说明材料。说它无聊可能会显得我比较狂妄，但这种工作做起来确实价值感很低。"

就像他父亲在无意识中所提到的那样，"如果自己在精神上有所松弛的话，就会从齿轮上滴溜溜地掉下来"。正是在那个时候，他明显地感知到了这种"堕落"的不安。

话快到嘴边了，以前他绝对不会说出口的那种抱怨——

"这跟我想象当中的完全不一样。"

这让他想起了自己曾经想成为一名技术工程师的理由之一——能为科技、社会做出贡献。那时的想法还很朴素，那时还有美好的憧憬。

1977年，大野健介出生在三重县四日市近郊的一个小城。

虽然后来又建造了很多大型电机企业的工厂，但当时周围仅有一些老旧的商业街以及生活超市，除此之外，就是一大片一大片的空地与农田。

最早进驻这个市郊小城的是本田研技和古河电工这两家企业的工厂，当时他那些玩伴的父亲们，大多都在这些工厂里上班。或者说他们的住宅区本身就是由工厂入驻带动修建的新兴住宅区。

所以楼房的外观看起来同样都是崭新的、相似的。去同学家玩的时候，有的连房间布局看起来都一模一样，但他却不喜欢这种等质化的感觉。住在这个市郊小城的时候，他在电视上看到过海湾战争战场上的绿光、奥姆真理教制造的沙林事件的魔幻现场以及阪神淡路大地震的灾情惨状。

让他感到不满的是，周围竟然连一间书店也没有。为了买书，还需要父亲开车载他去买，不然就只能坐公交或者电车专程跑一趟了。或许，这也是促使他去往大城市的一个间接因素。

中学入学不久之后，他得到了一个特别的"玩具"。当时，供职于一家知名专业商社的祖父把一台自用的笔记本电脑送给了他。那是NEC旗下机型为PC6001的一款笔记本电脑，机身本身具有一定厚重感，这台笔记本与电视机相连之后，就变成他的游戏机了。

能玩的不多，但输入一些基础语言字母还是可以的。比如连续敲击CDEFGAB这几个键的时候，笔记本就会发出"哆来咪发唆拉西"的乐音。伴随着一连串清脆的"哔哔"声出现在屏幕上的是一个个跳动增加的字符，这让他感到从未有过的兴奋。自己的指令通过手指的敲击直接传达到系统之后，电脑就会执行相应的操作，这让他体会到了一种互动的快感。

想来正是这种"创造性"体验，让他获得了心理上的满足感，但这同时也增添了一分不能与外人道的寂寞。

当时让他觉得十分可惜的是，自己不能与他人共享这份喜悦。朋友们都沉迷于家用电脑的自带游戏，邀请他们到家里来玩的时候，大家貌似也都对这台 PC6001 不太感兴趣。

大多数好友都是《超级马里奥兄弟》的忠实玩家。

朋友问他说："这个能打游戏吗?"大野便启动了电脑自带的一种"侵略者游戏"展示给对方看。他虽然不能熟练地操控马里奥和路易基这两个游戏角色，却能通过改变 PC6001 侵略者游戏的程序语言，自由地操控敌方角色的行动速度。并且还能用键盘弹奏出《郁金香》这类童谣。

但是朋友们却领会不到他的这种乐趣。每次看到他们丝毫不为所动的表情，他就总有一种被否定了的失落感。他小学初中的时候虽然交了很多朋友，却没一个能跟他分享这种隐秘的、能支撑他精神世界的快乐。

这也不难理解，到了高中时代，他那么迅速地就连接上电脑网络了。

直到有一天，父亲给他买了一台夏普产的型号为 X6800 的笔记本电脑。虽然父亲坚持不给他买电子（电视）游戏，但身在关西本身又是一名工程师的父亲，看见儿子对电脑兴趣如此浓厚，便满足了他的心愿。

拿到这台笔记本之后，健介立马把它与电话线连了起来，并启动了终端程序，输入了他在电脑杂志上所找到的四日市草根服务器的拨号上网号码。网速达到了 2400bps。不同于天天见面的学校同学，在草根网站论坛上，他结交到了一群"网友"。

喜欢看星新一的健介经常在电脑通讯公示栏上发表一些诗歌或者小小说。要是有人就他的作品谈一些感想，他就会感到欣喜不已。在与别人进行聊天这种互动交流的过程当中，他体会到了从未有过的新鲜感。

健介回忆说道："论坛上以二十几岁至少也是十八九岁的网友居多，当时在十五六岁的时候就混迹四日市草根网的人恐怕也只有我了，是真的很少见的！不论在聊天框里发送什么，对方的回复和反馈都普遍非常友善。而且那时不像现在网络匿名度这么高，几乎是完全对外展现出了真实的自己。感觉上很真实，位于哪个城市、做什么工作，都能有个大致的了解。"

通过电脑网络通信，他与外面的人产生了联结——虽然说不上是戏剧性地——但这种联结却拥有一种改变他世界观的力量。对于家附近街区连书店也没有的少年来说，这就是自己与四日市这种"都市"之间唯一直接的联系。

不久之后，健介寻到机会，离家单独与网站服务器的创设人碰了一次头。对方是一位二十出头的自由职业程序员，现在在一所专门学校做讲师。他在网上对健介发出邀请："可以的话我们见一次面吧！"健介不承想自己竟然还有跟这种大人物见面的机会，不可思议的同时又感到受宠若惊。

他分析起了自己当时的心情："就算现在想来，这样的事被父母知道以后肯定会被骂得很惨的。但对于当时的自己来说，独自乘电车去四日市见一位成年人实在是一趟充满冒险的旅程。还记得当时我心里特别忐忑。现在看来只不过是一位普通的哥哥罢了，但当时却惊异于在生活工作上还有这么自由自在的人。那之前我所接触到的成年人也不过是父母以及朋友的父母还有学校的老师。看起来他比我身边这些大人过得都要自由。跟他见面有一种刷新了人生体验的感觉。"

那几年，他经常受到来自父母的叱责——"为什么家里电话费这么高?"然而，热衷于电脑、网络的这种爱好，却在一定程度上决定了他后来的走向。一边，他通过电脑网络通信找到了属于自己的"另外一个世界"。同时，他也对爱因斯坦、霍金这类宇宙物理学家感到无比的崇拜。

他喜欢物理的理由与喜欢电脑的理由在很大程度上是互相重叠的。"根据指令运转"的程序以及物理上"A 变成 B 的理由为 C"这种逻辑推理都有一种较为直观、明白的特性，让他从中感受到了"感觉上的快乐"。

比如学完学校里的力学课程，坐电车时车身启动的瞬间他就会想道:"啊，这就是摩擦作用!"再比如了解了"振动"现象之后，他就会联想到头戴式降噪耳机的原理——"声音既然也是一种振动，那么如果碰到了与其相反方向的另外一种振动的话，就会回归到静音状态了。"

絮叨的话就说到这里，总之，通过自己的直观感受来验证科学原理的过程使他获得了别样的快感。

高中时代喜欢物理、走上学习理科的道路背后，还有另外一层原因。从在网络上发表小说和诗歌就可以看出来，他还有对文学世界痴迷的一面（大学时加入了戏剧社）。不过他想到，就算选择了理科也可以继续接触文科的东西，但反过来可就困难多了，所以便决定考大学选专业时还是要选理学院。他现在清楚地感到，从另一个侧面来说，担心"选项减少"的恐惧感在那时一直挥之不去。

某一天，高中物理老师对他说道:"大野，我认为你有点小瞧了物理这门学科了。"

"在解答物理题的时候，你领会题目意图的能力很强，悟性很高。"老师继续说道，"考试的时候，试卷正确率也很高。但是光靠感觉解题，总有一天会碰壁的。物理本来就是一门更为朴素的将实际现象套用理论公式，再通过一系列计算得到问题答案的学科。只有像爱因斯坦那种天才身上才有可能突然降临某种像是得到神明启示似的灵感。但是，这就跟毕加索浑然天成的素描画一样，在一定的能力基础之上才能谈'悟性'跟'感觉'。你现在基础还很薄弱，只是停留在偶尔的'联想验证'阶段。"

大野当时并不明白老师这番话的含义。升入大学在 ICU 学习了一段时间之后，他方才又想到老师曾对他说过的话。

大学课堂上所学到的物理跟高中完全不是一回事。阅读科学杂志《牛顿》以及讲谈社的"Blue Backs"系列丛书之时，自己心里通常会产生一种人类未知领域正亟待进一步开发探索的激动感与使命感。而大学物理则全然不能为他带来这种直观感受上的兴奋体验。他们首先要做的，就是反复进行为解答物理问题作论证支撑的数学演算，以此积累经验和见识——这就是学习物理学的基础。在高中尚能行得通的"联想验证"果然不起作用了。于是，他对枯燥无聊的大学物理逐渐地失去了兴趣。

"现在只是在入门阶段，真正的学问还在后面。"他突然产生的放弃念头几乎把自己也吓了一跳。面对眼前横亘的障碍，他却下不了迎接挑战的决心。实在有心无力。结果，他并未完全放弃，也并未感到十分受挫。只因为他完全没有要在未来四年的大学学习中对这个严谨的学问世界进行孜孜不倦探索的欲望。

转而重新进入他视野的，是他中学时代的老朋友——计算机技术。

在软件工程学这门课上，学的是作为"程序设计语言"基础的"分类"算法。把经过大小随机抽样产生的数字重新按照从小到大或者从大到小的顺序进行排列，从而形成新的数列。之后再把这种算法写成公式，把需要解决的问题套用公式后就能得到相应的答案。这样一来，初次接触到电脑时的那种兴奋感便好像又回来了。

他对这种兴奋感进行了解释："不知道为什么，在计算机程序设计上，原先那种'感觉'好像还行得通。原来数学证明里既有无趣的地方也有有趣的地方呢！在计算机处理流程中岔路越少速度越快，所以当然是越简单直接越好。做数学证明就像解智力游戏题一样，你能从这个过程本身当中感到无穷的魅力。"

随着年级的上升，讲义与习题内容的难度均在增加，但与学习物理时不同，这并没能成为阻挡他前进步伐的理由。他时时刻刻都抱着"无论如何也要让计算机执行程序"的信念，越是遇到难题，越是绞尽脑汁编程，直到程序顺利启动。

虽然这时他还没想到要当一名工程师，但这种由"编程→程序启动"所带来的成就感却化成了一颗深埋于内心的种子，待到他大学毕业之时，这颗种子也正好开花，成了他继续读研的理由。并且到了后来找工作的时候，他仍未忘却自己的这份初心。

从 ICU 毕业之后，他便来到了北陆尖端科技大学院大学继续攻读硕士学位。在这里，一切重新启程，他也很快便投入到了计算机硬件的研究当中。

研究生院坐落在荒僻的小山中，学校将他们的住宿安排在了校内。虽然平时基本不怎么出校，每天往返于研究室跟宿舍过着两点一线的生活，但那段日子却是他最幸福的一段时光。

研究室里，他们一直致力于 CPU（中央处理器）的电耗节能化。实际操作中，需要运用到计算机辅助设计软件来开发出新的CPU。一款CPU 的研发一般要耗费一到两个月左右的时间，这期间，他们需要反复探索求证电力降耗所必备的条件。

这套操作倒很像物理学上反复叠加的数学计算，然而四年岁月却使他快速地成长了起来。这几年里，他一心一意一往无前地朝着开发出新型 CPU 的目标一步步向前迈进。一边埋头于研究的同时，他也偶尔跟同宿舍的好友们一起喝个酒聊个天，这项活动也成了他们寝室最后两年的保留节目。说起来，这的确既有利于室友之间交流感情又能让人感到心情舒畅。

毕业那一年的某一天，他日后入职的那家大型电机公司的招聘联系人打来了电话。2001 年正属"就业冰河期"中最艰难的时期。然而，他身处北陆研究室中却丝毫感受不到当下就业形势的严峻。研究室本身就有内荐的福利。同为研究人员的招聘联系人是大野的校友兼学长，对方十分热情贴心地为他做起了举荐的工作。

大野在东京也有过求职的经历，面对陌生的面试官各种刁钻的提问，他感到非常紧张，同时也十分地不自在。因此他对由招聘联系人事先与求职者进行联络沟通的企业逐渐产生了好感。

他讲起了自己在求职中所受到的礼遇："一般来说应该由我自己和人事那边的人预约见面时间的，但因为对方同样也从事技术研究工作，就主动联系我确定了接下来的日程。"

总之，招聘联系人对他既谦恭又友善，比起商业人士，更像是一位熟悉又亲切的博士学长。

站在学生的立场上来看，成了社会人的招聘联系人看起来已经是一位十分成熟的大人了。对方不仅亲切地称呼他为"大野君"，还招待他在繁华地段的餐馆一同用餐，这让大野有了一种被尊敬、被重视的感觉。之后，他被领进公司拜访了将要跟他一起工作的上司和前辈们，总之，公司上上下下一切都像是已经做好了迎进新人的准备，大野从没受到过这种待遇，心里自然有了初步的决断。

他已经能大致在内心勾勒出今后在这家企业里工作时的情景了。

接着，他转而说道："这样看来，自己在就业意识上比文科的同学慢了好几拍吧！至少我周围念到研究生的人，在我印象中几乎都成为了工程师，去投资公司或者咨询公司的则另当别论。所以我也毫不例外，求职时只考虑了能否延续大学期间所做的研究。换句话说，也就是认为，继续做着手头的研究就能自然而然地赚到钱……"

像这样，大野未经受什么挫折便很快地决定了自己未来的就业去向。但在某种意义上来说，他也失去了对就业、对成为社会人进行仔细琢磨和反思的机会。诸如，自己想在这个企业组织里做什么样的工作，心怀哪些梦想和目标，以及如何实现它们等。或许这些问题看上去或多或少带有一点学生气，但在学生时代，却应该有这种与自己学生身份相应的思考。

至少，这也是时代对年轻人的要求。经济萧条已经持续了十几年，受此影响，正在"改革中"的企业对于年轻人的要求也绝对不会放宽。

企业不断地推进着削减成本的目标，进而大幅提高了应届生的招聘门槛。在招聘过程中，企业方极力地强调着"业务能力"与"沟通能力"这两个关键词。但明明昨天还是学生的求职人，如何得以形成"业务能力"？"沟通能力"指的又到底是何种能力？面试提问的时候，大概招聘方会将这类问题抛给求职人回答吧。

在这个时代，假如没有找工作的烦恼，又到底是幸还是不幸呢？不管怎么说，正因为他顺利进入到了属日本最高层次的研究所，所以才能以既得利益者的身份退一步说"其实我对公司的要求并不高"或者"不必对公司、就业和社会抱有太多期待，说到底这些都不过是挣钱谋生的手段"。

他相信，进了研究所自己自然会接触到公司最尖端的工作。因为他认为，企业本身就是一个生产、经销商品的团体组织，去了企业研究所，工作则多少会和"尖端商品"相关。

正因为对这一点没有丝毫怀疑，他才能洒脱地说出前面那句"不必抱有太多期待"。

"其实，这就是作为学生最天真的地方。"如今他回顾说道。

他继续分析当时自己的心态道："我本来也不想过什么雄心壮志的人生，因为去的是日本最优质的企业之一，所以心态上反倒比较保守。更是从来也没想过要辞职……"

后来他发现，研究所并不是"研究生院的延续"，在这里，更是做不了"最尖端的工作"，现实跟他最初的想象产生了极大落差。可以说，促使他跳槽的潜在因素，其实从一开始就存在了。

我跟大野认识是在他辞职离开研究所3年之后的事了。

那时，他已是另一家大型电机公司计算机固件开发团队中的一员了，并且结了婚，刚做了父亲。

在之后的两年里，我跟他通常是一边喝酒一边聊工作。

他总是主动地向我描述他在工作中所感受到的不安，并且围绕产生这些不安的如今这个"时代"，滔滔不绝地跟我分享着他的新认识。

"啊，不是这样的!"有时他讲到一半突然否定了前面的话，接着又说道："或许这样说才对……"总之，他一直都在试图厘清自己的情绪并尽量以最确切的形式将之表达出来。

看到他如此配合，我自然非常高兴，而且更加打动我的，是他与人交谈时真诚友善的态度。或许这也是做科学研究的人与他人接触交往时的一种特定模式吧。

而对于有些问题，他从一开始便不愿意过多去深究，其中他有一句话让我印象非常深刻：

"未来不是现在想看清就能看清的。就像我现在虽然没有把这份工作作为终生的事业奋斗下去的动力，但也仍然能从中获得很多快乐。这种心态才有利于日常专注完成每一件事，然后逐步获得成长，最终变成这个领域的专业人士。"

我问他："但你真的能抛开其他想法，只专注于工作本身吗?"他回答道："肯定没那么容易的，总会产生很多其他顾虑的。"

他接着说："不是有'提升职业经历'的说法吗？那到底是什么意思呢？在那种必须不断思考'自己究竟想变成什么样'的氛围中，总觉得自己被催逼得厉害：要比现在更好、要比现在更好。也并不是说要过得有多满足，但也不想被推着走，我只想过得简单坦率一点。凡事不纠结，工作就是工作，要是能有这么轻松的心态就好了。"

虽然这么说，他平常工作时却也不会时时刻刻都带着这些烦恼。但是，冷不防他也有被这种不安情绪所吞没的时候。每当这时，他就会一边说服自己一边化解掉这种不安——"都已经在这么好的企业里工作了，你还有什么不乐意的？还是知足一点吧！"

客观来说，满足于现状可以让人变得更轻松，可这源源不断产生的"不安"又是怎么一回事呢？虽然看不见，但无形当中好像有一双手，在不断地将人推出舒适区。

"女儿出生的时候也是如此。"他说道。

从某一天开始，家里就多了一个人了。抱着这个孩子的时候他才有切身的体会：她现在还这么小，只能完全依靠父母，无论何时自己身上都担负着要照顾好她的责任。

于是，他决定抛开杂念只把眼光放在当下。他想道："单纯把工作当成挣钱的手段好像不太合适，我要为了这个孩子踏踏实实地工作下去。"就像从前在升学问题上所做的决定一样，有了一个可依托的说辞，心情就马上变得轻松了。

但没过多久，心里又跳出了另外一个小人儿跟他抗衡：

"但这样孩子不就成了一张免罪符吗？孩子成了抵挡一切质疑的理由，就算大人看起来不体面，但以孩子为借口的话，谁都不会指责吧。但这对孩子本身又会有什么影响呢，会对孩子造成误导吧？爸爸做的是他喜欢的工作，所以我以后也要像他一样——这样的观念不才是正确的吗？所以不应该说是为了孩子而工作，我是一个独立的个体，应该有自己的追求，应该为了自己而工作。"

"我们在工作上，不断地朝着新的方向努力，如果稍有停滞懈怠，就会感到焦虑不安，这是为什么呢？我觉得应该是这样。"他自问自答道，"我们或许认为以前比现在更幸福、更轻松，但这种想法是不对的，甚至是危险的。在我们想象中，经济高速增长时代找工作是非常容易的，甚至觉得不用费多大力气，工作就会自动找上门来。那些工作当然也不是能简单对付过去的。但是，工作不就是把扑向自己的事务一一解决掉吗？可现在的我们不得不自己去寻找那个'敌人'，找到了'敌人'，之后就可以光顾着与之奋战了，要是没找到……那就只能回转目光，重新进行自我探索了。

"当整个世界、日本整体经济的发展态势都趋好向好时，个人就算安于现状，也能搭上时代的快车享受到发展的福利，但很不幸，（无论是从就业冰河期来看，还是从雷曼冲击之后经济的不景气来看）我们所生存的却是一个发展势头颓弱的时代。时代'下行'之时，如果仍旧安于现状，就会跟时代一起'堕落'。话说回来，如果不鞭策自己不断前行，只是安于现状的话，其实也会变得与现实世界格格不入……"

也就是说，在如今这个"时代"，确实需要有那么一点焦虑和不安，来时时刻刻警醒自己。这种不安其实在前一章山根的心里也同样存在——"要是做到极致，就可能一直附着在这里永远都不能脱身了，因为在这个过程中很有可能就被浸染、同化了。在这条路上继续走下去的话，虽然有可能成为行业内的专家，但如果对这条路并没有太大兴趣，那就会面临很难转行的风险。再加上自己本身就是因为不想成为专家才决定转行的，要是本来就没有想当专家的想法，肯定也是成不了专家的。"在这里，他们的焦虑其实是相似的。

大野之所以对"高级派遣员工"式的工作感到不满，大约也源于内心的不安。做着这份工作，个人不能感受到自身的成长。不能实现自我成长的话，就会像父亲说的那样，被卷入时代的漩涡中进而难以脱身、身不由己。

有了这种不安，接着就有了跳槽的想法。当他耗费了两个月时间才终于把前文所提的那篇报告写成之时，就下定了决心，要把想法付诸实践。这条导火索引爆了原有的"窒息感"，让他勇敢地跳出了原来的圈子。

他打开了一家大型人才中介公司的官网，点进"理科类求职"，完成了注册，由此开启了他的求职之路。大型汽车集团有限公司、高科技类企业……接下来要去参加好几家公司的面试。后来，有面试官吃惊不已地问他道："为什么要离开这么好的公司？"他便斩钉截铁地回答说："因为我想干的是实际的'创造研发'工作。"跳槽这件事他跟谁都没事先商量过。包括他研究生时代的好友，自己是头一个辞职的人。

最终确定了公司去向之后，他向把关研究报告内容、质量的上级领导，同时也是他的直属上司，说明了自己想要辞职的意向。

回想起当时的情景，他说道："上司挽留了我很多次，最开始是让我在部门里再奋斗奋斗。不久之后又说，只要我留下来可以把我调动到研究所的其他部门。到了最后，上司也做出了最大程度的让步，让我在公司里面随便选一个中意的部门。支付给年轻职工的研究经费就像是一笔投资，要是我们提出辞职的话，对于公司来说就成了一笔亏本买卖。但我心里有数，同处一个屋檐下，一旦我提出了辞职，在这个职场里也就待不下去了。"

谈话是在平时不怎么使用的实验室里进行的，下班后上司又叫上了大野一起去居酒屋。

多次被挽留之后，大野终于向与自己合著研究报告书的上司袒露了心迹。

他开口道:"坦白说,在这里工作感到很压抑。"

写了这么多报告,却只不过是面向公司内部的说辞。虽然说预算拨款不多这也是没办法的事,但这样的报告写起来实在是太痛苦了。然而他的不满还不仅在于报告的撰写上。部门里只有自己一个新人,有的只是上司跟下属的垂直关系,却没有跟他处于同一个层面能与他产生共鸣的同事。这样的同伴哪怕只有一个也好,那样的话,说不定他就会做出不一样的选择。

上司露出了哀叹的表情,颇为理解地说道:"也是啊……"

"确实部门里也只有你一个新人,处境蛮孤单的。我明白你的心情。"

上司稍微顿了一下,开始向大野讲述起当年他自己的经历。

那时,超级计算机研发部门的人员数是现在的好几倍。因为一些小事,他与一位同期的同事起了矛盾,因为这件事他与自己上司的关系甚至也恶化了。而且对方在舆论上占了上风,他感觉自己好像成了团队中被孤立的那个人,所以他深深明白,一个人的状态有多么难受,有多么地孤单。

"虽然是人际关系这种老生常谈的问题,但是……"大野为难地开口道。上司将自身的个人经历和盘托出,这既出乎他的意料,又让他很是感动。

当他觉得两个人已经摘下了面具,说起了心里话的时候,上司又继续说道:

"但我在事业部还是有一两个同龄的好友,他们暗中给了我很多支持和鼓励。一起去喝酒的时候也能听我讲讲烦心事,帮我疏解心情。好在以前部门人多,就算是被孤立,身边也还能有几个关系好的同伴。"

"相比之下,大野就真的是孤军奋战了,这确实有点糟糕。"

大野差点脱口而出:"这也不是您的责任!"但他却忍住了已到嘴边

的话，继续听上司说了下去。

想起来作为上司的他，其实从未让下属一个人熬夜工作过。虽然平时没有闲话谈心的机会，但或许上司也在默默地关心着自己的情况吧。

大野继续跟我讲道："然后，上司也默认了我的观点。我观察到，对于公司这种让人感到无力的安排机制，他同样表现出了不满（大野所在的部门后来被迫进行了改革，估计他的上司们一定也被卷入了改革的漩涡之中）。但不同之处在于，上司们绝不会把这种不满拿到明面上来说，而我呢，却点破了这一层。"

几次采访之后，大野又补充对我说道："其实我从来都没有讨厌过我的直属上司，相反，我很尊敬这位工程师前辈。"

"到头来，这让公司里那群领导抓到了继续鼓吹产品优势的理由，并且丝毫不觉得这里面有什么问题。"——如果能像那位同期好友一样不带丝毫主观情感色彩的话，那还好办一点，但很明显，这却与他对上司的尊敬之情完全相悖了。然而，还有另一种受挫感正在他心里不断地膨胀，并最终成为了他选择离开公司的决定性因素。在他决定跳槽之前，还有这样一段心灵插曲。

那还是在他反复修改前文所提的那篇报告之时突然意识到的问题。

每当看到上司手拿自己改写过后交上去的稿件仔细审读之时，他的心情就会变得异常复杂。

研究所内像东京大学、东京工业大学、京都大学这类知名国立大学出身的同事占了绝大多数，而大野这种私立大学的毕业生则无疑成了所里的少数派。从同为工程师的角度来看，他们都是无可挑剔的头脑聪明灵活之辈。

大野对我描述道："特别是在解答非发散性问题的时候，那速度简直就是飞速，应该是我的两倍吧。写起要上交给公司领导的内部报告来也是游刃有余。在核查我用 Excel 制作的文件时，经常能很快地找出我遗漏掉的变量项目，要是有计算上的错误，他们也一眼就能看出来。一般来说要经人稍加提点才能反应过来的小错误，也难逃他们的火眼金睛。当然这里面也有经验积累和职业习惯的成分在，但感觉上不仅仅只有这些因素。即便有这么大的落差，直属上司和我每月从事业部那里拿到的研究经费却是一样的，这一点让人心里很不舒服。"

大野觉得自己模仿不来的，就是上述同事们在处理问题时所具备的速效性。要是花时间去练习适应，说不定某一天自己也能做到如此熟练高效。可是，面对眼前比自己的适应速度还要快上一两倍的同事，他心里对于未知将来的不安，也慢慢显现出了轮廓。

不仅在科技研究方面，在其他很多方面也能看到他们强大的适应能力和迁移能力。比如，写研究报告时，他们的效率也出奇得高。要从哪些角度着手搭建框架、填充内容才能得到上司的认同，秉持什么样的观点不会出错，写之前心里要有什么标尺，这些在他们看来都是小菜一碟。

"在公司里我看清了一点。"大野接着说。

"那就是，我们的差距不仅体现在个人能力上，更是体现在对待工作的热情和动力上。在我感到厌烦的时候，他们仍能一声不吭地继续工作下去。在接到难办的任务时，虽然他们偶尔也会抱怨抱怨，但却丝毫不会影响接下来的办事效率。

"也就是说，脑子真正好使的人，处理起眼下的事务来是能够收敛起个人情感，绝不拖泥带水的。他们从不在意手下的工作做起来是有趣还是枯燥乏味。'真受不了啊。'在他们边感叹边苦笑的同时，手里的工作却转眼就完成了。所以感觉不是一方面，而是全方位都败给了他们。"

从学生时代直到现在，大野对自身性格的评价都是"偏保守"型的。

在他的意识里虽然工作并不完全等同于赚钱的手段，但如果寻不到自己特别热爱的工作，他也能坦然接受现实。况且，工作本身就有单调枯燥的一面。但与此同时，也应警惕过分闲散，而要努力充实工作内容并将之作为谋生的手段过好每一天。所以，就算工作比想象中乏味，也不用哀叹沮丧，对待现实问题，要有属于"大人"的成熟态度——在学生时代，他就持有这种率直的想法。

但如今，他与周围这帮同事有了工作上的近距离接触之后，才明白自己原先想得太过天真。

他周围尽是从东大、东工大毕业的优秀人才，如果单纯把工作当做赚钱的手段，那么毫无疑问，他铁定追赶不上他们的脚步。因此必须首先明确自身感兴趣的领域，然后爱上自己眼前的这份工作。

"我抱怨说无聊的工作，他们也能淡定妥帖地处理好。反观我自己，非但没有他们那么聪明灵活的头脑，还要依赖去寻找'自己感兴趣的工作'或者'工作的意义'才能支撑起自身的工作热情。如果心里坚信这份工作有价值、有意义，便可以连着几个通宵废寝忘食地干活——可惜这与企业所求人才尚有差距，还达不到'公司骨干'的标准。反正，我是做不到像他们那样毫不犹豫地快速投入到任何工作当中的。"他说道。

所谓"无可替代"的尖端科技研究人员，在同一个公司里却是层出不穷。有意义的研究也好，无聊的杂活也罢，只要用心去做，就一定能够寻找到某种价值——在大野眼里，这些研究人员就像机车头一样机械、一往无前地突突前进。然而与此同时，大野也被他们难以企及的"优秀"触痛到了神经。

他所在部门的"优秀头脑"们，工作内容还包括修改他那通篇玩弄文字游戏的报告书。

"要是把他们出色的能力发挥到更有意义的研究上面的话……"他忍不住继续想道。

这正是"理论性能"较高的团队在实际工作中却只表现出了单薄的

"实际性能"的体现。要说报告书，也只不过是一堆充满了误导性语言的低价值产出。

也只有大企业才能如此随意地"挥霍"这种"无可替代"的能力。或许这，也恰好是一种难以避免的"大企业病"。

"为什么公司要浪费掉这么好的脑力资源呢？那么，远远比不上他们的自己，将来的发展前景……"他不禁生出了一丝隐忧。

跟他同年入职，还留在公司里的一位同事说道：

"大企业的话，就能够源源不断地招进像我们这样的人。无论多优秀的人辞职，公司都不会遭受多大损失；有一天就算失去了工作干劲，成天懈怠偷懒，也不至于被辞退。"

作为新人，就算被安排去做那些难以接受的工作，这种高度的忍耐本身就可以转化为一种宝贵的工作经验。但是，"年轻的精神"之所以能够忍耐，无疑是因为他们心里还有不灭的火种与希望。期望某一天能去一个别的部门做新产品的研发、期待哪一天能找到自身觉得有价值的工作，酣畅淋漓地连着干上几个通宵……

然而，他却从专注于修改他报告的上司身上，看到了自己的"将来"。他们越优秀，则越能证实他的判断——那么厉害的人到头来也不过如此。这样的现实也从根本上浇灭了他的希望。

因此他决定，接下来如果再找工作就一定要找自己真正感兴趣的工作。若非如此，自己将来必定还会受到同种"窒息感"的侵扰。要是不能规避这一点，跳槽也就失去了原有的意义。

准备跳槽之时，大野对计算机固件产生了强烈的研究兴趣。所谓固件，就是一种在计算机硬件与软件之间起搭桥连接作用的部件。

他如今正在做的，是一款新型处理器内部搭载固件的研究。在这个新岗位上，他得以走到尖端研究、研发的最前沿，从中收获到了一点一滴的精神满足感。

他说："我编写的很多程序虽然没有直接投入到商品的生产当中，但它们一定被实际检测过或者被别的程序开发项目借鉴利用过。如果产品到了消费者手里，他们在使用的时候觉得物有所值，就是对我最大的肯定了，毕竟到现在为止我还没有过与这类似的体验。

"跳槽之后，感觉与周围做研发的同事之间，关系变得更加对等了。在做实际研发的第一线，并没有谁去关注诸如报告的措辞这一类的表面文章。我们有着同样的目标，于是就有了站在同一条船上的连带感与安心感。以前负责同一项工作的，就只有我和我直属上司两个人，而且对方还是一位沉默寡言、能力极强的上司，就算只有我们俩人在，也不敢随意跟他搭话。现在跟我处于同一职位的有好几个人，要是有什么烦恼至少还有倾吐的对象，不至于像以前那么孤单压抑。"

可是，既然同为大型电机公司，也必定同样存在他之前所讲到的"能力差距"问题。那为什么在这里，他体会不到先前的那种自卑感呢？

仿佛对这个提问早有准备，他不假思索地开口回答道：

"跟大多数人的想象相反，现在这个公司的工作量实际上比以前要多得多。以前虽然要加班到很晚，但需要完成的绝对工作量却并不算多，所以才会有那个精力去苛求完美，细致到去探讨某个标点符号应该放在哪个位置。然而工作量大起来之后，自己就能掌握一定的选择权了，能够在众多繁杂的事务中，挑选出自己认为有挑战性的任务，然后全力以赴。

"每个人各自挑选的任务虽然不同，但当研究难度太大完全找不到头绪的时候，仍然可以利用好身边的资源向同伴求助，大家一起合作解决问题。比起从前几个人做着一项研究，事业部的人又太厉害轻易搭不上话的情况，现在的工作模式确实让人在心理层面上轻松了不少。"

然而，从 2008 年夏天开始，受全球性次贷危机的影响，部门不得不逐步压缩原有的业务规模，导致很多员工被迫回家"休假"，并且原本的一周双休也变成了一周三休。

不过，公司里有一项申请部门间调派的优待制度。于是大野便找到了一个可以用得上自身固件研发经验的部门，向公司提出了调派申请。

他说："碰巧那时候我看到公司官网主页上正好挂有新型电池研发部门的招人信息。虽然要说电池的话，理应属于化学门类，但我却在招募条件里看到了计算机固件这个关键词。想来，电池也基本上是由计算机进行操控的，所以说不定在这里有我的用武之地。"

对于以电动车为代表的新一代制造业来说，新型电池技术是其发展的命脉，这种技术也正受到来自市场的越来越广泛的关注。他稍稍偏离了原先重点考虑的计算机领域，决定投身到这项新技术的研发工作当中，或许这也正是公司为他提供的那款"齿轮"吧。

从前的超级计算机也和这一样，属于处在黎明期的热门新技术——而这，无疑能让人产生超乎寻常的工作动力。只有身处大企业，才能接触到这类研究课题，才能对工作内容本身萌发浓厚的兴趣和期待……

至此，工作对于他来说，就远远不止是赚钱的一种手段了。

首先，要弄明白自己真正想要做什么。在这之后，再全身心地投入到能够实现自我价值的公司部门当中。

如此一来，不管周围有多么优秀的人，自身对未来又怀有怎样的不安，其实单凭对工作的这一腔热爱，就能支持他不断前行。

也就是说，他是以积极主动的姿态来面对眼前这份工作的。如果把工作比作一个旋转的"齿轮"，那么也只有这种具有非凡挑战意味的"齿轮"，才能带给他独一无二的刺激体验。

他察觉到，自己现在正向着成为一名真正的社会人在靠拢。

要是放缓前进的脚步，不安情绪就会随之降临。不能停、不能停——尽管在他的胸腔里，还不断回旋着这样的声音。

第 5 章　无所谓工作是否适合自己

2009 年年初，正值最冷的季节，与往年一样，藤川由希子又被所在部门的部长叫了过去。

她是位于东京的一家大广告代理公司的合同制员工，按规定每年都要和上级就续约问题面谈一次。那天是和这家公司签约后第二次确认续约的日子。

时间已经是傍晚了，她从自己的座位上站起来，走向指定的会议室。公司的楼面很宽敞，100 人规模的部门被分成了 4 块，并进一步采用工作团队的形式应对细分的顾客群体。她总是在 10 点左右出发来公司，在那个时间点上公司里人迹寥寥，一片寂静。但到了现在这个时刻，讨论的声音、电话的声音、敲击键盘的声音此起彼伏，好不热闹。早晨的静谧荡然无存，四周笼罩在活跃的气氛之中。

对于 2007 年春天来公司工作的藤川来说，面谈并不是一件很紧张的事。在聘用合同上明确写着，每年更新一次，连续五年等内容。合同期限还有三年，时间上很充裕。这次进行完形式上的面谈以后，下面就只需等合同自动更新了。那一天也谈了有关第二年工资的话题，在业务上的确认事项说完后，面谈就该结束了。

但是，就在问完平时工作中是否遇到什么困难，谈话即将结束之时，部长突然问道："藤川，今年也是你在我们这儿工作的第三年了吧？"在得到确认的回答后，他继续说道："如果有兴趣的话，有意向尝试一下成为正式职员吗?"

在这家公司,正式员工占全体职工的 20%左右,合同制员工占 10%,来自其他公司的职员占 30%,其余都是制作公司、印刷公司等的派遣员工。她所在的家电制品广告团队约有 20 名工作人员,其中正式员工仅有数人而已。

针对合同制员工,公司每年举行一次正式职员录用考试,内容包括对其在本公司的工作成绩进行综合评估,以及进一步的面试考核。虽然考试很难,通过者寥寥无几,但部长还是建议她尝试一下。

在最近这几个月里,藤川在工作中开始有了一些能够自由支配的时间,这是自进公司以来从未有过的。在经历了去年 9 月的"雷曼冲击"以后,广告刊登量大幅减少,人均工作量变得少之又少,而且工作内容也清一色地变为设计广告企划的自主提案书。

经济不景气时期,广告战略必不可少。于是,广告策划便成了她现在工作的主体内容。比如说,广告刊登收入减少的话,就意味着现在的促销方式性价比很高。如此这般,针对市场行情,提出反守为攻的策划。

这样的工作并未设定严格的截止日期,因此晚上能够早早地收工。在时间上也并不会很紧迫,能够较轻松地完成。正当这份"轻松"让人觉得莫名的舒适时,部长就像看透了她的心思那样,要为她准备一个新的障碍,建议她参加"正式职员录用考试"。

"因为很难,所以并不能保证肯定通过,但如果有动力的话我会支持你的。"

像自己这样的合同制员工,在五年合同期满后怎么办?刚进公司不久的时候,她曾经问过同为合同制员工的前辈。对方告诉她,如果工作评价好的话,公司会推荐她去同一集团内的其他公司,一般来说总能找到工作。

两年前她二十七岁，刚换工作来这家公司，当时所说的"五年后"，总觉得是非常遥远的未来。

如果能成为正式员工的话，工资和待遇都会提高，但是很可能也会失去现在的这份宽松。一考虑到这些，她就不由得想起半年前参与几个广告企划准备工作时的情景，那段时间无论怎么拼命工作，都有干不完的活。

在那段时间，专业调查公司会将各厂商开展促销活动的情况，写成简略的报告书，每周呈送给她。这是为了以调查公司所收集的报纸广告、邮寄广告、店门口等处派发的传单广告、网页上的宣传等为参考，汇总有关各公司销售手法的内容。

作为光顾卖场的纪念而赠送的创意小商品、各种返现活动等，从这些信息中挑选出有意思的内容，每月总结完成一篇报告。

与此同时，关于新产品的宣传活动，也总是有几个正在进行中。

去年她曾经部分参与某商品发布会的企划和运营。先是听委托方对商品所做的说明，随后思考设定与其相配的新创意概念以及演出方法，会议经常要持续开到深夜。而且，还承担着在杂志上刊登联合报道的工作，还有拍摄时的列席和稿件的催促管理等，经常被截稿时间追着跑，每天都过得非常忙……

深夜还在伏案加班，各种不同的工作一个接一个，像体育运动那样每天都持续进行着。虽然感到很有意义，但同时也会在心里引起一番纠结。

这样忙碌的工作状态持续五年可能就会结束吧。有了孩子，就无法像现在这样工作到深夜，总之不得不换到时间方面更为宽松的单位工作。

不经意间这样的想法占据了整个头脑，对于"工作"的积极性逐渐开始变淡了。

去年，与朋友介绍认识的男友结婚后，这种想法变得更强烈了。"虽然工作很开心，但昨晚又加班到深夜 2 点，今天又是一早就出门。过着这样的生活，连给朋友回电子邮件都似乎要到周末了。这真是让人受不了。家务没法做，即便想给丈夫做饭，回家晚的话也做不到。工作变得很忙但又很快乐的话，就会想着以后要好好把家庭照顾好。"

不过，这样的心情也并不总是一成不变的。虽然忙的时候会这么想，但像现在这样，比较空闲的时候，想法也会发生变化。现在听到部长问她，"有意向尝试一下成为正式职员"，心里不由得怦然一动，自己真是难以捉摸，麻烦得很。

她想着：工作了两年，自己也获得了一些赞赏；而且，面谈中被告知的评价也非常好。

但是，说不准对每一个工作满两年的合同制员工，领导都会在这个时候提出同样的建议。自己也觉得还差得远着呢。还没法直起腰板自信地说，能够完成某一项工作。

话虽如此，自己觉得有一点是能够说的。一直以来，对于上级所交代的工作，自己绝对是尽一切努力完成的。虽然嘴上抱怨着，"这么没完没了地工作，真是讨厌"，但对于摆在眼前的工作却从未有过一点马虎。

想到这些，她不再瞎猜了，开始因部长的话而感到愉快。

如果自己的工作表现能够让上级觉得"要是这个年轻人希望晋升的话，我愿意提供帮助"，当然会感到这两年的付出得到了回报。正因为如此，她原本已开始想"这种工作方式只持续 5 年左右"，但他的提议就像被施了魔法那样在她的脑海中回荡。

"结果，就像条件反射一样，回答道：'我想试一下。'但是，总有些说不清道不明的苦恼和不可思议的感觉。最近这几年一直在心里想着，工作五年，以后就可以轻松了，但实际上被部长这么一说，就产生了想尝试一下的心情，结果还是要继续工作吧。"

虽说"并不想那么卖力地干活"，但不知不觉中已经在拼命地工作着了。于是，不知道从什么时候开始，周围的同事也深信不疑地把她看成一个具有职业倾向的女性。她笑了起来，好像想说那是自己心中的一个"谜"。看着她的笑容，我想起两年前采访她的时候的情景。

"终于定下来了。有种向自己想做的事稍稍靠近了一点的感觉。"

两年前我们在涩谷的咖啡馆里见面，藤川出现时就像她自己所说的那种"具有职业倾向的女性"。

从大学时代开始，她就希望在广告公司工作，并在某个中等规模的广告公司就职。但是，工作两年后她从该公司辞职，换到一家大型广告公司。

"大学刚毕业时应聘过这家公司，但没有通过。当时极度紧张，即便是在拜访就职于该公司的学长时，都非常震惊，觉得公司太厉害了、太大了。但是，在找新工作的时候，就很有底气了，想着能入法眼的话就请选我吧。现在工作也有（她是在辞职前寻找新工作的），心里还是比较踏实的"。

这种充满自信的模样也许反而能够带来好印象。那一天，她没有掩饰跳槽成功的喜悦，用兴奋的嗓音说着，那份愉悦之情连采访者都被感染了。

接到人才中介公司顾问的联系是在两天前的晚上。白天在当时工作的广告公司上班，没法接电话。晚上，回家的时候在车站的站台上回电时，电话中传来了工作人员愉快的声音。

"藤川小姐，恭喜啊！通过啦！"

虽说在最后一次面试时，自己感觉很不错，人才中介的顾问也说，下面就等录用的通知了，但实际接到通知时心情依然很激动。她笑着说，那天在车站的站台上，她没有顾及周围人的目光，大声说道："谢谢您!"她一边说着"真的非常高兴",一边憧憬着下个月开始要去工作的单位。

再次和她交谈已经是几个月以后的事了。

她跳槽的那家公司招聘的是正式员工,但最终却对她附加了一个条件,即作为合同制员工录用。对于这一变化,她并未在意,"即便如此,也没关系",她依然很乐观。

令我感到意外的是,在交谈的过程中,她开始讲起自己的想法。

"他们曾告诉我,虽说最初是要招聘正式员工的,但也许会变成合同制员工。如果是合同制员工的话,最多可工作五年,期满后几乎不可能转为正式员工。但是,工作五年后,我就三十二岁了,大概已经对工作非常厌倦了。希望在那以后就结婚,过上悠闲的生活,我现在常这么想。"

一方面,关于新的工作,她回答说"非常开心",并生动地描绘着职场的情况。

"和以前的公司是完完全全不同的。哪怕就是公司里有关消费者动向调查的数据,也竟然会有这么大的差别。"

每一种产品,从顾客的喜好直到购买时的心理和物理上的状况,分析消费者行动时的基础数据都已被整理好了。即便是自己所负责的家电产品领域,购买行动的具体状况也在每一个步骤上都被分门别类。例如,为何选择这个类型的冰箱,为何选择这个厂家的产品,这类问题一目了然。

在这么多商品中,就连如此细致的步骤都拥有数据库,她都不禁想叹口气了。

"那些在以前的公司要通过购买外边的数据或自己进行调查才能获得的数据,在现在的公司都是现成的。这样的话,速度完全不同,自然是无论如何努力都无法赶上的"。

公司里的部门也被分得非常细，在以前的广告公司由经理部完全负责的业务，在这里也被一一分到各个部门。两种做法虽各有利弊，但每天都能够清晰地感受到大规模组织的"强大"，她逐渐适应了新公司，工作的乐趣也不断增加。

"现在还有很多不懂的地方，但我也必须提出自己的意见。总是一副什么都不懂的样子的话，在这儿是行不通的。我必须好好努力。"

在她的心里，对于工作的热情和"五年后辞职，过悠闲的生活"这样一种想法已经共存在一起了。

关于具体的理由，她用"因为自己是女性"这一点来解释。希望在二十多岁时结婚，在三十到三十五岁之间生孩子。虽然不想辞职，但有了"家庭"之后，希望换到比现在更宽松一些的职业。

如果是职业咨询顾问山根或前一章中的大野的话，会觉得"对于五年后会辞去的工作，现在是无法专注于其中的"，他们绝不可能为自己的工作经历设定期限。如果现在的工作确实感到"愉快"的话，他们大概根本不会考虑五年后可以轻易地放弃。

但即便如此，我不由得感觉到一种带有焦虑的心情，这是和山根、大野的共通之处。山根想着：在这条路上继续走下去的话，虽然有可能成为行业内的专家，但如果对这条路并没有兴趣的话，那就会面临很难转行的风险。大野说："不是有'提升职业经历'的说法吗？那到底是什么意思呢？在那种必须不断思考'自己究竟想变成什么样'的氛围中，总觉得自己被催逼得厉害：要比现在更好、要比现在更好。"

"可能从外表上看，我给人的印象是干活积极麻利的职业女性。但是，在关系好的朋友以及自己的眼里，总体上说是一个悠闲自在的人，确实会好好工作，但不会过度。因此，即便成为正式员工，也不会成为以工作为中心的人。"

有一次，藤川在对我的违和感作答以后，话锋一转又说了以下这些，给我留下了深刻的印象。

"话虽如此，很可能还是会非常拼命，结果将育儿支援政策用到极致，自己昏天黑地地工作。大概是不服输的性格使然吧。大学时代的女性友人中，有的在海外工作，已经变得极为职业导向型，有的跳槽后拼命工作。我想，当年一起玩的时候，大家所拥有的可能性和潜力都是差不多的。如果自己现在放弃了工作，那么几年后见到没有放弃的友人时，就会想再多工作些时间就好了。我不希望出现这样的情况。这种想法总是潜伏在心里的某个地方。"

眼前越是充斥着各种机遇，就越害怕失去它们，我们能够清晰地看到她的这种想法。

双手抱着一大堆果实，想尽一切努力不让它们掉落。那么，为此该怎么做呢？她的想法是，把一个个机遇吞下去就行了。于是，对于她来说，想象中的"提升职业经历"并不是一个接一个台阶向上攀登的纵向发展的东西，而是在核对清单上——打钩那样的东西。

如此说来，她有着类似于山根、大野的焦虑，这也就没有什么不可思议的了。她手里握有一张罗列着人生中需要完成的各种事情的清单。无论是纵向的，还是横向的，所谓的"机遇"是多得抱不过来的，正因为如此，他们和她们强烈地意识到"时间有限"。"想做"的事不知不觉中就变成了"必须做"的事。

未来的众多机遇虽然在"清单"上都写着，但现实中极难真正获得，这正是所谓"就业冰河期"的一个侧面。她之所以对于职业经历和人生抱有这样的印象，是与其学生时代密不可分的。

藤川出生于九州的某个地方城市郊外的小镇，与山根同一年即1999年考入大学后来到东京。

对于当时十八岁的她来说，在东京市中心的新生活是在"困惑"中开始的。

她回忆道，当时的情景直到现在还历历在目。巨大的街区彼此相连，一望无际，无论走多久，大都市的风景都延绵不绝。早晨，去学校上课时车站前拥挤的人群、摩肩接踵凌乱不堪的人流……置身其中，她感受到一种莫名的不安。

当然，对于这样的街景所具有的震撼力和大都市所特有的能量，她并不仅仅是感到吃惊。老家是一个靠海的小城市，非常安静，每小时会有一辆一节车厢的电车到站，时光缓慢地流淌着。但是，高中时代她有时会去博多玩，那儿也充满着大都市的喧嚣，自己并没有理由被东京的繁华所震慑住。

即便如此，置身于拥挤的人群中，她会突然产生一种在老家时从未体会到的感情，察觉到自己的变化，她感到十分困惑。

覆盖了整个城市的广告牌、广告、杂志，还有人、人、人……在这样的环境中度过每一天，就会觉得自己正在一点一点远离原来的自己。在信息和人的洪流中，变化快得令人目不暇接，因而产生了一种思维跟不上的感觉。在老家生活的时候，不管看到什么，不管在哪里，"我就是我"。但不知为何，这种和谐的感觉已经不复存在。她住在大城市以后，心中总怀有一丝不安，觉得自己似乎无法决定自己的任何事情。

大学的时候，她选的是经济学院，但其实并没有什么特别的理由。最初连经济学和经营学（企业管理学）的区别也不了解，她试着钻研宏观经济，但也没有明确的目的。

思考一下将来，却并没有特别想做的事。考大学的时候，她希望去东京，想着"能考上就好"。她如愿以偿地考上了，但真实的大学生活却有种空虚、不踏实的感觉。在"不踏实"的空白处，都市里泛滥的信息呼啸着涌了进来。

在大学二年级的时候，她去加拿大留学一年。她说，这次的留学经历成为了她与"广告"这个关键词邂逅的契机。

"去加拿大留学，最初是希望能够开口讲英语。但我去的城市非常闲适，这样的氛围让我感到安心。街角的小店总是卖着同样的商品，新产品什么的几乎就没出现过。在少数几个选项中挑选自己喜欢的东西就行，这种感觉让我感到十分轻松。"

如果清楚地知道自己"喜欢的东西""想做的事情"的话，也许就不会因大量的信息和选项而感到困惑了。回日本以后，虽然过去的生活仍然继续着，但她说，城市看上去和以前略有所不同。

"各种东西飞快地上市，并被广泛宣传。真是目不暇接。但是这一次自己置身于这样的风景中，觉得自己想做的不就是这个工作吗。当时想，刚巧出生在日本，如果在东京就职的话，在令自己叹为观止的广告业界工作不是再好不过了吗?"

不是去当信息的受众，而是成为输送者，也就是对日本的市场能够投送一些有意思的信息的工作，或者能够留下一些久驻人心的信息的工作。

就这样，她找到了自己"想做的事"，但从整个过程来看，并非很有逻辑，也不是很能让人信服。可以说，她只是直观地感受到"广告可能很不错"而已。

但问题是，"广告"这一直观的关键词不知何时起已经超越了一闪念的范畴，逐渐在她心中变为"一种无论如何也必须实现的自我形象"。

之所以这样，与大学三年级冬天开始的求职活动中所感受到的挫败感有着很大的关联。

在她最想进的广告业界的招聘考试集中开始之前，她一直通过利库导航①向其他行业的公司索取资料，并填写报名表。

---

① 利库导航：一家大型职业中介机构。——译注

然而，即便校友访问过程中觉得对方很欣赏自己，但尝试了十几、二十个公司，都以失败而告终。她仔细地阅读互联网的告示牌，看到了别人写在上面的已收到录用通知的内容。有时候，通过这一方式，她才知道自己没有被录用。

每当这个时候，她总是被伤得不轻，连自己都感到意外。在此之前，升学也好，留学也好，总是进行得很顺利。对于最终总能够达到目的的她来说，求职活动的严酷就是人生中所直面的一次洗礼。

这种严酷并不是只针对她的，在"就业冰河期"中很多学生都有所体会，但虽说谁都在平等地经历着，她也无法从中获得什么慰藉。

一次次面试的失败使她的心情越来越沉重，周围的朋友和熟人中开始陆续有人获得公司的内定，她发现自己的内心深处有一种苛责别人的阴暗心理。也不知什么时候开始，她用一种非常冷淡的眼光注视着那些获得内定后心情愉悦的朋友们。看到这样的自己，她感到非常难受。

她想着，为什么会觉得她比我更好，自己究竟有哪些不足呢？

总之，被认为有着"同样的潜质和可能性"的同学们比自己更早地确定了工作单位。值得应聘的企业多得数不胜数，数不清的机遇摆在她的面前，但自己却一个都抓不住。

"我想，与其说我有什么不足，还不如说那个人拥有什么。当时，心里变得非常着急，在这一过程中，不知不觉地开始给自己找各种开脱的借口。"

为了保护自己，她这样考虑问题：我想进广告行业工作，但广告行业很有人气，很难就职，因此通不过也是很正常的。

"于是，对于被证券交易所等录用的朋友，就想'绝对是做了让步才确定下来的'，对于被金融行业录用的同学，（虽然金融行业也应该是很"难进"的）就找个毫无根据的借口，认为'因为是经济学院毕业生所以金融行业大概比较容易进，而广告行业是非常难的'。如果不这样想的话，自己不断落榜，会越来越觉得凄惨的。"

在广告行业就职，就是在这段时间开始成为"必须实现的目标"。与第2章中的中村执意要在出版社工作一样，越是不想在将来后悔，原本只是选项之一的"广告这个关键词"在心里越是大幅度膨胀。

她觉得，马上如自己所期望的那样就职，是无论如何都要完成的课题。这样就能将自己在求职活动中体会到的劣等感、对他人冷眼相待的罪恶感一扫而光，也能够证明自己的选择的正确性。

在广告行业就职后想做些什么，自己能够做些什么，诸如此类用作自我宣传的冠冕堂皇的应聘动机已经不再重要，对她来说，在广告行业就职本身已成为目的。

每次应聘失败，她都会进行一番自问自答。自己到底想做什么，自己能做什么，怎样才能使对方想要聘用自己，等等。就好像是被迫进行着自己并不喜欢的"自我探索"，但不继续苦恼下去的话就不会有任何进展，每天都沉浸在这样的重压之中。

第3章中的山根用"人性力"这个词来形容自己求职活动中的态度，中村所说的"事到如今，已经无法转向"的不断应聘出版社时的心情，和她的情况如出一辙。

招收应届生的人数不断减少，企业所设定的录用标准也愈加苛刻，与此相应，他们在求职活动中就必须深入思考"自己想做什么，自己能做什么"。越进行这样的思考，就越发强烈地感到不能去自己不喜欢的地方工作。

她不断地想着，如果没有一家公司录取自己的话，该怎么办啊?

是回老家吗?

越是这么想，她就越怕失去"机遇"。

好不容易获得了一家中型广告公司的内定，这已经到了夏天最炎热的时候。

"能去的地方只有这里了，真的松了一口气。我觉得，自己的期望什么的，已经都无所谓了，能在广告行业任职已经足够了。"

但是，这个时候由于长时间抱有在广告公司工作的自我设计，程度又非常强烈，这就成为了其后她决定跳槽的远因。

藤川在广告公司工作了一年，过得很愉快。最初的工作是为广告主制造的某个商品进行市场调查。

通过互联网进行问卷调查和被称作深度访谈的一对一访谈调查，分析消费者选择该企业产品的各种原因，将建议总结成一篇报告。

有时候自己所参与的工作会登在报纸的角落里。一想到自己的工作也能够在社会上有一些影响，就会非常高兴，觉得从事广告工作的想法是正确的。

就在这时，她接到了调往某大型制造商海外客户营业部的内部指示，距离她进公司刚好快满一年。

在这家公司，外派一般都在三十岁以后，据说是她就职时担任面试考官的某位领导对她印象深刻，正好对方公司请求他们派遣一位工作人员。

上级对她说："对方人手不够，希望你过去。"

"藤川小姐能说英语，又没有染上业界的坏习气。而且对数字分析能力又比较强。"

听到这番话以后，有段时间感到有些不安，她回忆道。该公司是一家知名企业，业务遍及世界各地，但她对该公司的产品却一无所知，而且也不知道该公司的营业部究竟做些什么工作。

"工作能力强的人还有很多，为什么偏偏会找到我呢？当时抱有这样的疑问。此后，心里一直是疑神疑鬼的。是不是因为工作能力不行，趁着那时还不会给别人带来什么影响，赶紧把我转走？我觉得，这样的调职原本是能力不错的人受到赏识后才会有的。我才工作一年，而且也没有担任海外业务的经验，究竟哪一点被看中了呢？我百思不得其解。"

最让她感到违和的是，无法想象自己在大型制造商的一个部门工作时的情形。

通过在这家广告公司的工作，学生时代所想象的自我形象——在广告公司成为信息输送者，从事与各种广告企划和商品有关的工作——眼看着就快要实现了。制造商的营业部这样的职场，与自己想要获得的自我形象实在隔得太远了。

自己为了获得这份工作在求职活动中竭尽全力，为此反复拼命地进行自我探索，为如何将自己变成企业方面所需要的人而苦恼，然而却……这样一种情绪笼罩着她，久久挥之不去。

实际上，与她的"疑神疑鬼"正好相反，这种场合的外派应该被视为荣迁。后来，在她从公司辞职的时候，上级叹息着"我们好不容易相中你"，并把上述情况告诉了她。对于工作第一年的她来说，领导的这种期待一开始就是错位的。她踏入社会才终于获得了实现"在广告行业工作的我"这一最初目标的机会，但这一期待却妨碍了目标的实现。

她的一位朋友在某重工业厂商工作，大学时代与她在同一个研讨小组学习。对于藤川的想法，她代为作了如下的解释（她在该厂商工作三年后辞职，转往其他公司）。

"我比她晚一年就职，是在2005年。这一年是冰河期即将结束的最后一年。我其实想在金融业就职，因此看到第二年银行招聘人数增加了5倍、10倍的时候，真是非常羡慕。给我面试的考官比我高两届，他也说：'现在的孩子很幸运啊。'

"藤川小姐性格柔和，待人非常体贴，甚至有些时候考虑过多，觉得有些苦恼。我记得，她确定调职以后，很是苦恼，说：'完全不考虑别人的生活状况就外派，真是过分。'她说，想从事广告工作，无法接受与此完全不同的工作。自己应该呆在广告这个绚丽的世界里，却突然被派往企业文化完全不同的制造商那儿，如此考虑也是很自然的。"

她之所以能够如此深有体会地说这些话，是因为在她的经历中，那个大型制造商充斥着墨守成规的氛围，而她跳槽去的那家电机制造商却以自由度高著称。再继续听一会儿她的话，就体会到了因外派而跳槽的藤川的心境。

"无论是谁，最初入职的公司都会成为其职业经历的基准。因此，藤川小姐是以最初进的广告公司为基准来衡量其他公司的。我知道自己所就职的制造商是那样一种公司，即便在心里觉得莫名其妙，但会想到，这是'公司'这类组织的标准。例如，要用'课长'、'部长'这样的官衔来称呼所有人，虽然感到太过时了，但过了一段时间以后自己也这么做，因此最终还是习以为常了。

"在我以前的公司，所有的电子邮件都要打印出来，再盖上章。不仅是客户，公司内部的邮件也都如此。因此，公司里到处都是纸片和文件。但进了现在的公司，全都存在电脑里。数据的输出，一天也没有几次。虽说都是公司，但差异这么大，感到非常自由。藤川小姐是从一定程度上氛围宽松的广告公司突然转往一个非常僵硬的地方，因此正好和我的感觉相反，这一点我非常能够理解。"

正如她朋友所说的那样，藤川回忆到，黄金周结束后她开始在那家大型制造商的办公室工作，首先，不同的职场气氛让她感到很不习惯，而且她还感到一种巨大的不安。

大型制造商的营业部位于东京市内，无论哪一点都和以前的工作场所完全不同。桌椅排在一起，领导坐在对面，这是一样的，但职员互相之间没有一点交头接耳，整个楼层都异常安静。所有人都在默默地工作，就连从座位上站起来去洗手间时，都要非常注意周围人的目光。

在以前的工作场所，男职员们穿着瘦长的西装和皮鞋，有时还会穿缀着比较讲究的纽扣的时髦背心和条纹衬衫，他们经常吵吵嚷嚷地把联谊什么的挂在嘴上。事先的碰头会上也总是充满着闲聊，她并不喜欢这样的氛围。但在新的地方工作几天后，她就开始怀念起那种轻松的节奏了。

在大约有 200 名的职员工作的楼层，以"综合职位"① 的身份工作的女性只有包括藤川在内的少数几个。其他女职员都是"一般职位"，男与女之间横亘着一条看不见但却异常清晰的分界线，这种感受是第一次。

指派给她的第一个工作，是承担该公司海外分公司收益管理的一部分业务。其他部门将对有销售市场的各国的情况进行研究后，将数据交给她，她再使用管理软件将其一一输入电脑。工作内容本身并不太难，是一种带有研修性质的高强度工作。

首先让她觉得不舒服的是，大家在背后说，综合职位所担任的工作是"男人的工作"，一般职位的工作是"女人的工作"。

"如此说来，我虽然是女人，但在公司里的定位却是一个做'男人的工作'的人。一起工作的人中，无论是任综合职位还是一般职位，都有非常能干的人，并不是那种'打短工的女职员'的形象。但是，所有的人都将这种氛围看作理所当然，工作的时候非常注意自己的身份。有一种说不清道不明的压力。虽说眼前是个女人，但做的却是'男人的工作'，刚开始的时候每次听到这样的话就会打寒颤。"

在午休时间开始和结束的时候，整幢大楼都会响铃。一到下午 3 点，一般职位的女职员们就开始分发点心。比自己年龄大的职员把客户们带来的高级日本点心和西式点心发给她时，她每次都觉得很过意不去、很紧张。

---

① 在日本公司中，区别于"一般职位"的一类比较高级的工作岗位，能够自己进行企划，并拥有晋升的机会。——译注

对于这一件件事，她感到就像在学校里那样喘不上气。这种心情就像"站在根本没有汽车过来的人行横道那儿，一个劲地等着红灯变绿灯"。

她所在的部门看上去和外边的人几乎没有接触，所有的工作都在公司内完成。规章制度很严格，充满着论资排辈的氛围。

"因为是大公司，所以等级森严。比如说，没想到部长的地位竟然这么高，大家都在献媚讨好部长。每个人都拼命想出人头地，但表现方法就像漫画里那样。经过反复讨论的议题提交到领导那儿，领导说'这个不是这样的吗'，就立刻变成'啊，确实如此'。同一个部门的女职员大多是在公司工作十年以上还和父母同住的三十多岁单身女性，而且都是一般职位，大家都很亲切、和善。而在同样是综合职位的人中，能够轻松愉快地交流工作的人一个都没有。和一般职位的人聊工作的话，对方就会说：'拿了相应的工资，因此不是理所当然的吗？'"

当然，该公司是家知名的日本大企业，不能轻易地认为公司里的氛围和做法本身"不好"。但是，和以前的工作场所之间的落差实在太大，她无论如何也没法让自己积极乐观地看待现状。正如她朋友所指出的那样，适应环境的突然变化是非常难的。她原本就是憧憬着与广告相关的工作踏上工作岗位的，没有想过要去适应新的工作环境。公司内的情形如此呈现在她眼里，也正体现了她无法接受现状的心情。

这家公司在世界各地拥有分公司，换一个角度来看的话，也是很令人感到骄傲的。肯定有很多职员对自己的工作很是自豪，实际上正因为如此才能够目不斜视地长时间工作。在这家公司工作的价值也许远大于她所想的。

但是，在该公司的营业部工作的过程中，不知道是在什么时候她开始觉得"为什么我这么倒霉……"，而且久久不能释怀。

每天都是面对眼前的电脑画面，一个劲地输入数据。她默不作声地干着活，只有手在不停地动着，这时候安静的办公室里回响着咔嗒咔嗒的声音。她输入数据的速度非常快，汇总材料时对字体和色彩也很细致。就连旁人，也对她认真仔细的工作态度赞赏有加。

在她内心深处，有一种完全不同的感情正在涌动着。虽说只有几个月，但她不断地苦恼着，好不容易如愿以偿在广告公司就职，但却在做着与广告毫无关系的工作，自己究竟是怎么一回事？在报名时被拒，面试后被拒，经过反复的自问自答后总算构建好的那个志愿动机，究竟是为了什么呢？

如果是在企业这样的地方工作的话，哪怕是自己无法认同的工作、厌恶的工作也都应该抱着严肃的态度去做。从长远来看，也可以善意地解释为自己被如此期待。话虽如此，罗列出一大堆不满并耿耿于怀，这在周围人的眼里，大概会被看作是上班族在"撒娇"吧。

但是，她认为，并不是工作无聊或者不觉得有意思。有时候，她也和同一年进公司的职员们一起去喝酒，大家和自己原来在同一个地方工作，年龄也相仿，酒醉后就打开了话匣子。"那个广告主啊……""上次，和××主持人一起干活……"置身于圈中，但她却有一种被抛弃了的感觉。

她心想：我想要做广告工作，但为什么要在负责制造的营业部里从早到晚做那样的工作？

好不容易才获得了在广告公司工作的机会，但却从工作单位被拉了出来。在一同进公司的人中，就她一个人在其他地方工作，她感到愤懑不已。对公司的厌恶感涌上心头，她不知不觉中在心里念叨着：我绝对要辞职。

工作换到大型广告公司后已经过去了半年左右，藤川回想起当时的情况，说了以下这番话。

"在我的想象中，工作类似于学校的延长。在组织中，掌握了 A 工作以后，接下来就是 B 工作，学会以后再进行下一项，就这样按顺序提高自己的能力。刚进公司后不久，前辈对我说，'把这部分写成企划书'，工作就像完成作业那样。通过完成这一个个工作，逐年成为一名合格的员工。但是，在一个组织中，要成为合格的员工，绝对不是这么一回事。在那个营业部工作以后，我觉得自己注意到了这个问题。"

她在大型制造商的营业部工作了约一年半，在这期间发生了这样一件事。

外派的几个月中她一直负责处理收益管理业务，随后分散在世界各国的分公司领导们前来开会时她也前去帮忙，还被调到负责某产品形象设计战略的部门，因而也能够参与一些光鲜亮丽的工作。

在这个过程中，她看到了在全世界撒网的大企业令人惊叹的规模，切实感受到即便是自己觉得非常无聊的数据输入工作也与海外息息相关。虽然是小工作，但一个一个都成为指向相同目标的能量，她感到自己的心情也能够变得乐观起来，这在最初阶段是没有的。

但即便如此，她在心中仍想着：绝对要辞职。想要得到的东西还没有得到……这样的想法绝没有消失。

另一方面，不知什么时候她得到了其他的一些东西。

"我在最初的单位工作了一年，然后在外派的单位工作了一年半。结束后又回到了原单位。我在不同的地方做着不同的工作，除了最初的一年以外，'初来乍到'这样的理由根本不管用。虽然在外派单位和回到原单位后大家都觉得我很够格，但我自己却强烈地感觉到还没有任何积累。在这过程中，我想，能依靠的只有自己。可能是因为，公司随意地决定将我外派，也随意地决定将我召回，并不是想要培养我。因此，我的想法就变得很有个人主义色彩。我觉得，具体工作不是跟着别人学，而是找到自己的方法。"

她进一步想到，如果是这样的话，工作时完全可以将是否更加符合自己的个性，或者是否让自己感到愉快设定为基准。

从外派公司回到原单位后，她很快就在人才中介公司登记了。几个月以后，她就确定去大型广告公司工作了。

关于向公司辞职时的情景，时至今日她说的时候仍有些紧张。

那天，来到公司小心翼翼地看了一下整个楼层，领导还没有来。

她松了口气，和平时一样洗完手，打开了电脑。今天必须将辞职之事向顶头上司汇报。早上一睁开眼，她就告诉自己今天要讲这事，因此心情变得有些不以为然了。

从昨晚开始反复背诵的内容浮现在头脑中。在邮件中，先写上"早上好"，然后写道："有件事想和您商量，今天什么时候能否浪费您30分钟左右？"内容只有这些，她想尽量用事务性的口吻来写，正因为如此她才在写之前伤了点脑筋。

过了一会儿领导来到办公室，他看了邮件后，毫无表情地写了回信。她在隔了点距离的座位上注视着他，但没有看出领导有什么特别的情绪或表情。邮件的来往只有他们两个人知道，她笑着说："不知怎么的，有点像同事之间谈恋爱的样子。"

结果，上午工作进展得不顺，到了中午领导说："藤川小姐，这样吧。附近有家味道不错的法国餐厅，虽说要打的才能去，要不我们去那儿？"

在出租车上，他问道："你说的是什么事？"

"嗯，那个……我在想是不是要从公司辞职……"

"啊，果然是这事。真是这事啊……大清早下属发来有事商量的邮件，一般就只有这样的事了。"

领导接着问："如果方便的话，能告诉我一下理由吗？"她很诚实地回答道，虽然只是合同制职员，但自己已被大型广告公司录用了。领导沉思了一下，说："真不错。这很不容易啊。"

"我绝对支持你。作为上级，不应该说这样的话，但这是个好机会啊。我觉得，如果想做的话，还是尝试一下为好。"

他不得不说这些话，大概挺难受的吧，她这样想着，心里有些愧疚，但另一方面又感到受到了很大的鼓舞。就这样，她从公司辞职了。

我和藤川的第一次见面正是在这个时候。在此后的两年里，她最大的变化就是"对广告工作的向往"。

在最初的一年，她惊诧于大型广告公司所拥有的信息量，对于她来说，体会到工作的意义正是"自我实现"中的一项。她负责某一个商品，从广告策划到媒体签约，她把资料都摊在雪白的办公桌上，与创新能力丰富的同事们反复开会讨论。这正是她学生时代所想象的，经历了一次次的苦恼，在多次求职面试失败过程中所抱有的"自我形象"。

她继续说道，但是，到了这个时候，又有些不可思议了。

"不知道现在的工作是否愉快。那种兴奋的感觉变得非常稀少了。自己在心里描画的那种光鲜亮丽的工作已经理所当然地成为了日常的一部分，对它的憧憬也就消失了。因此，感觉上就是一边想着是这么回事啊，一边淡然地干着活。可能很大一部分原因在于自己是以跳槽的形式获得这份工作的，对一直想要就职的行业和工作的实际内容也有所了解，因此有一种第一目标已经大体实现了的感觉。"

即便如此，她仍然对自己很不了解。

她有一种窥探了一遍自己所憧憬的世界后获得的满足感。然而，不知为什么，在人生的清单中写着的"工作"一栏里，还是觉得没有自信画钩。这种心情到底是源自哪里呢？

说不准——她好像恍然大悟似的说着：原以为已经实现的自我形象，结果也许只是自己设定的东西而已。

在部长劝她参加正式员工录用考试，建议她有意向的话尝试一下时，她想：如果解决了这个课题的话，人生也许会更加充实。

即便是有了孩子，作为正式员工，可以充分利用公司的各种制度，两全其美的可能性也是有的。

在这过程中，关于当年的求职活动，她突然说："如果没有对自己进行一番探索的话，我想大概会一事无成。"她的这句话给我留下了深刻印象。就是在求职活动中，她将自我形象设定为"在广告业界工作的自己"。

"那个工作是否适合自己，其实无所谓，能够解释自己现状的借口可以事后再找。那里有'广告'这个关键词。先有关键词，然后再建构一个希望从事这个工作的自己及其具体理由。在此过程中，还受到自我暗示，认定广告才是自己最想从事的职业，而且必须是这个职业。"

如果这样的话，这种自我暗示也许并未因顺利就职而消失，因为"能够解释自己现状的借口可以事后再找"。鼓起勇气，向前迈出一步，通过跳槽成为合同制职员，在这段踏上社会后的经历中，情况也是一样。

她说道："工作五年的话就已经觉得非常厌倦了。"

这也是为了解释现状而在事后找的借口，也正因为这样，她才会在听了部长建议她参加正式员工录用考试的话后，出乎意料地怦然心动。

对于她来说，这个选择是和放弃另一个选择互为表里的。参加正式员工录用考试就意味着人生计划的变更，"工作五年然后暂时离开职场，养育孩子，料理家务"这个选项就不得不暂时搁置，也有可能会被放弃。正因为脑海中一直存在着将来不得不辞职的可能性，因此作为"借口"，她总是想象着即使辞职，人生也能够不断变得充实，并把这样的未来当作一种保险。使那种"自我暗示"大幅度增加的，就是她所经历的求职活动。

如果未经历过就业冰河期，或者很容易地就获得了自己所期待的工作的话，她大概就不会对"自我形象"如此在意吧。

很容易就到手的东西也会很轻易地放弃。相反也是这样。正因为是接受了几十家公司的面试后才获得的工作，所以无论如何不能轻易地放弃。

若是那样的话，她在"工作"与"结婚、孩子"之间摇摆不定的那种纠结，并不是她所独有的。在这个时期，求职活动的竞争异常激烈，她最后取得成功，终于得到了自己所心仪的工作，在与她处于同一年龄层的人中，这种纠结一定会愈发强烈。

"我想试一下。"

那天她是这么回答的。于是，部长好像不出所料那样，露出了一种明快的表情，说道："如果那样的话，在第三年，工作范围要拓展得比过去更宽一些。"

从合同制员工转为正式员工之际，需要看工作业绩以及其他部门领导的评价。以前她一直负责营销，但对公司来说，热门的工作依旧是被称作"媒体"的领域——实际购入报纸和电视的广告栏目，然后提供给广告主。广告公司的收益主要来自媒体的买卖，只有参与了这项工作，才能被认为够格。反过来说，没做过这个工作就很难成为正式职员。

"他问我，那种主流的工作不试一下吗？工作的内容就是从公司拿到预算，如果要在报纸上登广告的话，先考虑一下类似于今天登《朝日新闻》后天登《读卖新闻》这样的事，然后付诸实行。整个工作从制订计划开始，要考虑在预算范围内，登在哪个媒体上能够让目标人群接收到，决定后就购买栏目，确定何时准备好广告制作等，负责这些实际业务的操作。"

自此以后，她又像刚到这家公司时那样，每天都忙忙碌碌的。晚上在公司里工作到很晚的时候，心中又会涌起一种烦闷不安的心情。想法是和过去一样的："想把家里料理得更好一些。如果有了孩子的话，就不能这样工作了……"

"工作比以前更加劳累。压力大，人也忙。虽说如此，但我想，这是为了提高业绩而特意为我准备的舞台，我必须逐步鼓起干劲，克服眼前困难。"

她笑着说，有时候会向丈夫抱怨几句，而丈夫看着她从事业到家庭，从家庭到事业，想法变来变去，他给出的回答让人无话可说："怎样都可以，把各种机会保留下来不是很好吗？也没必要太勉强，我们也不是没饭吃，你喜欢怎样就怎样。"

眼前既然有成为正式职员的新机会，她就想尝试一下。

这个机会是否抓住，将来是否走这一条路，最终做决定的是她自己。

对于学生时代所期许的广告这个职业，她确实已经不再憧憬了。但是，也许正因为"憧憬"这层外衣被撕下了，这份工作才活生生地呈现在眼前，不断地吸引着她。

"只要有机会，我就难以将它舍弃。如果没有选择这个机会，将来什么时候想象起那个选择了机会的自己，就会难以忍受。"她小心翼翼地说着，就仿佛在说：如果那样的话，还是再稍稍尝试一下。但是，此时的她，正要跨出那可能是决定性的一步。

第 6 章　不希望"结婚、生子、买房、结束"

"那是个晚上，"今井大祐说道。

"海对面刺眼地发着光，亮着昏黄灯光的小艇在海面上行驶着。这个海滩有非常好的取景地，据说连黄金档电视剧都曾来取景。"

2004 年 2 月，在澳大利亚的悉尼，他是某大型综合商社的新职员。那时，他正一个人站在游艇码头，眺望着大海。

一周左右的考察旅行的所有行程都已经结束了，剩下的就是明天乘坐日航的班机回家了。就在刚才，他还在和派驻当地的几位职员一起喝酒，气氛非常热烈。但是，和酒席中的热闹气氛正相反，他心里有一种凉凉的感觉。和大家告别后，在回宾馆之前，他独自来到了悉尼歌剧院。从那儿出发沿着海岸一路散步，这时候他感到，过去时常折磨着他的那种闭塞感和焦躁感又在内心深处蠢蠢欲动了。

对岸的霓虹灯很是漂亮，于是他停下脚步驻足观望了一会儿风景。他坐在游艇码头的台基上，点燃香烟吸了起来。

将赴澳大利亚考察作为研修的一个环节，是为了参观公司开发的巨大煤矿。

泡沫经济崩溃后，经历了被称为"商社严冬时代"的一段时期后，日本的综合商社又重新走上了复兴的道路。例如，在《解读商社》（中冈稻多郎著，日本实业出版社）这本业界研究书中，有以下这样的解说。综合商社原先以原材料的进口和制造商所生产商品的贸易为核心业务，开展"全方位的经营"，但"很快厂商就开始自己登陆海外，在海外拥有了自己公司的销售网，因此开始出现了商社无用论。由此，商社找到的出路就是在海外进行项目投资"（引自《解读商社》）。

另一方面，各大商社在进行了不良债权的处理和低效部门的改革之后，总算露出了"复兴"的征兆。今井到访的澳大利亚煤矿，对于他们公司来说，正是体现出这一时代潮流的投资项目之一。

今井在会计部工作，负责煤炭部门。最近十个月一直在处理项目所在地的票据、煤炭的数量等业务。

"虽说是会计，但并不仅仅是核对数字，公司采取的是营业部和会计部合作开展工作的形式。比如说，煤炭从船上装卸的过程中成分会发生微妙的变化。如果是海运的话，其中所含的水分量不同于装货的时候。对于这样的细节会计部也是要查看的。"

总而言之，由于煤炭的品质会对金额和单价产生影响，因此为了核对票据开得是否合适，还必须同时查验最为重要的品质检查是否按合同进行了。由此，他的澳大利亚出差就具有了"研修性质"。

这是他第一次来到外国。

对于商社职员来说，海外出差是一项定期活动。因此，接到上级的出差指示时，就想着"终于来啦"。

在煤炭所看到的东西都是巨大的。从日本派来的工作人员和本地的职员领着他参观，他看到了巨大的工厂、巨大的钻探器械、绵延不绝的巨大的传送带。在广袤无垠的天空下，这一切都有机地跃动着，采掘出来的煤炭一刻不停地被运走。黑色的煤块被装在巨大的轮船上，不久后将被运到自己所生活的日本……

他听着厂长所作的详细说明，聚精会神地凝视着眼前充满活力的景象，深为其所折服。

晚上，他和在煤矿工作的年龄相仿的工人们一起去当地的酒吧喝酒。进公司以来，他一直坚持学习英语，但今井的英语会话还并不熟练。但是，在结合着身体语言交谈的过程中，"自豪感"这个单词多次从他们的嘴里蹦出来，这给他留下了深刻的印象。

"我们挖出的煤炭出口到世界各地，成为了能源。"

听到这番话的时候，今井很羡慕他们能够这样说。

在悉尼的游艇码头，他一边抽着烟，一边思考着自己所怀有的那种沉重的闭塞感。在煤矿遇到的同龄的工人们，在矿山采掘作业中拥有强烈的"触摸工作"的实感。

于是，派驻悉尼的前辈职员们的形象和工人们的形象开始叠加在一起。派驻分公司的前辈职员们看上去都很幸福。特别是关于海外生活，他们好像都非常满足。

"在这儿能过上好日子。"其中的一人说道。

今井也觉得，说起来确实如此。因为如果家属一起来悉尼的话，还能获得一份数额可观的津贴。

他们都住在很大的房子里，言谈中散发着奢侈生活的气味。他想，眼前的前辈职员们大概就是自己未来的形象吧。当然，这也没什么不好，只是他这样想象的时候，就会感到自己未来的无聊。

"怎么说呢？在我眼里，那就像一幅虚幻的图像。"

正是因为刚进公司不久才会有这么纯真的感想，这是一种他自己直至今日都无法用语言来表达的直觉上的"违和感"。一旦有了这样的情绪，自己周围的很多东西都会被看得很消极。"煤炭和铁的生意很赚钱，也成为公司最大的收入来源。但是，我们所做的生意是将煤炭运到日本，100 日元的货用 101 日元卖出。而挖煤的是矿山的工人们。"

如果是他的上级的话，也许会说："这又怎么样呢？"但是——

在想去综合商社就职的时候，他的脑海中有"从拉面到导弹①"这样一种印象。他觉得自己进入商社后，能有用武之地。应该会有一种自己站在生意的中心这样一种确凿的感觉。

"但实际并不是这样的。要拥有上述感觉，大概无论是做鸡的生意还是石油生意，只有在自己心目中都已确认了自己想做什么样的工作才行。"

他继续说道，到那时为止，每天都过得很无聊。

他不想认为，在这个公司就职有什么失败。

"自己也并不优秀，因此觉得自己没资格说那样的话，只是下定决心要拼命工作。下班回家后就读书学习。澳大利亚的税务也是学到了非常细枝末节的地步。但是，违和感一直在积累。并不是因为到北京奥运会为止，对钢铁的需求不会消失，经济状况也会好转之类的话，而是没有身处商业活动的正中心的感觉。在购买煤炭的顾客面前点头哈腰，而挖矿的山里人很出色。这样想的时候，就会有一种孤独感，觉得自己到底是什么呢？自己所处的地位比想象的更为遥远。"

但是，在"购买煤炭的顾客"那儿就职的话，就能获得身处"商业活动的正中心"的感觉吗？那种焦躁感就会消失吗？答案并没有找到。

当然，如果认为让人感到身处"商业活动的正中心"的工作能够由刚入职一年的新职员承担的话，这也是一个非常大的判断错误。最初的几年，他们需要或多或少地积累经验，被委以重任基本上都要到三十岁以后。关于这一情况，他在进公司前已经很清楚地知道了。循序渐进地学习具体工作，至少在该公司来说是理所当然的。

但是，如果在明明知道的情况下却还是抱有这样的想法，就可以认为他原本就不适合在这种人事体制的企业工作。他有一种说不清道不明

---

① "从拉面到导弹"原本是综合商社三菱商事的宣传语，后用来形容综合商社规模逐步扩大，经营范围极广。——译注

的预感。当下，忍受现状并不是件很难的事。但是，五年后，十年后会怎么样呢？虽然呆在这家公司，但自己想在"商业活动的正中心"，这一工作的志向不知道还是否能保持到那时候……

第二天早晨，在回国的飞机上，最近在他心里开始萌动的违和感逐渐汇总到一个答案。

他想着：辞职吧。

他清楚地知道，这家公司规模庞大，工资优厚，福利保障完善，能够为他提供很好的发展前景，确实是一个非常理想的工作场所。

他心里说，再稍稍努力一下，那种想法也许就会消失。

事实上，真的是那样吗？

但是，他是在北海道出生和长大的，离开故乡来到东京的时候，希望能够早点获得自己所期待的那种非常纯粹的工作感觉。如果再重新想一下的话，他强烈地感到，只有决心（不管别人怎么说）在二十多岁的时候按照自己所希望的那样工作，才能消除心中不断涌起的那种闭塞感。

今井的故乡是北海道的室兰市，众所周知那是个以钢铁著称的城市。

明治二十五年（1892年），伴随着铁路的开通，煤炭开始往外运送；明治四十年（1907年），日本制钢所的室兰制作所投产；两年后，现在的新日本制铁所的前身室兰制铁所投产。自此以后，高炉的红色火焰不断推动着城市的发展。在城市中，工业区鳞次栉比，海风将工厂排出的略带红色的烟雾带吹得缓缓向前延伸。

室兰市现在的人口已降至全盛期的将近一半，10万人都不到。在今井出生的1980年，钢铁制造业的发展势头已经减弱，城市的历史已经来到了人口减少的转折点。

他踏上社会来东京以后，每年一定会回三次老家。他想，不管工作有多忙，都要给父母看一下自己身体健康的样子，希望自己能够拥有这样一份宽松的心情。

他总是乘坐到新千岁机场降落的航班，快要退休的父亲开车到那儿接他。父亲也是在新日铁的工厂中做三班倒的工作。

汽车在故乡宽阔的道路上前行，他常常眺望着车窗外飘过的风景。苫小牧市正在不断推进开发，与此相对车窗中所看到的室兰总有些寂寥的感觉。

他让父亲绕道从他就读过的高中前经过，每次来这儿都会觉得城市变得越来越萧条了。他发现过去经常去的店已经消失了，感到了一种莫名的悲伤。父子的对话也经常是"那家咖啡馆没了""那家弹球店关门了"这样的内容。

因此每次回故乡，他都会感到将来可能回北海道这样的想法很自然地消散了。生活在所有的东西都以猛烈的速度运行着的东京的人流中，他又会不知不觉地想：在这种地方能活下去吗？

不久后出现的市民会馆可以说是承载着今井记忆的建筑物。他从小学到高中都就读于市里的公立学校，在小学的兴趣小组活动中他第一次接触到长号，后来一直痴迷于长号的演奏，下了很多功夫。他们以参加全国大赛为目标，多次在市民会馆举办演奏会。

他也喜欢一个人的独奏，但最着迷的还是合奏的那种深邃。比如说，三个人演奏哆咪嗦的和音时，并不是每个音都是三人各吹出三分之一，就能形成令人心旷神怡的合奏。为了能演奏出优美的乐曲，就需要下一番功夫，例如调整中心音的存在感，将音程稍稍调低，等等。

将人的那种微妙的感觉顺利地确定下来的时候，会感到非常愉快，这种愉快吸引着他每天都投入练习中。高中的时候，吹奏乐部共有约80名成员。大家在市民会馆心情紧张地演奏，全体成员完美地合为一体，那时的记忆一直印刻在他的心里，难以忘怀。

今井从初中开始学习一直很好。高中时上的也是市里的重点中学。热衷于长号以后，有一段时期成绩有所下降，但数学和英语的成绩总是满分5分。他尤其喜欢数学，像猜谜一样把问题解答出来的时候，那种满足感让他心旷神怡。

然而，他并没有具体考虑过是否上大学。亲戚中没有人上过大学，他也觉得如果可能的话当个公务员，或者在新日铁的下属企业就职也是一条出路。

但是，他读的高中是市里最好的重点中学，因此几乎所有的学生都升入大学。到三年级的时候，他必须确定自己今后的方向，老师力劝今井升学。他去找父亲商量，父亲说，如果是北海道的学校的话就没问题。

以他升学考试的成绩，如果复读一年的话应该能够考上北海道大学，但他选择了小樽商科大学。起因是他在开学就业指导室里读到了报上的一篇报道。在报道中，介绍了小樽商科大学所开设的研讨课的内容。报道称，在学习经营这门实学的研讨课上，通过授课向当地的中小企业提供咨询服务。

他想，如果能做这种实践性的事，大概很有意思。

在小樽商科大学，他参加了报道中所介绍的那个研讨课。在三年级和四年级的时候，他住在学校里，热衷于听课以及参加活动。那时正好是就业冰河期。在就业形势最严峻的时期，他被东京的大型综合商社录用，这时他发自内心地想：幸亏当时拼命地学习。听到了这个谁都知道的综合商社的名字，亲戚们都对他赞赏有加。尤其是他的父母，他们特别高兴，吃惊地说："太厉害了！"

他非常高兴。研讨课上的很多同学都已确定在保险公司、银行等大企业就职，他等了很久才拿到综合商社的内定通知。

他记得，在同一时期读了城山三郎写的《每天都是星期日》，这是本描写商社职员的悲哀和人生的作品。虽然刻画的是商社工作的严酷现实，但也在不断增强"商社职员帅气的形象"。

　　就在父母的欣喜和周围人的赞赏中，他离开室兰前往东京。自豪和喜悦涌上心头。他觉得，能够进这么好的公司，自己真是幸运，而且玫瑰色的未来好像也已经是确定无疑的了。

　　他下定决心，"要好好加油"。

　　今井在大学时代的研讨课上学到的是这样一种真实感受，即亲手推进具体的项目，就能够让自己强烈地感受到工作的意义。一方面，这种感受也成为了日后推动他换工作的原因之一。

　　对于他来说，研讨课上的体验是"比高中的吹奏乐部更加快乐"的一种幸福。

　　从大学二年级开始他进入一位原先供职于私营企业的教授的研究室学习。由于教授太过严格，因此只想拿学分的学生们是决不会选择这门课的，但对于有干劲的学生来说，这儿却充满着刺激。

　　上课的内容和高中时读过的那篇报道差不多，学生们去报社发布消息，等待当地企业报名。随后，访问报名参与的企业，进行访谈调查，从中选出课题，在此基础上思考解决问题的具体对策。以教授为中心，将咨询工作继续下去。

　　和他参加相同研讨课的一位朋友现在就职于一家大型智库，他是这么说的。

　　"他是个领袖式的人物。特别是在短时间内能够写出来的文字数量，大家写 10 页，他在一周内就能写 50 页。这太了不起了！从最初遇到的时候起，他就异常地沉着冷静，让人觉得他不像学生。在进入研讨课的考试中，要调查一个自己感兴趣的企业，做一个 10 分钟左右的简单报告。那时候，他可能是因为太熟悉舞台了，一点都不怯场，令我大吃一惊。肯定是因为过去他加入过吹奏乐部，在大舞台上吹奏长号的经验保留了下来。"

今井所在的是某个第三部门①水族馆的复兴项目团队。整个团队共有四人。此后，他每天都全神贯注地读着有关这个行业和经营方面的专业书籍。分析入场人数，到现场去详细调查游客的服装、购买的纪念品以及他们感觉不错的地方等。另一方面，他们还查了财务信息和游客的单价，并学习了其他运营良好的水族馆的成功经验。

在町议会上，他们在町长助理面前做了报告。维持现状的话，水族馆只能走向破产，对于这一结论，他们进行了合乎逻辑的分析说明。研究室成员组成的团队提出了各种建议，从组织体验型学习活动到餐厅的菜单等，其中的一些还被实际采用。他笑着说："有点像玩咨询游戏的感觉。"话虽如此，但这并不是个案研究，而是无可争议的实务，这一点激发了学生们的干劲。

就这样，他学习了北海道的经济，详细地调查了北海道内很多企业的内部状况，在这个过程中，和同伴们一起认真地做一件事，或者自己动手完成一部分工作，其中的趣味完全把他吸引住了。那样一种热情在心中萌动，他的头脑中浮现出在东京就职这个选项。

"在进行求职活动的时候，我想进东京的大公司工作，因为优秀的人才还是集中在大公司里。"

对于他来说，这绝不意味着"抛弃"北海道。相反，他憧憬着，通过自己的工作，使苦于各种结构性问题的当地中小企业焕发活力。

在学生时代，他曾遍游北海道，除了一些孤岛，他到过所有的212个市町村。他之所以想在综合商社工作，是因为在大学生活中看着北海

---

① 第三部门：公私合营的事业团体。——译注

道的企业和城市，他强烈意识到了"流通"这个关键词。

"说到'北海道'，就像人们常说的'素材一流'、'服务三流'那样，无论是农产品、海产品还是加工食品，虽然东西本身好，但却不能顺利销售到全国各地，这是很让人伤脑筋的。

"例如，拿食品来说，现在日本的流通在经历第一次批发、第二次批发的过程中，价格不断上涨。我想，如果进一步打破这样的机制的话，北海道的高质量农产品不就能够以更便宜的价格销往各地了吗？在这个过程中，我觉得，假如进商社工作的话，应该能够把商品和社区、人和人联结在一起。也考虑过将来从商社离职后自己创办公司，这样是最具'商务色彩'的。当然，我也有和赶时髦的人一样的想法，希望在东京的高层建筑中工作。这些想法交织在了一起。"

简而言之，他被商社那种看上去无所不能的样子吸引住了，他笑着说："现在回想起来，那种无所不能的感觉就是扎中了傻学生身上的要害。"

2002 年是就业冰河期的最顶峰。但是在他的很多同学无法获得理想的内定的时候，他的求职活动却出人意料地进展顺利。

和他同一个研究室的同学都被大公司录用了。当时的招聘考试的评价标准越来越倾向于严格挑选、重视业务能力，而在课上他们去企业实地学习过咨询的方法，这一经验正好与企业的评价标准完全相符。

他把目标都集中在商社，但在三年级的那个 3 月去参加了松下电器的实习。他住在宿舍里，经常去参加商社在招聘工作即将开始前举办的就职说明会。

回到北海道以后，他向约 30 家公司提交了报名表。他入职的大型综合商社在札幌举行了笔试和好几次面试，只有最终面试是在东京进行的。该公司的内定很早就公布了，在那个时候他的求职活动就被宣告结束。

当时今井二十一岁，他热烈地期盼着在企业社会工作。在大学的研讨课上越是热衷于企业研究，就越能理解商务活动——在这个时候，他必定会用"商务活动"一词来表达，而不是"工作"——的有趣之处。他感到和过去一样参与咨询实践，这样的工作是非常有意义的。

当然，自己会担任什么样的工作，还无法具体地想象。他也知道，在就职以后大概要经历很长一段时间的基层工作。

但是，他在心里拼命想象着，自己就像幸福的学生时代那样积极地参与一份工作。他对这个形象迷恋得心焦。"在研究室里的时候，能够为工作的人们做点什么，真是非常愉快。"正因为如此，即便自己意识不到，对于将来自己会去体验的那个未知世界，他的期待迅速膨胀着。

今井穿着崭新的西装，离开宿舍前往位于东京市中心的商社大楼。

上班时间是9点15分，但他最晚在8点半到达，早的时候8点就到公司了。

他本来就起得早，住到东京以后的一段时间里，对上班早高峰的恐怖情景更是一筹莫展。但即便如此，渐渐习惯以后，不知不觉中机械式地上班、工作、下班这种生活方式就习以为常了。

入职后的一个半月里，一直在进行新职员研修。上午去英语会话学校学习，下午听类似于MBA（经营学硕士）的课程。其中，有意思的活动是，每六个人左右组成一个团队，相互争夺分数的"团队大楼"这一教学内容。

例如，在规定时间内完成对课题中的建筑物的素描，用小的积木搭出同样的东西。为了能够将复杂的建筑物再现出来，大家需要制定一个战略，分担各项工作。在这个游戏中，根据分担工作所发挥的功能，分数会发生变化。

今井被分配到前面所说的会计部，在负责铁矿石和煤炭的部门里，他被安排在煤炭类1部工作。

从那时起，每天早晨一上班就要查看外汇的汇率。在宽敞的楼层里有一个像电子显示牌那样的屏幕，上面显示着各国货币的价格。

　　确认完汇率以后，就像斟酌过时间那样，一般职位的女职员们来上班了。她们是四人一组轮流工作的，所以每天来的人都不一样，但无论是谁，都会开朗地冲他打招呼："今井先生，早上好!"

　　随后，她们就会把一捆捆票据放到他的文件箱中。

　　虽然最初的时候工作很新鲜很开心，但过了几个月以后，一看到成捆的票据，就会有一种厌烦的感觉。这一点是和他同时分到会计部的所有人共有的感受。

　　前一章中的藤川对"男人的工作""女人的工作"这种说法很有违和感，如果是她的话，可能会有不一样的感受，但今井每当听到她们说"早上好"的时候，看着"咚"的一声放在眼前的一捆捆票据，就要花很长时间才能平复自己的晕眩感。

　　他很讨厌在这种狂躁的心态下工作，也很厌烦那个不断在心里吐槽的自己。但是，在仔细观察和验证这种心理状态之前，他的手已经动起来了，自动地开始核对票据。好像自己已经成了巴甫洛夫的狗。

　　办公桌上放着刚入职时公司发的计算器。右手边是从公共办公区的文具盒中拿来的荧光笔。

　　他最初是通过这支荧光笔才知道了在综合商社工作意味着什么。荧光笔共有 5 种颜色，被分给担任同一项工作的各位职员使用。具体而言，新员工今井是粉色，坐在旁边的女职员是绿色，上级领导是橙色。

　　大家都用自己颜色的笔默默地核对着票据。每一天相同的工作和相同的动作都持续着。票据中包括很多用外国货币进行的交易。这是美元，今天的汇率是这样，收款方是这儿……一张票据上，大概有 30 个地方要画钩，今井画，旁边的女职员画，再旁边的职员画，最后领导画。经过这些程序，票据终于获得认可，才被允许支付货款。"因为 1

工作漂流　　　177

日元都不能错，所以要大家一起动手确认。需要把风险全部去除。金额那么大的票据，只要有一处出错，就会有几百万的损失，因此那确实是非常重要的。"他这样回想着，但接下来又话锋一转。

"这样的工作做一整天的话，由于太过枯燥，自己都觉得是不是有些不正常了。拿着粉色的荧光笔，在票据上划线。调职最快也要等3年，在那之前只能呆在会计部。银行和商社都是变着花样让人做相同的事，从而充分磨炼人的专注能力。因此，一点点小的差别就能够明确地区分出优劣，影响到将来的升迁。我想，就是这么一回事。但是，太难以忍受了。因为那种无聊的感觉给人的打击太大了。"

有时候，营业部会转来具体内容不明确的票据，让他无法画钩。在那时，就要给对方公司打电话，如果是海外供货商的话，就发电子邮件联系。

平时，由于整天盯着票据看，他发现自己就连给客户写个邮件，和分公司的职员交换名片，都会感到十分新鲜。虽然所说的内容都是事务性的，但和外部人员进行沟通是件很愉快的事。但是，这样的机会也很少有。

当然，他的工作也是有一些乐趣的，而且也需要下一番功夫。入职半年后，同一部门的女职员在怀孕后辞职了，因此从交易的分类到审批的整个过程都交给他办，对于新职员来说，这么快就被委以重任是很少见的。

在自己一个人顺利地完成了到审批为止的所有工作时，他感到非常高兴。而且，这时他将交易的过程整理成具体条文，输入电脑后使分类工作变得很简单。

因为煤炭的交易量在一个季度里突然增加或突然减少的情况非常少见，所以很适合通过条文化来提高效率。供应商、销售额、支付、汇兑、日元与外币……支付工作今天有 10 项，明天有 20 项，逐日累加，最后再添上记录未付货款和赊购款情况的账本。这样的话，即便是派遣职员也应该能够完成这项工作，他为此很是自得。对待工作的积极心态那时刚开始萌动，但没过多久就消散了。

这样的不满有时候会表现为对上级的不信任。在他所在的部门，他工作的一年半时间里，更换了五位领导，今井看待他们的目光冷淡而执拗。

"上级都是男的，是将来的干部培养对象。但是，总觉得他们没有梦想。可能是因为我这样看待他们，在我眼里他们甚至好像对人生都已经不抱希望了。他们是年收入超过 1 000 万日元的高收入者，但我想着，都是些那样的家伙。不过就是，结婚、生子、买房、结束而已。只不过三十五岁左右，却看上去疲惫不堪。一说话，就是'去海外工作是自己的梦想'之类的话。巴西不错，还有什么地方不错呢？听着他们说的这些话，让人无法认为他们还有梦想。去那儿做什么，这才是真正重要的。"

他眼中所看到的那种"上级形象"使他预感到，将来自己也会把那些事当作重大事情来看待。

"其中有一位上级在入职后取得了注册会计师资格，刚从海外的分公司回来，是位非常优秀的人才。他在公司里的评价很高，大家觉得他将来有一天会成为 CFO（最高财务官）什么的，但即便如此，也没有什么让我眼前一亮的地方。

"这是为什么呢？我不知道。现在回想起来，也许是因为他们心里缺乏危机感。和北海道中小企业工作人员交谈的经历大概对我起了不好的作用。教我业务的人被称作指导老师，他也穿着旧得没型的西装。即便是一边喝酒一边聊天，怎么说呢……没有人是抱着目的进行工作的。当然，公司里绝对有非常厉害的人，但我周围没有。上级领导也就是说说对公司的不满，某某派遣职员如何，尽是些这样的话。关于工作的话是没有的。看上去没有考虑那些事，或者虽然有考虑，但绝不会进行热烈地谈论。"

整个上午都在进行票据的核对，到了中午他每天都会去附近高层建筑旁的公园。这是因为同期入职的朋友们都会聚在公园里。

"今天去麦当劳怎么样？"有人提议道。

在吃汉堡的过程中，大家讲的基本上都是些牢骚话。

"真是无聊啊！"

一说起来，大家就像要把上午堆积在心里的郁闷一吐为快，一起聊着对工作的不满。这时，各部门上级领导的外号就会不断地蹦出来。

刚踏上工作岗位时的梦想和希望绝没有被遗忘。

"去海外开拓新的交易""即便是会计部人员也要和营业部的人一起进行与交易有关的工作""开创新的生意"……

他们都同样是怀抱着梦想和希望来这家综合商社工作的。然而，他们很清楚，在这家公司要想接触到一点这方面的工作，至少还需要花五年或十年的时光去等待。因此，他觉得，自己和同期的职员们一样，都抱有一种虚脱感，目前只能不断地发牢骚。

企业社会在某些方面是极其残酷的。想来，因上级的"毫无热情"而梦想破灭，很想痛骂领导们没有干劲，根本不提改变现状，然而他自己在平时会吐露那样的"热情"吗？作为综合商社的一员，他和同事们光是发牢骚，那究竟有什么意义呢？他在大学时代对"商务"那么全副身心地投入，并由衷地感到愉快，但他感到，踏上社会还不到一年，那份对"商务"的志向已经开始摇摆了。

"有时候也想立刻下定决心。虽然商社给人一种经商的印象，但最近的综合商社是通过投资和并购来赚钱的，因此会计工作极受重视。即便在其他公司，很多也都是第一年必须做会计工作，我们是同一批的每4人中有1人被分去会计部。我也很清楚，对于商社来说，财务和会计的专家极为重要，因此想多学一些，最终掌握了簿记一级水平。但是，去专门学校听课时，听到老师说'这个地方会考到'等话，总觉得很可悲。大企业有与此相应的培训阶段。但是，虽说了解这些，还是不知道自己是否真的能够有所长进，这种焦虑的心情无法消除。"

和同期伙伴们的交谈稍稍缓解了他焦躁的心情。估计和他有同样感受的伙伴也很多吧，一到周五不用任何人提议，大家总是一起去喝酒。在那里大家说的尽管都是对公司和上级的不满，在每天重复着单调工作的过程中，和同伴们喝酒就是非常重要的一小段时间了。通过这一方式形成横向联系，这样他们才名副其实地成为了公司的一员。

今井也经常主动地组织大家聚餐喝酒。为此，他购买餐饮指南，挑选餐馆。因为部门之间的调动很频繁，因此经常举办送别会。

他觉得，并不是只有自己一个人，大家都是怀着相同的心情在努力工作。正因为把毒吐了出来，才能从周一开始继续工作。

但是，他虽然嘴上不说，心里却禁不住想着——

对自己来说，在公司工作真是这么难受的事情吗？

"大家不是都常说三年内不能放弃吗？我觉得，这话还是有一定道理的。现在（当时是 2007 年）同期进商社的已经是第五年了。从他们的话里能够了解到，他们已经从当年的那种艰辛中解脱出来了。据他们说，大概过了三年左右，总算踏上了下一个台阶。这种情况大概在哪个公司里都会有吧。当然，也许会说这样的话，例如，过了三年以后，即便想辞职也很难辞了，或者是，看见了新的世界却仍要呆在自己讨厌的公司里，还真是难受，等等。人才中介公司的人实际上就是用这样的方式说话的。他们就是要让人跳槽，这样才有价值，因此我跳槽的时候，他们也是这么对我说的。"

今井工作快满一年的时候，已经开始对工作失去热情了。他觉得正在失去热情的自己很没出息，心里十分着急。为了消解焦躁感以及对将来的不安，以积极的心态对待现在的工作应该是最好的办法了，但他无论如何做不到，而且也不想这么做。

另一方面，他非常得心应手地做好工作。他提议要使业务工作条文化等，充分发挥着自己的能力。不但是煤炭交易的票据，不久以后投资对象财务管理整体的审核也交给他来做。他在公司里，"工作得很顺利"。

但是，他的心情却变得越来越消极，一点办法都没有。说是顽固也好，天真也好，没有办法的事情是无能为力的。

他在一张张票据上用粉色的荧光笔打钩，动作麻利地完成工作，但同时却想着"世间是这么无聊吗"。他有一种被什么东西催逼着的焦虑感，这种感觉在心中时隐时现，他思忖着："在这儿再干四十年是绝对不行的。"

在接到去澳大利亚出差的指示之前，今井曾去心理治疗内科接受过心理咨询。那时候，医生说是"苦恼造成的结果"，就让他回去了。由此可见，当时他把自己追逼得厉害，都到了要去看医生的地步。

这虽然是理所当然的，但今井在公司里绝不是边工作边拼命地抱怨。在交谈的过程中，发现他既具有二十多岁的年轻人中少有的温文尔雅，又有一种超然的气质。在周围很多人眼里，他是那种能够淡然并迅速处理各种事情的人，而实际的工作状况也与这一印象相符合。然而，他一方面认真做好本职工作，并对工作悉心钻研，但另一方面在工作中却抱着前文中所说的那种情绪。

他也知道自己有这样一种倾向，即一个人陷入苦恼，将一个个问题看得更加严重，并独自承担一切。一旦抱有抑郁的心情，有时候就会忍不住显露出来。那时候，表情会变得阴沉，板着脸，总是低着头想着什么事。这时，同期的同事问他："没事吧?"他这才猛然间注意到自己的表情。

对于那时体会到的违和感和焦躁感，他回想道："只能说那是一点一点累加起来的结果。"例如，自己对工作感到很无聊；对于那套论资排辈体系虽然无法想象，但又必须将自己五年、十年后的梦想和希望寄托于其上；没有值得尊敬的上级领导……

　　今井在工作的同时，对于一般职位的女职员早晨拿来的支付票据，有时会这样想：如果是铁矿石和煤炭等重厚长大型生意的话，来自海外的巨大散装船到达港口后，成捆的票据咚的一声就来了。既有一次几千万日元规模的交易，也有更小一点的交易。负责鸡蛋和鸡肉的部门那边，这一数字也许会更小一些。这样的票据一张又一张地叠加在一起，形成了该综合商社作为日本最大型企业的体量。

　　公司的总销售额每年都超过 10 兆日元。在超乎想象的巨大金额中，金属部门下属的几十个事务所里包括有煤炭部门，其中的原料炭的一部分票据正是由自己在处理……

　　有些人热爱公司，对公司巨大的规模引以为豪，但他却对自己的作用如此之小而感到错愕。他在大学里比较前沿的研究室学习，他所期待的"商务"被埋没在公司的巨大规模和强大的保守性中，一点都没有感受到。做自己想做的事？但是，到底怎么做，等到什么时候才能做？这样等待下去的话，真的会获得机会吗？未来太模糊了，没有现实感。在那里，诸如想要创造出新的商务这样模糊不清的梦想并没有可以放置的空间。

　　"看看周围，听说去其他小型专业商社工作的同学有的能够做自己想做的工作，有的已经办了自己的公司。于是，真的感到非常焦虑。这样慢吞吞地做下去合适吗？在读大学的时候，有机会做了咨询工作，觉得为正在工作的人们做点事情，是非常愉快的。在学生时代，做这样的事是非常刺激的，但踏上社会以后却没能超过这个水平，真是很丢人，对自己的将来很是焦虑。在那个公司的话，就只能不断忍耐了，必须等待。很可能其他人会说，现在的年轻人啊，之类的话。但是，确实如此。老实说，确实是因为不想忍耐了，所以就辞职了。"

此后，他一直努力地寻找着辞职的契机。对于像他这样刚入职不到一年的新职员来说，换工作还是很实际的选择，而且很多人认为那样的话越早换越好。

距离去澳大利亚出差约半年以后，今井从这个综合商社辞职了。

从入职算起，一年半就辞职，他在同期一百多人中也是第一个换工作的。

在从澳大利亚回国的日航客机上想到辞职以后，他用一种随意的心态在职业中介的网站上进行了注册，并阅读以换工作为主题的书。

他漫无目的地查看网站，心情逐渐变得迫切起来，于是在亚马逊上不断购买以"职业"为主题的书。书籍被频繁地送到他住的宿舍里，到了节假日，他就去附近商业中心的星巴克翻阅买好的这些书。

与此同时，今井也在利库导航和才智等人才中介公司注册，开始了具体的跳槽活动。最初，他很随意地跑去问："你们有什么建议吗?"问了职业咨询顾问以后，他了解到，招聘的人数比想象的多。

"什么都行，请把与我的条件相符的工作给我看看。"这么一说，中介公司给他介绍了大约20家公司。他们所介绍的公司是各种各样的，特别是风险企业很多。

他对其中的一家公司很感兴趣。

在换工作的过程中，他很重视学生时代对"商务"所抱有的志向，由此确定了"三根轴"。第一是业务范围是否涉及"流通"世界，其次是因为已经受够了会计工作，所以想从事能够与人交流的营业工作，最后是职员人数在数百人以下、不论资排辈的企业。说到底，他想找与自己在大型商社所经历的情况正好相反的世界，即"与商社完全相反的公司"。

那个 IT 风险企业是由从外资企业离职的现任社长一手创办的公司，从上世纪 90 年代后期开始主要致力于在线交易业务。创业初期的成员中有来自外资金融业、咨询公司的人，也有学生时代做过风险投资的人。该公司的业务虽称不上是最高级别的，但在同行业中所取得的业绩非常稳定。

今井大学期间在商学院社会情报学专业学习，作为行业研究的一环，有段时间曾经关注过 IT 风险企业的动向。但是，回想一下在室兰就新兴企业进行调查时的情况，他觉得，与在东京市中心所进行的同样的行业研究相比，其热度存在着很大的差异。无论是信息方面，还是对将来的想象方面，求职者的心都会被吸引到大型企业那儿，其理由之一也在于此。

直到现在才又一次知道这家公司的存在，他想起来当时刚创设的该公司的名称、社长的经历等，以前都曾看过。

虽说达不到业界大型公司的水平，但"追赶并超越顶尖企业"的气势，却是他能够感受到的。他仔细阅读了该公司主页上的内容，觉得企业特质中已经排除了论资排辈的要素。例如，在该公司的经营理念中，具有一种"无论大小，不采用等级式的表现，而是在同一平面上分担工作"的想法。

至于"流通"这个他自己的关键词，他想，这家公司进行的在线支付业务不正是在建造网络时代流通基础设施吗？

"因为要对自己的人生进行投资，所以能够取胜是非常重要的。我觉得这家公司具有这样的潜力。"

职业咨询顾问和他谈了两次，告诉他面试时会被问到些什么。通过人才中介公司的介绍，他接受了第一次面试，顺利通过后，中介公司打来电话说："评价非常高。"听着职业咨询顾问的话，想去这家公司工作的愿望更加强烈了。如果是在应届毕业生的就业活动中，他觉得中介公司的角色有点接近招聘人员①。感到这种手法"非常高妙"。最终面试结束后，结果正如他们所说的那样顺利通过了。事后打听了才知道，该公司录用新职员是 100 人中 1 人这样的比例。

今井是在 2004 年夏天辞职的。这次跳槽，是他一个人决定的，他跟谁都没有商量，就换了工作。他仅告诉了关系特别好的四五位同期进公司的同事。

7 月初，他告诉公司自己将要辞职，上级极力挽留他。他看着领导慌乱的样子，心里想着，如果新进员工辞职的话，在奉行减分主义②的这家公司，会影响到领导的考核吧。拿着日本国内最高水平的工资，公司的名字也是家喻户晓的。提出辞职的职员很少，如此想来，他觉得有些对不住领导了。

在公司里，同期入职的员工有一个群列表，大家都用公司的邮箱注册。忘年会和海外出差及任职的通知等，公司里的公共信息在那里共享。

他对不知不觉中从公司里消失的做法很有抵触，因此在确定辞职以后，他稍事犹豫后在 7 月中旬下定决心通过群列表将辞职之事通知了大家。

在邮件里，他写了辞职的原因、今后在其他公司想做的事、大致的工作内容等。直到现在，他也没有把这个邮件删除，还是继续保留在寄件人的记录里。

在要发信时，他心里突然感到十分苦闷。那既是他的自我意识，也是一种真诚。同期的伙伴们都有着各自的痛苦和不满，但仍然拼命地工

---

① 此处特指用人单位中除 HR 以外的招聘人员。他们一般由年轻的员工担当，与应聘应届生多为校友，负责与学校相关人员的联络工作。——译注
② 减分主义：在组织机构中的一种人事评价员工的方式。在满分的基础上，根据员工的错误和问题进行扣分。——译注

作着，这从平时的午餐和喝酒时的交谈中就能清楚地看到。但是，他们中的大多数应该都是会继续在这儿坚持着，想着将来能成为合格的商社职员，做有意义的工作。

"会被认为没骨气吧?"

周五下午 5 点 59 分。他发出了邮件。因为是 6 点下班，所以在这个时间发的话，马上就能离开座位。

那天，在回去的路上，他发现混乱得连自己都很吃惊。手机振动了好几次。他把山手线的内圈和外圈搞错了，在五反田站慌忙下车。

他胆战心惊地看着手机的屏幕，上面有十几个未接来电的记录。同期的伙伴们肯定都会支持自己，事实上后来他确实收到了很多鼓励的话。但是，正因为这么想，所以才觉得难受。他没法回复这些电话，只想一个人呆着，今天不想回宿舍了。

在今井新就职的 IT 风险企业，管理层和他这样的职员会在公司附近的酒馆里边喝酒，边聊些以下这样的话。

"你觉得，优秀的工程师在哪里啊?"一位领导问道。

"在人才招聘过程中，想尽可能多地录用工程师的时候，觉得他们都在大企业里。大家都在议论着风险企业、风险企业什么的，确实我们也有一些天才型的工程师，但结果还是那样。所以说，大企业那种地方看上去很大程度上就是用锤子将坐在旋转木马上的人才一个接一个敲碎。"

然后怎么样呢? 他继续说道。

"那绝不是说，大企业不给职员们机会。只是，坐在不断旋转的木马上，看着旁边的人被敲碎，渐渐地自己也无法逃脱了。大概就是这样的一种情况吧。

"因一点小事在出人头地的竞争中掉队，或是上了轨道不断前进，却在途中出了问题，而后饱受打击。在这过程中，此人原来优秀的部分被削除。这就是所谓的减分评价。随着时间的流逝，还没有被击垮这一事实，就使他继续留在公司。在结婚、贷款买房时，想到这些，就会感到不安。减分主义可能也有其特有的好处，但是对于开拓新业务或尝试挑战的我们这样的公司来说，是完全不适合的。"

这个比喻虽然让人觉得过于老套，但却引起了今井的强烈共鸣，因为他是在违和感和焦躁感中度过了一年半的综合商社生活，然后跳槽来到新公司。

新公司使今井感受到了以前没有过的新鲜感和工作意义，充满着魅力。

在这家公司，他最初被分配到以招募在电子商务网站开店的商铺为中心的部门。

从换工作的第一天开始，他每天都在进行电话销售。

他搬到了公司附近，每天一来到公司，就打开电脑，启动公司自己开发的专业"检索机器人"。

检索机器人与检索引擎的构造是相同的，在互联网上自动搜索，将在主页上各自销售樱桃的东北地区的农户、各地区的本地商铺以及拥有大型电子商务网站的竞争对手等通过互联网进行商品销售的网站信息收集起来。

比如说，世界上每诞生一个新的主页，就立刻被营业的大网所网住，这大概是非常理想的状态。由于仅凭 URL 地址，我们无法知道那里是不是商品销售网站，因此所采用的方法是根据主页上粘贴着的链接等进行判断，满足条件的话就被记录到一览表里。通过主页进行商品销售的话，一般总是写着单位名称、人名、电话号码、地址、个人信息保护措施等。检索机器人收集了这些信息后，不断将其存入数据库中。

对他的新工作来说，这个数据库可以说就是"粉色的荧光笔"。画面上写有公司名、人名、电话号码、电子邮箱、URL 地址，还能够根据所在的都道府县或商品等的分类设定检索基轴。在基本信息的其他栏目里还留着目前为止的营业信息的记录。以前是不是通过电话联系上的；到目前为止谈过多少次；或者是不是一次都未有过接触……过去接触的实际状况是判断营业对象是否还健在的一个不可或缺的信息。

他从入职第一天开始，就紧盯着数据库，不断拨打营业部门的电话。刚开始的时候花了不少时间，但他很快就找到了工作的窍门。

他觉得，重要的是瞬间的爆发力和应酬时的说话技巧。需要特别的营业技巧或经验起决定性作用的时候也当然会有，但这里最重要的是，对于打电话、发传真之类的"谁做都一样的工作"，要注意比谁都做得更早。

在拿起电话的瞬间，迅速切换大脑，按照数据库所显示的电话号码拨号。在左手拨号的同时，用右手点击 URL 地址。在等待接听的过程中，敏捷地检查主页的内容。在电话接通的瞬间，必须将对方商店的具体门类装进脑子里。电话的那一头既可能是具有一定规模的企业、店铺，也可能是个人经营的果蔬店、家电销售店，既有卖瓦的店，也有卖伞的店。

他继续着这个工作，同时体会到一种强烈的充实感。虽然动作是固定的，但交谈的对象总是在不断地变化，而且很有个性。向对方说明扩大销售渠道的重要性，力陈在本公司网站开店的好处，如果对方有什么问题或疑虑的话马上给与回答。

"销售工作容易聚焦于商品知识，在了解这些知识的基础上做好心理准备是非常重要的。在客户讲了很多消极内容的时候，反过来将其转变为提案，将交谈引向积极方向的方法也很重要。我认为，应该考虑的事情是数不胜数的。"

那些对话很令人兴奋，首先能够接触到生意人的认真和真心是非常令人高兴的。对于在此过程中所进行的对话，他体会到了一种触摸工作的感觉，这在前一份工作中是没有的。这治愈了他的内心，好像使他感觉到了实实在在的"成长"。

给他留下深刻印象的客户有很多，他想起有这么一家店。入职第二个月的某天，他联系了位于八户的市场中的一家果蔬店。"男性店主的口音很重，他的话不太能听懂，但结果还是签下了合同。此人早晨起得特别早，只有4点到6点左右之间才有空。不把他们店拉进来的话，指标很难完成了，因此我也是拼了。每天都给他发电子邮件，怕电话会给他添麻烦，所以每周一般只打一次。早晨早早地给他打电话，有一次他说：'你真厉害啊！为了这么不起眼的一个蔬菜店，能够这么打电话。'在那之前，我觉得他是认为'不需要那种东西'的。终于，他对我说：'话都说到这里了，那就拜托你了。'这时候，我真的非常高兴。可能是很普通的一件事，但直到现在我和那家店也配合得非常好。他们卖的是蔬菜，主页非常简朴，就拍了张土豆的照片登在上面。我也买过一次，是非常好的食材。"

北海道的螃蟹经营户、冲绳的扁柠檬种植户、山梨的家电销售店，以及其他各种各样的零售店……随着类似经验的不断积累，他逐渐体会到了销售工作的乐趣。

在该部门从事销售工作只有一年，但从那些经验出发，他发现约300个电话销售中，与实际负责的人通话的，大约只有三分之一。而且，其中的半数给与了非常好的回应，能够邮寄资料。而其中又有半数进入具体协商刊登费用的阶段，在三个月之内完成广告刊登的大约有10个店铺。

"来到东京以后，遇到的尽是工薪阶层的人们，而客户和他们不一样。虽然说话的时间再长也只有10分钟左右，但在这个过程中能够感到一种热情。不管哪个店铺，仔细一问，都有将生意继续下去的理念和各不相同的态度，在听他们说话的过程中，我也想拼命工作，但根本赢不了。我们社长也经常说，我们在搭建这些人的入口。这正是连接人与人的工作，因此根本不会对其厌倦。"

这种心情和大学时代研讨课上的体验重合在一起，这也是理所当然的。

他逐步取得成果，有一些月份完成了近 40 份合同。入职半年，就作为公司内的"MVP（最有价值员工）"获得了表扬，一年过后就以少有的速度被推举为十多人所在部门的小组长。

2008 年，换工作后已经过去了三年，今井已经成为该公司管理所有电子商务网站的部长。这在公司里创造了最低年龄的记录。

该公司人事部里了解当时情况的一位同事回忆道："因为他在半年左右的时间里连续获得当月 MVP，所以无疑是公司的超级明星。"这位年长的同事对今井的第一印象和他研讨课同学所说的非常一致。

"我来这家公司比他还晚。最初我看到的是面向客户的讲习会，觉得他是个非常会说话的人。资料要反复修改数次，直到精美为止；对各种事物都会仔细考虑，具有洞察其本质的超高能力。"

站在该公司负责招聘的人的立场上，他继续说着今井受到赏识的原因。

"他原来想在商社里从事推进地方活力的工作，但在以前的公司发现这一天要等很久，于是就跳槽了。因为想做的事非常清楚，所以在像我们这样重视速度的公司，作为同事是比较容易被大家接受的那一类。

"我从事人事工作，认为换工作是有风险的，也是一件很难的事情。因此，换工作以后，觉得还是不适合自己，或者什么地方与自己想的不一样，这种事肯定会发生。在那个时候，要这样想：不对，自己确信要做这个工作，所以才会来这家公司的。这种想法越强烈，就越能坚持下去。反过来说，如果没有那样的目的或目标的话，即便换了工作，也会遇到挫折的。在对自己的决定抱有疑问的时候，要想渡过难关，就必须要有目标或目的，而他毫无疑问抱着很强的目的性。"

该公司的电子商务部门里下设负责开设网店和各种相关事务的科室和负责咨询的科室，后者的工作是在各个网店开设后为其网站出谋划策，以及去各地召开讲习会。所有这些的管理工作都委派给了今井，他自称获得了极大的满足感。

"在我的人生中感到快乐的，第二是在大学，第三是在吹奏乐部，而现在是最快乐的。"

这是"因为自己在公司里的作用非常清楚。业务的规模与商社比起来，就像蚂蚁一样小。但正因为这样，能够真实地感受到自己有能力让公司发生变化"，在工作中会有这样一种感觉。

"现在，我工作的时候，觉得这儿就是我自己的公司。在商社的时候，从没和社长说过话。新职员被召集起来，上了年纪的社长和董事长站在远远的台上。虽然能够感受到那种特殊的气氛，但却缺乏活力。现在，说到销售，就是看数字，这个数字不行的话，大家就都不行了，如果好的话，大家都会很高兴。以前的公司分工非常细，工作人员数量也多，给人的印象就是，同样的人用同样的态度做着同样的工作。当然，优秀的人会被任命为分公司的社长，工资也高，公司通过这些来留住员工，但对于像我这样二十多岁，想要快乐地工作的人来说，是不适合的。"

当然，现在的他也有很多觉得艰难的地方。

特别是，二十多岁就管理一个部门的话，由于责任重大，感觉像要被压垮一样。在不知道能否完成指标的紧要关头，他直接找社长商量，协调双方的意见。在触及公司管理基干的紧张感中，有时候是不允许有不同意见的。而且即便是在每天的业务中，有和自己同一年龄层的群体、比自己年轻的群体、比自己年长的群体，而且都是他的部下。因此，在这种情况下，他几乎就找不到对象可以推心置腹地交流自己的内心想法和弱点。

有时和进行大宗交易或有合作关系的大型通信公司的负责人进行交谈的时候，他深切地感到年轻会使自己处于弱势地位。

"比如说，不得不和那个奉行减分主义的世界耐心地进行交流。即便是有根据我们的提案明显取得成功的案例，也会按照他们的价值观，认为'运营方法有问题'或'这里有风险'。项目已经结束，而且根本没有风险，但他们故意这么说。最后的话总是'我们公司是重视经验的'。简而言之，背后隐含着的是'你凭什么让我们这样的大公司做这样的事'这种话。

"我并不讨厌被看成分包商。但是，我想可能是由于自己年轻，就被当作分包商对待了。这样想的话，甚至会觉得自己所做的事是一种重负。我虽然知道社长对我抱有很大期待，让我好好干，但有时会觉得是不是为时尚早。这样的话，就会很痛苦。"

特别要说的是，他的前任四十岁不到，是创业团队中的一员，因此一遇到这种场合，他就会不断陷入怀疑中："是不是他们觉得和前任相比，我的能力不够啊。"在那种时候，就像在综合商社时那样，他的表情变得很阴沉。他常常低着头，满脑子都想着，那样做就好了，再这样做下去就好了，等等。

同事告诉他："昨天和今天，非常消沉啊。"

他想起，刚当上部门经理的时候，社长曾经告诉过他一句话。

"身居上位的话，不管是失败还是其他什么，人都不能消沉下去。"

然后，社长继续说道："但是，人总是会有变得消沉的时候。不仅有工作，还有私事。因此，有时候心情无论如何不能变积极的话，倒不如请假休息。"

实际上，他有时会情绪低落，自己都不知如何是好。这到了在其他同事眼里都是一目了然的时候，他感觉自己已经进了死胡同。这是因为，在现实生活中，不可能说"今天情绪消沉，因此休息吧"。

然而，所有这些都是在他所期盼的世界里发生的事。他在大学时代怀着希望从事"商务活动"的梦想，现在正活跃在这一中心。因此，不能将问题推卸到别人身上，也不能示弱。

但是，在另一方面，他也是一个还未满三十岁的"年轻人"。

他回想起，某天在酒桌上，比他年轻的职员这样对他说。

在做店铺销售的时候也是这样，今井先生完成了各种工作。每个人在需要自己成长的地方，能够实实在在地成长，分配下来的工作发生变化的时候，每一个都能很好地完成。现在，考虑着需要自己做什么，并按要求完成任务。但是，这大概也是非常痛苦的事吧？

他听了这话以后，陷入了沉思。

确实在同事的眼里，大家可能觉得自己几乎从不显露出弱点，大家这样想的话，就有很多人不愿意接近他。实际上，在这家公司工作过程中，有时候会有这样的感觉。但是，真实情况却不是这样的。其实，他向前倾斜得厉害，非常焦躁地生活着。积极的事和消极的事都比别人考虑得更多。现在也是和过去一样，在焦躁中继续着工作。

他继续往下想。大概无论怎么换工作，自己的这种课题一生都是无法摆脱的。但是，正因为自己在那个商社有过一次经历并烦恼过，所以才会有那样的想法。

在学生时代，他一心只想去大公司。因此，被商社录用时非常高兴，觉得人生是玫瑰色的。他的成长是和这家公司重叠在一起的。事实上，他这么想本身就是因为包括商社时代的体验在内，所有的时间无疑都在推动他的成长。

而且，他负责管理所有的电子商务网站，他的境遇确实使他的视点在这一两年里变得很大。

从 2008 年秋开始席卷世界的经济萧条，在一定程度上增强了他在公司里的责任。在伊势丹、高岛屋等百货公司的销售额下降的时候，希望通过互联网购买价廉物美商品的需求逐渐增加。

网站内的签约企业接连破产，大家都能感觉到经济萧条的浪潮在全国范围内逐渐扩大，但电子商务部门的业绩却在上升。在这个时代变化的过程中，如果说今后消费者的行动会出现剧烈的变化的话，他的职责就是必须坚持咬紧这个变化趋势。

他说道："日本地方上的农户努力栽培出的大米如果能通过互联网卖给中国人的话有多好啊。"这意味着他学生时代在北海道培植出的"梦想"正开始慢慢地被实现。

他说："即便是我们公司也很难，但依靠自己的力量还有可能改变，所以我觉得能够抱有梦想、希望。

"因此，如果公司的保守部分变大的话，还是很不舒服的。但是，我也会和社长经常沟通，不希望公司变成那样，我就是因为讨厌那种环境才从以前的公司辞职的，所以也会从这儿辞职。

"这是一种左右为难的困境。组织就是这样一种东西。但是，话虽如此，并不是保持现状就行。企业总是需要具有不断发展的前景，但那样的话，保守的要素大概又会渗透进来。"

他继续说，因此，现在会这么想。一直呆在这家公司的想法并没有多少，只要自己的课题还在那里，总有一天会离开这家公司。当然，如果自己所期待的那个世界能够在这个公司实现的话，那是再好不过了……

"从这个意义上说，公司也好自己也好，三年后的情况完全无法想象。"

但是，我觉得，即便如此这一点还是能够对现在的他明确地说的。"如果是两三年前，现在这家公司倒闭的话，也许会觉得自己跳槽失败了。但是，距离那时已经过去了五年，自己已经不会这么想了。现在即便是公司倒闭，我仍然会觉得幸好当时辞了职。即便不是大企业，但在做有影响力的工作。不依赖于品牌，公司虽然小但也在做自己想做的事。这种想法从假说变成了确信。因此，现在的心情就是，真是好不容易才走到这一步。"

第 7 章　选项的不断消失真是太可怕了

2006 年 3 月 1 日，东京下雨，上午 8 点半左右的经济产业省办公大楼地下入口处几乎看不见人，非常冷清。

经济产业省商务情报政策局服务政策科股长原口博光在昏暗的通道里走着，然后乘电梯前往自己工作的楼层。

这一年他二十七岁，对他来说，那一天是他作为职业官僚的最后一天。他穿着纯色的藏青色西装和白衬衫，系着褐色领带，整个形象显得很朴素。平时他大多穿条纹西装和有色衬衫，但这天是一个人生节点，他想穿得稳重一些。

大约 1 个小时以后将是上班的高峰，将能看到官员们一个接一个向警卫出示证件的情景。对于早晨霞关①的风景，即使现在他有时候还能想起下面这样的情形：人们排成一眼望不到头的长队，平时坐车来上班的局长以上级别的干部经过的时候，认识他们的警卫都会敬礼；另一边，非国家公务员甲种考试②录用的人们默默地走着。这有点像是老一套的印象，但在感觉上形成鲜明对比的景象渗透到了他的记忆里。

"自己也有一天会成为敬礼的对象吧……"他置身其中，有时候会突然这么想。如果接下来的二十年一直在经济产业省工作的话，也许能成为有那种地位的人。但是，一旦想象起将来，眼前的风景就蒙上了一层薄雾。仔细考虑一下，自己被人敬礼的那种形象无疑是完全无法想象的。

那样的上班景象今后将与自己没有关系了。不可思议的是，心里并没有涌上什么特别的感慨。自己从经济产业省辞职后，霞关①的风景照旧会不断重复下去。在辞职之前，还有一些工作要做完。在有什么感触之前，先必须把眼前的工作完成。

前一天工作到深夜，随后坐着出租车回到自己租住的公寓。这一天也是要工作到深夜。今天就要从这里辞职了，但却是特别忙的一天。领取免职通知后，他想去向一直以来照顾他的省内的同事们致谢，但面向干部的说明材料和国会答辩材料的制作等，这些手头的工作总也做不完。在忙这忙那的过程中，知道了免职通知内容的同事们好几次打电话问他："辞职什么的，没听你说过啊。"一看电子邮件，也是同事们发来邮件问辞职之事。

在此之前，有关辞职之事，他完全没有和大家说过，因此他的脑海里浮现出以前的上级、人事负责人的脸。科长似乎应该说，"工作不用再做了""去打个招呼吧"这样的话，他也很期待这句话，但上级看见了也只当没看见，非常冷淡。

他向自己的直属领导——科长助理说明辞职之事，正好是在两个月前。

在下决心辞去政府机关工作的背后，能看到两位领导的影响。两年前，在资源能源厅资源燃料部政策科工作的时候，三十岁出头的科长助理辞职，跳槽去了大型战略系咨询公司。在亲眼目击职业官僚②辞职之时，原口所受到的冲击出乎自己的意料。半年后，同一个科的科长也辞职了。在他看来，两人都是领导中为数不多的优秀人才。

在跳槽去咨询公司的领导手下工作时，给他留下深刻印象的是，制

---

① 霞关：日本中央政府各部门所在地，位于东京市中心区域。——译注
② 日本国家公务员录用考试分甲、乙、丙三种，其中甲种难度最大，按制度规定，能够获得晋升机会。——译注

作向石化公司下达的通告文件一事。他清楚地记得，将"在安全上希望没有遗漏"这一文案交过去时，他被好好地教育了一顿。

"你写着希望没有遗漏，具体怎样做才好呢？让警卫在夜里巡视几次等，这样的内容不写明确的话，企业方面会不知所措。这样的写法不正是体现出行政部门的专横吗？"

他在召开审议会时，也把统管工作全部交给了原口。一般来说，将各部门会议的总结工作交给工作第一年的新手去做，这是非常少见的。正因为如此，在这项工作结束的时候，他心里充满感激之情。"谢谢您让我从头到尾负责这个工作"，他向领导表示感谢。领导却慰劳他说："哪里哪里，全都是靠你在运作。"他觉得，很多领导都经常会把工作的"成果"据为己有，正因为如此，领导的这个反应让他非常感动。

另一位领导对NPO（非营利组织）活动非常热心。他的信条是，无论对方是谁，自己都要主动迎上去，听他说话。原口在他手下整天做着外出的准备，感到这种态度是非常值得信赖的。因此，自己在辞职时，也模仿了两位领导的做法，他们都是在辞职的大约两个月前告知辞职的意向的。

"即便如此，为什么辞职的都是被认为是优秀的人呢？"

他刚开始公务员的工作，两个人的辞职有些动摇了他的世界观。

例如，城山三郎在以原来的通产省①为舞台创作的小说《官僚们的夏天》中，所描画的经济高速增长时期"无定量、无边际工作"的官僚形象，或是"对组织的忠诚"等，他感到，这些印象和工作动力都在变成一种空虚的东西。

原口给直接上级写邮件，是在1月上旬一个周日的晚上。第二天（周一）早晨，领导对他说："我吃了一惊啊。"中午一起吃午饭的时候，

---

① 通产省："通商产业省"的简称，为日本旧中央省厅之一，是经济产业省的前身。——译注

领导说："这种事应该早点去和秘书科说。"

原口所知道的通常做法是，负责管理的科长助理会劝说自己改主意。但是，轮到他的时候，好像扣错了几个纽扣那样，基本上没有像样的劝说。他按照领导说的，去了统管职业人事的秘书科，而秘书科理所当然地觉得在他自己科室内已经进行过挽留了。但是，向科长助理表明辞职意向后，在原口去秘书科之前，科长助理就已经不再将原来的工作分配给他了。他对负责人说："我一说自己想辞职，就没有什么工作了。"

作为统括股长，他的主要工作是辅助局长、科长、科长助理工作，确定科里的事务委派给谁做。因此，所有的事务都要先集中到他那儿。平时，即便是深夜 2 点左右回家，第二天早晨 8 点到办公室的时候，办公桌上都会堆着大量的文件。

但是，自从说要辞职以后，办公桌上的文件就不再积压起来了。原口被看成已经下了列车的人，所有事务都开始由上级进行安排了。也就是说，以人事部门的立场，是希望挽留他说："实际业务部门不好办啊。就组织来说，也对你非常期待。"但自己科室却好像在说，原口不在也完全没关系。这样的"情景证据"客观存在着。这样的话，"感觉变得很无聊，完全无法期待了"，他坦率地讲了辞职的理由。面对着他，秘书科负责这方面工作的人也找不到合适的话，肯定很为难。就这样，出乎他的意料，"辞职"之事顺利获得通过。想到整个事情的经过，他们科的负责人一定是受到了批评。原口想着：大概是很生气吧。

上班最后一天，领导没有一句挂念的话，也没有一点想帮他的意思，这大概是因为被秘书科说了些什么吧。他只能默默地将剩余的工作做完。

傍晚 6 点开始，为他和其他调职人员举行了送别会。那时候，他光想着早点回去工作，"快点结束吧。不是举行这种会的时候"。唯一让他感动的是，后来同期入职的约 20 名同事，过来将他抬起抛向空中的那一时刻。同期的同事们还将香槟、花束和相框作为礼物送给他。

那天，直到深夜还留在同一楼层工作的只有原口和比他晚一年入职的一年级公务员。

好不容易结束了工作，他觉得什么都已经无所谓了，拖着疲惫的身体，回了家。那是非常漫长的一天。

"一个原因是因为那是一个能够看清职业轨迹的世界，这点超出了自己的想象。二十年后，或者直到退休的轨迹都能够看到。这是让人无法忍受的。"

2006 年夏，在东京丸之内宾馆的咖啡厅里，原口和我第一次见面。那是个炎热的午后，他穿着白衬衫，上面的两个纽扣没有扣，脸上的表情自始至终都很平静。

从东京大学法学院毕业以后，他经历了一次失败，然后通过了国家公务员甲种考试，进入经济产业省，在第三年从该省辞职。对于"为什么辞职"这个问题，他首先说的理由是"对清晰可见的职业轨迹所抱有的焦躁"，这和前一章中的今井在澳大利亚体会到的心情也很相似。

他好像总是很注意，想提前了解对方的想法和意图，然后主动加以说明。任何事情必然有其开始和结束，所有的都必须按照一定的秩序进行说明，即便是讲述自己非常模糊不清的人生，他也不断传递着这种意识。对此，我只能一直保持沉默。

他对经济产业省内的"职业轨迹"是这么说明的。

"精英公务员在进入政府机构后，第一第二年都是在各个局的总务科干杂务。第三年升为股长。此后大体分为两种情况。去别的部门担任总务股长，或者从第五年左右开始去国外留学。因此，第五年至第七年在海外度过的人分散在世界各地，回国后将担任科长助理，差不多在第十六七年晋升为科长。"

在讲"职业轨迹"时的语气没有一点停顿，这一定是因为在这之前他已经很多次对自己的将来那样描绘过。"也就是说，"我问道，"是对能够那样讲述将来的道路，感到厌烦吗？"

"是厌烦。那样的话，虽然所在的地方和人际关系不一样，但工作看得清清楚楚。即便是人事，也会自然而然地想，那个人任那个职位是理所当然的。前任宠幸的人成为后继者。这些让人无法忍受。"

他呼吸了一口新鲜空气，介绍了以前从秘书科的工作人员那儿听到的以下这些话。

"那个人想重新修改人事制度，听说他曾与某大型汽车公司人事部的人商量废除资历制度，改为成果型。但对方说，汽车公司的人事部有着很大的烦恼。带着一定程度的社会经验和自豪感从事工薪阶层的工作的话，成了家以后需要自己守护的东西会增加吧。三十五岁或四十岁以后的人置身于竞争中的话，就会变成一种令人讨厌的竞争。因此，从最初开始，道路就已经确定好的官员，在人事制度方面是非常轻松的。

"但是，有'天官下凡'① 这种做法，退休以后的生活更加绚丽，然而这样的官僚世界对我们这一代人完全没有吸引力。正因为如此，同一个大学毕业后去企业工作的人在三四十岁时收入很高。这样的生活方式不是也有的吗？我觉得，六十岁以后即便获得一亿两亿，一点儿都没什么高兴。"

当时是爆发世界性金融危机的两年前，原口的同学中有人去了美国的投资银行工作。入职第一年，不少人就拿到了比他高几倍的工资。作为公务员，包括各种津贴和加班补贴，他的年收入大约为 450 万日元。在学生时代和他背景差不多的人们，已经飞黄腾达，对于他来说，很难

---

① 高层官僚退休后，在与其职务有关联的团体或私人公司被聘为干部就职。——译注

想象直到最近，他们还肩并肩在教室里一起听着课。

关于原口所抱有的这种闭塞感和不满，他所说的在经济产业省工作时很尊敬的一位前领导浅野润一郎是这样说的。

"我在1990年进入经济产业省工作，和那时相比，价值观确实发生了变化。"

他继续说道：比如说，昭和四五十年代一直到泡沫经济崩溃以前，那时大家都觉得每年省预算上升是理所当然的。《官僚们的夏天》的世界还确实存在着，大家在外面到处奔忙，应该能够感受到"创造出工作"的妙趣。

"自从泡沫经济崩溃以后，用于维持现状的组织防御性工作逐渐增加。年轻人切实体会到，因为经济增长的时代已经结束，必须改变工作方式。但是，无论是在民营企业，还是在政府机关，在他们之上的干部层次的领导都是前一个时代的人，觉得增长是理所当然的。双方的价值观不可避免地发生冲突。

"工作没意思，感觉不到意义，而且还很忙，因此就会想要辞职吧。问题并不在于工作到半夜，而是写那些以守护组织为目的的、莫名其妙的国会答辩文件会让人感到非常痛苦。如果觉得那真是必需的也就罢了，边工作边怀疑其必要性，这让人很厌烦。"

例如，根据《朝日新闻》2007年11月9日的晨报，1996年国家公务员甲种考试的报名人数为4.5万人，在2007年减少到约一半。而且，由于个人原因辞职的精英官僚也在增加，到原口辞职的2006年为止的5年间，这一数字达到292人。可以说，他所说的那种感觉体现在了实际数字上。

泽昭裕（东京大学客座教授）是原口崇拜的另一位从经济产业省辞职的前领导。对于影响原口工作意识的经产省的现状，他从另一个视角进行了说明。

"我觉得，和我们这一代人不同，过去逐步锻炼培养年轻人的那个体系，在原口这一代已经不起作用了。"

泽进入通产省的时候，各科中必定"会有刚工作一年和两年的年轻人"。他指出，在他那个时代，入职早一年的学长会把工作教给低一年的学弟，但在原口工作的时候这种"安定的人事轮转"已经很少了。第1章中的银行职员时期的大桥总是不得不像"新人"那样工作，这大概也是同一种构造。

泽记得，作为入职第一年的公务员，被分配到资源能源厅的时候，曾发生过这样的事。当时第二次石油危机刚发生不久，科里接到很多问询电话，而电话的应答是入职第一年的新人的工作。有一次，他接到一个电话，问的是"一年的石油进口量是多少?"正要看统计资料回答问题的时候，发现资料上写着"原油及石油制品"，进口量一栏里写着两者的合计数字。我问对方："石油是指原油吗? 还是石油制品?"对方回答道："我哪知道。反正是石油，石油。"我不知道该如何是好，问前辈时，他只是很冷淡地搪塞说："你自己想一下再回答。"

"于是，我准备不管怎样先回答问题的时候，那位前辈轻轻地说道：'你就是政府。'对方将我的回答看作是日本政府说的，有可能会把这个数字写到什么地方。"

每天的工作就是和"高一届的前辈"不断地进行对话，很多细小的实务技巧就这样磨练出来。在此过程中，就了解了"有意义的工作""要承担责任的工作"的内涵。

"总之，过去高一个年级的前辈对一年级公务员的工作进行修正和把关，做着和现在的上级领导一样的工作。面对同样的问题和工作，看着前辈是如何处理的，这样就能学习一个个工作的意义。自己成为二年级公务员后，对新的一年级公务员也同样进行指导。如此这般，就能知道这一年间自己到底有多少进步。"

泽说，现在不一样了。

"这是因为大家被稀稀落落地分配到各科，一年过后被调往其他部门或被外派。第二年前往其他部门后，又从新部门的最底下开始出发，无法衡量自己的进步情况。在此过程中，就会产生一种闭塞感，不知道这样的工作何时到头。因此，我经常向原口传递这样一个信息：'如果想做大的工作的话，眼前的这个工作不管你觉得有多徒劳（即原口称之为杂务的工作），总是有其一定意义的。'"

……但是，对于泽所说的话，原口并不具备真正理解的基础，因此无法产生在省内继续坚持下去的那种想法。

同期的同事中大概也有很多人对他的选择深有同感。

环顾周围，大学同学中有的人在外资金融机构或咨询公司从事着光鲜亮丽的工作。但是，自己却不怎么样。

很多同期的同事们说："没有遇到好领导。"诸如模棱两可的指示、逃避责任的意向性等，据原口观察，年龄比他们大一轮的科长助理级别的公务员中，缺乏管理能力的人非常多。他说，他认为这是由于泡沫经济时期的人才招聘是卖方市场，而这些人正是在那时踏上社会的。在这种情况下，组织整体所抱有的挫折感正是"我们所共有的氛围"。

然而，虽然抱有那么郁闷的心情，他仍自信地认为自己的工作达到了"对精英官僚所要求的程度"。例如，部门所分管行业的社长来找科长面谈的时候，他在旁边记录并将会谈记录输入电脑，在 30 分钟以内分发给有关部门。国会答辩等的草案也写得恰到好处。即便是申请预算时所需的令人厌烦的文件资料以及与财务省的交涉，他也完成得很好。他在领导上班之前来到办公室，回家一般都在深夜 2 点以后，尽管如此，所承担的工作都认真地完成了。

不仅如此，他还曾积极努力地去享受"机关文化"。进入经产省后，他马上被分配到石油部政策科，那时正处于美军第二次空袭伊拉克的最高潮。后来又有中东油田的交涉等工作，省内的气氛有些紧张，大家讨论着如何应对原油价格的上涨。在那时候，一年级公务员的工作就是复印资料。

"经产省每天把有关石油情况的文件送至总理官邸，在制作这份文件时，要将A4纸的记录提交给事务次官。悄悄地翻了一下，发现领导干部们正在暗中讨论着原油突破一定价格时的应对措施。在这种时候，不是单纯地进行复印，要仔细看一下内容，在考虑下一步工作的基础上，思考自己是否能够采取什么行动。是仅仅当送信员，还是了解全局所发生的事，然后边认清自己目前所做的工作的定位边工作下去。后者正是政府机关中所需要的。和同期的同事说着'最近看了科长的笔记，里面写着这样的内容'之类的话题时，没看过的人是根本插不进话的。当然，偷看资料的人能获得好评。因此，在机关里，根据对工作的理解度，即便是同样的复印，让谁来做也是会有意识地进行区分的。"

听说一些年轻人做得比较过头，甚至会打开上级的抽屉，偷看里面的内容。打开一看，里面放着有关内部指示、人事评价之类的文件。这种事在事后传到了原口的耳朵里。

"有些领导自己曾经打开过领导的抽屉，因此当了领导之后抽屉被打开也觉得无所谓，而有的人自己当了领导之后就给抽屉上了锁。对于这种奇妙的风气，我在一定程度上，还是挺喜欢的。"

在服务产业科，他自己成立了一个有关结婚服务产业的研究会，并一个人完成了制作总结报告的所有工作。那时候，他体会到了一种令人兴奋的工作意义。关于这方面的具体情况，会在后文中详述。

他并不是没有想尝试的工作。例如，进入经济产业省以后，他开始抱有一个梦想。那就是"想成为总理秘书官或大臣秘书官"。

总理秘书官中，除了政务担当秘书官以外，从经济产业省、财务省、外务省和警察厅共选拔四人担任事务担当秘书官。

"最终决定各种事情的是首相官邸。我想，如果能在那儿工作的话，不是很愉快吗？而且，在政府机关里，能够在一定程度上看到上级的工作，只有首相官邸是个绝对看不见的黑箱。因此，我有一次曾经给自己设定过二十年以后的人生目标。"

但是，在为自己描画那样的职业轨迹的时候，心里产生了新的不安。

"如果……"他开始思考起来，"如果自己没有获得那个位子，那自己的人生会怎样呢？"

在四五十岁之前，做着自己并不太喜欢的工作，长时间地忍耐和期待。即便如此，也不一定能够实现目标，而且也不知道在那时首相会不会换人。为了不确定的东西加入竞争，不断地拿出"成果"，不断地接受评价，一想到这些，对将来的不安就进一步加重了。

"如果当不上秘书官的话，四五十岁的时候就失去了工作的动力。"

他说话的音调有些上扬。

"政府机关是个全方位进行评价的地方。现在所有的行动都与20年以后的评价联系在一起。联谊会就罢了，例如对女性警惕性不高之类的，连这个都会成为评价的内容。想到这些，就会觉得特别不舒服。世界变化这么大，为了很可能实现不了的梦想，忍受那种束缚，而且20年后可能会实现不了，真是让人无法想象。"

在此，必须追加的是，他想从自己所说的"评价"的束缚中挣脱出来的主要原因，另外还有一个。

原口在向我诉说公务员工作中所感受到的闭塞感时，首先对我说了这么一句话。

"在进入大学的时候，已经在某种程度上把能量耗尽了。"

——原口有一段无法忘却的记忆。

1990 年，小学五年级第三学期，原口当时住在多摩新城，在小学的教室里他目睹了某些景象。

在他就读的小学里，很多人有参加初中入学考试①的意愿，班里约一半的孩子在上升学补习班。新城的"考试战争"非常激烈，不管采取什么措施，情况都不会好转。他觉得，这就是"想和其他人拉开差距的父母亲所进行的一场代理人战争"。

班里有两个特别优秀的孩子。一个是在附近有名的补习班里取得最高成绩的男孩，另一个是在大型补习班里总是名列前茅的女孩。这两个人的存在鼓舞着想要参加初中入学考试的同学们，在教室里掀起了一股考试热。

开始去上补习班的孩子每天都在增加，教室里变得始终在谈论前一天补习班的话题。学校放学后，他们一直要听课到深夜，然后在麦当劳等处吃夜宵，有时候还会一起玩到更晚一些的时候。虽然补习班并不是每天都有，但原口眼看着傍晚一起打棒球、说笑话玩的伙伴们逐渐减少。如果不去上补习班的话，就见不到朋友们了。那样的状况逐渐形成了。

那时，他有一个朋友和他一样没有去上补习班。在暮色笼罩在多摩新城整齐的街区上的时候，两个人在铺着大草坪的公园里，或者在校园里一起玩棒球。但是，在快要放春假的时候，原口和平常一样来到学校，他看到那个朋友也夹杂在讲补习班故事的人群里说着话。原口感到心里乱哄哄的，于是问道："为什么讲补习班的事啊？"

"其实我也开始上补习班了。"对方得意地说着，嘴里冒出了一个补习班的名字。这是很多同学去的三个升学补习班中的一个。

原口用"焦急"一词来形容那时候的心情。成绩并不太好的朋友开

---

① 升入著名的私立初中，需要参加其组织的初中入学考试，而升入公立初中则不需参加考试。——译注

始上补习班一事不知为何引发了他心里的不安。头脑特别出众的两个同学去上补习班，这并没有让他想到什么，但这时他感到了威胁，他甚至觉得自尊心受到了伤害。

在无以名状的惊讶和不安中，原口回到了家里。他对着母亲哭诉：我想去上补习班，让我去吧。

初中入学考试是2月1日开始的，在他就读的小学，班里一半的同学因为参加考试而请假（40名学生中，最终包括他在内，有3人考入东大法学院）。距离那时，已经过去了大约十五年的岁月，原口不知道现在那个朋友在做什么。成人仪式上看到过他，此后没有任何交流。他说，实际上，即便是想要去上补习班的时候，"也完全没有考虑过和他的关系。关系很好，但入学考试竞争过热的时候，一般来说比较纯真的人际关系也会被卷入到微妙的谋略中。连带着父母亲，孩子们的关系变得很紧张。上补习班和不上补习班的学生之间也关系紧张……"

就这样和那位朋友的关系必然会变得非常淡薄，但至今仍不能忘记，那是因为如果追溯自己到目前为止的半生，就总是会觉得"现在仍然普普通通的"自己的原点就是想要去上补习班的那一瞬间。

原口经历了初中入学考试之后，进入了初高中一贯制的重点学校。随后的六年，他一直生活在竞争中。他觉得，在此过程中，自己的内心深处一直渗透着两股感情。一个是"对名落孙山的恐惧"，另一个是"来自对父母亲的义务感"。

这两股感情都在相互加强着对方。

"初中入学考试时是整整一年，大学入学考试时是从三四个月之前，就抱有这样一种恐惧，具体就是考试过程中如果解答不出问题该怎么办啊？这种恐惧谁都会有，我想象着翻开考卷前的极度不安，到处买习题集，解答其中的问题。我因为复读过，所以那样的高潮经历了三次。在读初中和高中时，有期中考试和期末考试。每次公布排名的时候，都有些恐惧。排名前 50 的人组成尖子班，剩下的 200 人则均等分入其他班。能否留在这 50 个人中，就成为了问题。当然，也可以认为这是以维持注意力为目的的非常合适的规则，因为在成绩公布之后要召开家长会。"

那与在经济产业省工作时的心情相同，被卷入为获得不确定的东西而进行的竞争中，由此开始感到精神疲惫。

那么，来自对父母的义务感又是什么呢？

1978 年，原口出生于埼玉县与野市。1945 年出生的父亲大学毕业后在大型建筑公司工作。他还有一个比他小三岁的妹妹。之所以搬到多摩新城，是因为父亲考虑到孩子们的教育环境，决定"要住在空气好的地方"。

原口说，他感到在成长过程中，祖父母从小在他身上倾注了"多得超乎想象的爱意"。可能亲戚中男孩少也是理由之一，但他认为，更为重要的可能是由于自己是个"讨大人喜欢"的孩子。

"我小时候应该是过得很开心的。总之，我觉得，他们对我的爱都表现为不断地在物质上满足我。"

例如，在我读小学之前，住在我家附近的祖父母每四天就会从果蔬店里买来一个网纹甜瓜。然后，他们这样说："每天让博光吃四分之一。"每天都给我吃生金枪鱼盖饭，一直吃到我得了过敏。对于他们来说，甜瓜、肉、寿司、生金枪鱼盖饭都是"高级品"的代名词。

他还时常能想起小时候的一段记忆。他母亲住院了一段时间，就将他送到了祖父母家。他们不像父母那样训斥自己。一说"想去动物园"，每周就都会去上野动物园，而且每次都要坐从上野开往浅草的双层巴士。那种彻底的溺爱后来甚至成了亲属们之间的话题。

他们之所以如此疼爱他，好像未必只有他是孙子这一个理由。例如，据说祖父说过，"这孩子嘴形真好看"。

原口不管是吃点心的时候，还是吃正餐的时候，决不会伸手去拿父母亲的食物。让他坐着，他就一直坐着。这样懂事的孙子，当然是太可爱了。

"给压岁钱时，我们家在一些没必要的地方很封建，长子是给1万日元，其余都是5 000日元。但不知为什么，只有我还能再另外拿到1万日元。因此，光压岁钱就能有10万、20万日元。当然，都被父母亲收走了。"

原口觉得，自己的任性和骄纵在那个时期已经都用尽了。

度过了这样的幼年时代后，他的心里有一种想法一直留存了下来。

"我从根本上说，希望被表扬，并且认为坦率是最好的。学习也好，和家里人的共处也好，总是为了满足被表扬的欲望而采取行动。"

这样就形成了"察知周围人对自己的期待，在他们说之前就做"这样一种习惯。表面上看，他变成了一个比以前更为勤奋的孩子。

他说："外人看来，我们是一个非常好的家庭。"在新城充满绿色的风景中，他们是那种可以被拍成照片的幸福家庭。就像过去的新城本身那样，大家不是都在一定程度上演着"理想之家"吗？既然如此，为了维持下去，难道不是有必要付出一定的劳力和努力吗？

不想看到父母亲悲伤的脸庞，不想让他们难受。如果惹得父母生气的话，自己也就得不到表扬了，从这一层意义上讲，那样做首先也是为了自己。他的这种性格在学校的学习中收到了特别的效果。

他自己并不想参加初中入学考试。大家都去上补习班，他担心自己被拉下，就主动地开始去补习班学习。从结果上看，只不过是参加入学考试变成了一种具体的东西。

在这过程中，他想象着父母对"自己"所期望的形象，通过扮演这一角色来保持自己的"自我同一性"。只要去了补习班，取得了好成绩，父母就会高兴，自己的心情肯定也会很好。对一些问题进行探索和理解本来就是自己喜欢做的事。自己也不讨厌学习，正因为如此，他事先察觉了父母的期待，努力学习。

然而，随着这样的想法越来越强烈，从某一个时间开始，他甚至感到那好像是"来自对父母亲的义务感"。

"我知道父母所设定的终点是东大。但是，他们并不是所谓的'升学考试妈妈'那样的人，总是很乐观，不谙世事，虽然定有目标，但却不知道实现的途径和方法。他们的印象仍旧是就读最便宜的都立高中就行，他们大概认为从那儿升入东大是最理想的。因此，说要去上补习班的时候，感觉他们想说'明明不用去也行，为什么要去呢'这样的话。"

在这个时候，不知道父母是否真的希望他去"东大"。在说"从都立高中去东大不就行了吗"这句话的时候，这里的"东大"只不过是"好大学"的意思而已。此外，这里还能看到这样的信息，即父母深信"好大学"能够带来去"好公司"就职的机会。作为父母来说，这大概是非常自然的想法，这一想法绝对没有问题。但是，对于原口这样一个多愁善感的高中生来说，这种随便说说的话重重地压在了他的心上。正因为如此，作为原始景象印刻在他心里的，是当事人以真实的"东大"为目标时的那种具体生动的痛苦。

例如，从东大毕业成为官僚后，他读了《"进入东大"和"东大毕业"》（中岛敏、平林庆史、出云充著）一书，三位作者都是东大毕业生。作者们和原口基本上是在同一时期就读于东大，为了获取高学历，他们失去了自己选择的能力和机会，他们用不同的形式描绘了这一心理。其中，作者之一的出云充与原口年纪相仿，他在手记中写了以下的内容，原口读了以后深有同感。

考上东大和主体性的丧失有着相关性。学历越高，就越没有自我。虽说如此，意想不到的是世间对东大误解颇深，认为进了东大，就能获得主动权，人生的选项和机遇能够拓展很多。

但是，其实正好相反。进入东大的话，将来的可能性很有可能会变得非常狭窄。进入东大后，很可能只看到大企业和官僚这两个发展方向，但这是件非常遗憾的事。（摘自同书第三部分"离开'知名重点高中→东大→东京三菱银行'的轨道"）

他不由得想到，自己也确实如此。他觉得，他们把自己非常模糊的心理，用语言准确地描绘出来了。

"人的选项是各种各样的，现在想来，参加入学考试的人的世界真是不可思议。即使选项有很多，但只要成绩上升了，目标就会不断提高。我确实感到，学习越好，选项就会变得越少。结果，路越走越窄，最后的重点就是官僚了。

"我觉得，入学考试真的是一个很怪的东西。我说了这么多入学考试的事，但具体了解这个世界，其实是在进入大学以后。我当了补习班的老师和家庭教师，当然，当时我也没有做过其他工作。他们管我叫东大生老师。但是，在教学生学习的过程中，我好几次发现孩子在学习以外的地方很有才能。给孩子找家教的父母是对孩子很抱有期待的。我说了一句'今天很努力'，那孩子在我回去后会很开心。在逐渐明白这些的过程中，我觉得自己了解了入学考试的怪异之处。"

他想起，以前的自己也是身处在这样一个世界里。

在做家教的过程中，原口忽然想到了一些问题。不断拼命地学习，考上了东大。那应该会成为推动自己的人生向前发展的武器。但是，这样一来，随着选项的增加，作为交换，没有被选择的"将来"的数量让他耿耿于怀，这究竟是为什么呢？

"父母亲希望孩子升学，但孩子只想踢足球。看到他踢足球时的情景，觉得很是轻松愉快。我很冒失地对他父母说，'这孩子想踢足球，没必要那么逼着他学习和升学'。结果，父母反而更拼命地期待我的指导。

"就这些和我有关的人来看，我觉得他们放弃了由自己对孩子进行教育。虽说如此，大家都将'尊重孩子的自主性'这样的话挂在嘴上。结果，考上两三个学校的时候，我认为应该去 A 学校，但孩子说想去 B 学校。在那个时候，我拼命说应该去 A 学校，但最终还是去了 B 学校。那时我很羡慕那个孩子，可以不选 A 校，而选择自己想去的学校。另一方面，家长说着'尊重自主性'，但只尊重选择 A 校还是 B 校的自主性。我觉得，这孩子真可怜，养育他的父母没有方向性。我自己是将东大设定为目标，参加入学考试的，因此虽然有羡慕的一面，但直到最后也无法理解这个家庭。"

从读高中之前开始——读高中后也是如此——他察觉到了父母的期待，不断地学习着。说起来，他并不是一开始就想报考东大的。在对眼前的"期待"——回应的过程中，补习班的等级不断上升，顺利通过了初中入学考试，高中阶段的成绩也稳步提高……他总是能先取得成果，因此"期待"并不是以语言的形式由谁发出的。即便如此，他仍然继续对其进行推测，想要达成目标。

他曾经复读过一年，由此可见，他并不是那种轻轻松松就能考上东大的天才。说到底，他的学力在很大程度上是通过努力获得的。但是，经过长时间非常努力的应试学习，他总算翻过了眼前的那座高墙。"父母也没有什么特别的感觉吧。因为孩子只是按原来的设想做了而已。他们觉得可以给这个孩子设定最高的目标，这和工作总是集中到工作出色的职员那儿是一个道理。父母也对我抱有这样的想法。"

在读初中和高中的时候，他感到很孤独。进入高中以后，每个月都要进行考试，小学里的那种紧张关系变得更加厉害了，根本没有可以商量和倾诉的同伴。

他常去书店挑选那些解说写得特别详细的参考书，自己动手解答各种问题。

从自己家到学校往返需要一个半小时，他会在途中读简装本的小说，这就算是休息了。那时候，他喜欢读北杜夫和星新一的小说。他不坐快车和特快，尽量坐每站都停的慢车，这样就可以增加看书的时间。

终于考上东大法学院的时候，他感到有一种一切都已结束的心情在心中扩散。

"4月举行入学典礼。在当时的校长莲实重彦老师致辞时，第一次感到松了一口气。那时的场景难以忘怀。他说：'各位新同学，欢迎大家成为东大的一员。'当时场内好像是放着《纽伦堡的名歌手》的音乐。在那一瞬间，我流下了眼泪。到底是为什么呢？有一种听到'您辛苦了'这样的感觉。大概是莲实老师的说话语气和说话方式触动了我的感情。我想到，总算进了东大，以后可以不用再扮演某种角色了。"

但最终，他至少在主观上没能放弃"扮演某种角色"。

那是在考上东大那段时间。亲戚们特别高兴，给了他一个红包。说"想要一个手机"，第二天父母就买来了。在那段时间，每天晚上即便玩到很晚，父母也不会说什么。但是，越是受到表扬，大家越是高兴，自己就越是会想：下面怎么办呢？那似乎已经成了他的思维惯式。要比现在更上一个台阶，去比现在更好的地方。每次回家，他都能深深地感觉到，父母因自己考进东大而倍感骄傲，同时也能感受到父母的期待。他的想法逐渐和父母的价值观趋同，也就是说，"从好的大学到好的工作"。

"父母希望我一直做一个懂事的孩子，希望我准确无误地进入社会上所公认的精英的发展轨道，找到一份安定的工作。"

因此，从经济产业省辞职的时候，父母不知道他为什么要放弃这么好的工作，感到非常吃惊。我对他们说："想说的已经都说过了，没必要再说了。你们别再管我了。三年已经是我忍耐的极限了。"

他在电话里如此一说，父母听后让他立即回家说明情况。1月底正是非常忙的时候，很难空出时间来，但他还是在周末抽出两个小时回了趟家。

父母的反应，对他来说，有些出乎意料。他以为，之前休冬假回多摩新城的时候，已经把自己的想法告诉了他们。但是，有可能他说的有些过于婉转了。

"我想辞掉工作，一点都没意思。我偷偷地去参加了外面公司的面试，对方说，给我年薪800万日元的待遇。"

即便是听了他的这些话，父母大概也没想到他是在暗示要从经济产业省辞职。在厨房的餐桌上面对父母讲了自己的想法后，父亲怒斥道："你在说些什么胡话啊？"这一瞬间，可以说是他第一次有意识地违背父母的意愿。

"你才干了三年，懂些什么啊！"父亲说道。

"为什么一定要辞职呢？"母亲哭着说道。

双方谁也无法说服对方。改天又解释了好几次，最后母亲瘫坐在沙发里。看着母亲嘴里不停地念叨着"为什么""怎么回事"，父亲终于开口了。

"算了吧，如果你这么想辞职的话。"

他之所以觉得无法沟通，是因为发现父母根本无法理解自己的心情。

"我为了实现你们的期待，已经筋疲力尽了。"

无法获得父母的理解，但这也许是很正常的。因为他积极主动地坚持学习，表现得就像是自己希望如此。

为他创造良好的应试学习的环境的是谁？努力支持他的又是谁？

父亲接着说道："为此，全家难道不是一直齐心协力支持着你吗？"但原口却有自己的看法。他想，我确实有些任性，而且一直有一种焦躁感，但这不正是因为大家要求我这么做才引起的吗？

考上东大以后，母亲向周围人介绍自己时，总是说"我们家进了东大的那个孩子"。进入经济产业省以后，又加了一句套话"我们家当了官僚的那个孩子"。在找工作的时候，他报考了很热门的外资证券公司，但父母非常反对，声称"应该成为官僚"。父亲在他被分配到石油部的时候很高兴，但在他调到服务产业科时却说"还会有机会的"。不同于石油、钢铁这样的重厚长大型产业，一听说"服务产业科"这种部门，父亲可能觉得这是原口的工作评价有所下降的结果。

他们到底对自己有什么样的期待呢？一想到这些，原口就感到很压抑。他觉得，自己越是做好大家所期望自己做的，自己和家人之间的距离就变得越远。

现在，他有时候会觉得，那时所感受到的压抑感和后来在政府机关里的那种压抑感是非常相似的。

"我认为，社会上的规则已经发生了变化。"

在新宿的咖啡馆里第三次见面的时候，原口好像突然想到什么似的说了这句话。喝光了的咖啡杯已经变得干巴巴的。

"规则？"

我这么一问，他继续说道："是的，规则。"

"考上东大当上政府官员的话，就能生活无忧，这样一种规则。在政府机关干到退休，然后去私企继续当高管这样的人生历程。官员们经历了这么多好不容易才拿到的钱，很多人在很短时间内就赚到了。社会出现了这样的变化，但父母却根本不理解。他们深信不疑的正确规则已经行不通了。

"莲实老师在东大的入学典礼上，还说了以下这样的话。'东京大学毕业这一品质保证为期两年或三年'。社会上的感觉正在发生变化，东京大学的毕业文凭也只是在毕业两年或三年内有效，但这一纸证书能够在此后的四十年乃到死都有效的就是官僚的世界。他说，这样的日本甚是奇怪。我根据自己的经验想一下，也觉得确实如此。我认为，这种状态绝对是好的。当然，父母是知道东大和政府官员方面的情况的。但是，我无法抑制地想切换到已经改变的那部分规则中。"

直接触发他换工作的是供职于服务产业科期间的一项工作。在推进那项工作的过程中，他开始真切地企盼在"已经改变的那部分规则"中工作。

那年9月，他在石川县某个宾馆结束了一个月研修，刚回到霞关，就马上被调往服务产业科。在此期间，一个出乎意料的工作降临到原口身上。那个工作是以他为中心，推动婚丧嫁娶服务业，特别是有关结婚信息服务的行业振兴项目。本来这个工作是不应该委派给二年级官僚的，但那时正好人手紧，结果就选中了原口。

"于是，就召集了俗称结婚研究会的研究会。"

那时，正好是酒井顺子写的《败犬的远吠》受到瞩目的时候。研究会的主题是探明日本有关结婚的状况、产业的实际状况和问题点。

"未婚化和晚婚化之所以日趋严重，是由于女性的选项增加了，但需要弄清楚的是原因并不仅限于此。包括我父母在内，以前的婚姻是一般职位的女性和综合职位的男性结婚，女性从公司辞职，公司向身为前职员的夫人和职员同事之间的孩子支付家庭津贴，呈现出由公司支撑着家庭的形态。那是一种产生日本或婚姻的构造，但在就业形态发生变化的过程中，公司内部恋爱和领导的介绍、同一地区的邂逅变少了。减少的数量正好与日本结婚数量的减少相符。我把指出上述问题的有识之士都召集在一起。"

政府机关的工作要通过书面来进行。首先要写好构成整体框架的概要、主旨、讨论的方法和日程，然后备齐由此派生出来的资料。

"刚开始的时候很胆怯，因为这不是政府机关所擅长的协调性工作。而且，像石油部等部门由于长年累月积累了很多文件，因此所做的工作其实就是对这些文件进行一些改动而已，内容上没有大的变化。但是，这一次却需要自己开展独创性的工作。因为无法将已有的资料进行拼接，所以最初有些欲哭无泪的感觉。"

然而，实际开始工作后，在考虑初步构思的过程中，他体会到了进入机关以后从未有过的趣味。

在最初的一个月里，原口每天坐在座位上埋头阅读资料。说是资料，其实并没有完整的材料。首先要根据关键词检索互联网和政府机关的报告书，从中收集资料，列出那些经常就结婚问题发表见解的学者和专家的名字。

从第二个月开始，通过电话与相关人士约定时间，开始对他们进行采访。他特别注意的一点是，自己一定要前去登门拜访。这是他从自己所尊敬的领导那里学到的。大学教授、结婚服务业相关人士、研究所的研究员、评论家等，他一一打电话与他们约定时间，并在见面后递上自己的名片。在采访的过程中，结婚服务行业的问题点渐渐地明朗起来。

"七八成都是个体户，自我约束的规则很不完备，对个人信息的管理很随意，等待期解约制度的设计非常马虎。例如，合同为期两年，按规定应介绍 30 人。如果只介绍了 10 人，委托方就此放弃的话，以为能收回三分之二的钱，但对方会以'服务并不以介绍人数来衡量'为由拒绝退款，由此就产生了纠纷。"

他经历了几次面谈以后，和外面的世界建立了联系。某天，看电视的时候，利用互联网提供结婚信息服务的一位社长出现在节目里。原口立刻就去拜访了他，并迅速被他的人格魅力吸引住了。

"第二次见面以后才开始讨论问题。他把想讲的内容事先写在了笔记本上。这种工作方式和我的是一样的。在推进工作的时候，先写在纸上，把自己想讲的讲完后，双方一起协调对问题的看法，再一次得出结论。作为一名商人，单单热情洋溢地讲出自己的想法，并不意味着成功，但是在一个不成熟的产业中，他看上去光彩夺目。因此，在写报告书的时候，我从头至尾都和他进行了讨论。"

用了三个月，确定好人选，研究会随之成立。在此期间，他也完成了报告书。他制定方案，推进相关工作，汇总完成报告书。然后，将成果公之于众。他在很长一段时间里，忘我地投入到这一连串的工作中。

"最终，我强调的是，围绕着结婚的社会结构发生了变化，在公司和地域社会内部，过去连育儿都包括在内的那种婚姻已经无法实现，正因为如此，这样的服务业就不可或缺了。如果是这样的话，难道不是应该提供将其重新启动的服务吗？结婚以后生活舞台就发生了变化，要养育孩子，还要照顾年老的父母。此外，教育也是必不可少的。我在建议中提出，应该推动其发展成从摇篮到坟墓的终身支援服务。"

在万分迷恋中结束研究会的时候，他突然发现自己已经不愿意放弃这种"体验"了。他无法忘记在研究会第一次开会时大批媒体蜂拥而至的场景。按照自己的方案，从零开始完成一项工作并取得成果时的喜悦也令人难忘。从初中开始竞争带来的紧张感一直挥之不去，但不知为何在推进那个工作的时候逐渐消失了。

他想到，解答发下来的问题集，完成布置的作业，这就是以前每一天的生活。即便进了政府机关，情况也没有什么两样。虽说是考虑政策方案，但心里尽是盘算着诸如"这看上去连科长那一关都通不过""局长看了这个会说什么呢"这样的事。感觉上工作就像是在寻找已经在什么地方准备好的问题答案。在不知不觉中，他已经习惯于解答布置下来的问题。大概也因为这样，在开会时他坐在政治家和干部的身后，即便记着笔记，心里也总是感到一种说不清的空虚。

但是，在研究会的项目中，他感觉到远离了那种没有结果的"竞争"，有一种回馈社会的真实感受。自己出题，再进行充分思考。在这个过程中所体会到的那种充实感是从未有过的，这使他把长时间以来一直堵在心里的压抑感忘却了一些。

社会在这一瞬间提供了将自己长期以来通过拼命学习取得的学历、获得的地位、体验过的各种事情、能力和自豪感加以活用的机会。那么，仍旧在政府机关继续工作下去的意义究竟是什么呢？总理秘书官这一不知是否能实现的目标究竟怎么样呢？难道不是仅仅想看一下，从应试准备开始一路走来的道路尽头，究竟有什么能够让自己信服的东西吗？

研究会结束，写完报告书以后，原口被调到了以总务性质的工作为中心的服务政策科。他觉得，能看得见"发展前景"的世界比以前更加色彩暗淡了。

"有这么愉快的工作可以做，为什么必须去当总务职员呢？我在机关里，擅长于做计划。那时候我想，虽说如此，但我真正想做的事难道不就是将那样的项目运转起来吗？"

过去的生活方式就是遵从父母所描绘的"旧规则"，他虽然并不怎么喜欢，但也想着就按这个方式生活。

"规则正在发生变化"，这对他来说，就像一句有魔力的话那样掷地有声。与"社会的变化"没有关系，注视社会时他自己的眼神所发生的变化，改变了他眼中的社会。正因为如此，他觉得自己能够选择在"新规则"中生活。不同于父母所想象的"社会"，生活在自己所想象的"社会"中。之所以这样，是因为他发现如果这样想的话，过去认为集中在一条路上的未来，实际上根据自己的想法能够向各个方向拓展。

沿着一条"成功"的轨迹前行，这意味着什么呢？原以为越是不断学习，获得好的结果，将来的可能性就越能得到扩大，但实际上这种可能性是在消失。踏入社会后，眼前是一个如履薄冰的"减分主义"世界。这究竟是怎么一回事啊？如果不能坚定地认为那是自己所选择的道路的话，不知不觉中就很可能会用一种走钢丝的感觉，用一种胆怯的心情去面对工作……

泽那样的领导也许会说：如果想要做大的工作，现在觉得无比徒劳的工作也会有其意义；将来一定能在工作中体会到其价值所在。但是，面对年轻的原口，能够明确地表明这一"期待"的领导已经离开了那儿。

辞职的想法越来越强烈。

就在那个时候，有关公费留学的消息传到了他的耳朵里。

"能够去公费留学是非常难得的。制度本身是给像破抹布那样工作得身心疲惫的年轻官员一个待遇，派他们去国外留学两年。然而，我根本没有写申请书的心情，也没想在海外学习。已经不想再去大学，不想再学习了。即便有想解决的问题，也不想在大学那样的地方学习。冷静地思考一下的话，这确实是个非常好的选择，有 MBA 学位的话换工作时会更有利。但是，我已经不想拿那个学位了。"

如果去公费留学的话，还要在经济产业省工作好几年。

另一方面，他还是想去扮演外部要求自己的角色，这种想法还在纠缠着他。各种心情一出现，他就将其放到天平上去衡量。

"辞职的时候非常苦恼。促使我把眼光转向外部的是准备研究会时遇到的那位社长，因此研究会起了非常大的作用。真正准备辞职的时候，请他帮忙介绍了类似猎头那样的人，想去战略咨询等领域、适合官员们跳槽去的一流企业工作。但我其实是想在那个社长的公司工作。不过我现在想，前官员去那样的信息中介行业工作的话，绝对会被大家在背后指指点点的。我内心还是很讨厌这种情况的，因此在换工作时采取了不合本意的行动。

"我也拿到了一些内定。因为在学生时代很想做 M & A（企业并购），所以认为从事与此相关工作的理由较充分，就沿着这个方向找着新工作。但是，也并不能总是这样考虑问题。对父母，对关照过自己的人们，对自己，都必须说清楚。因此，既然已经决定辞职，就下定决心要亲自说明自己的真实想法。"

从经济产业省辞职以后，他在大阪的一家IT企业当监事，该公司主要承担企业的顾客管理等系统构建。给他介绍这份工作的，正是他在辞职时毫无保留地求教过的那位社长。他接着说，在一般的企业中，看到了很多过去没有看到过的东西。

"在现在的公司，第一次亲身体会到'自我实现'。由于那是没有制度性轨道的公司，因此设定制度性轨道之后，公司就按部就班地运转起来了。我能够亲眼看到各种事物在运转下去。于是，就能感觉到工作的成果——公司又建立了一项制度。在体系化以后，到大家能够自动遵守为止，花了三四个月的时间。那时候，就觉得成功了。在这家公司，我的工作是监管法律事务，核查合同，等等。这是个很难找到的职位，感到是一次非常好的经历。"

然后，他笑着说道。

"昨天遇到了一位五年没见的熟人，他说我'看上去非常轻松愉快'。在辞职之前，我一直在演戏，扮演着一个从东大毕业的精英公务员。"

他说，他非常想去结婚信息服务行业工作，但根据国家公务员法规定，他三年内不能在相关企业就业。于是，他在那个IT企业担任监事的同时，还建立了一个有关结婚信息服务的NPO组织"日本生活设计咨询协会"，逐步拓展自己的活动范围。

"我认为信息中介行业有很好的发展前景。为此，有必要改变业务模式，建立行业内部规范。在政府的项目中，没有涉及与信息中介业务相关的人才培养、资格制度等部分。因此，希望以NPO的形式来推进制订内部规范的行业独创性规则这一工作。"

他在经产省工作时培养出来的这些问题意识后来以"结婚活动热"

的形式被普遍化。另外，在 NPO 活动中，他积极推动将认证制度导入结婚服务行业，并在 2008 年实现了这一目标。

"至于父母，今年过年的时候，他们问我：'现在过得愉快吗?'我回答说：'百分之二百的愉快。'"我还清楚地记得原口有一次对我说的这些话。

"比如说，在政府机关担任项目主管的时候，一周左右不睡觉也毫不在乎。现在特别是在 NPO 活动方面，切实体会到自己在做喜欢的事情。工作能够不被当成工作，这就是一种'自我实现'。所以说是百分之二百的愉快。

"现在并不是处在那么安定的位置，但将来总是会有办法的，我是这么认为的。我当补习班的老师就能维持生活。总之，今后的人生是自己的事情，我从政府机关辞职后才开始这样想。诸如给父母添麻烦了这样的想法从此就消失了。"

"这样一来，"他继续说道，"选项不断消失所带来的不安也没有了。心情也发生了变化，觉得不用再往上面的台阶攀登了。"

2010 年，他在继续进行 NPO 活动的同时，又跳槽去了一家老牌瓷砖厂商，以董事的身份参与该公司的业务改革工作。

第8章　正因为总是不安，
所以只能不断前行

2006 年初夏，前一章的原口博光从经济产业省辞职，已经在大阪的 IT 企业工作了一段时间。

长山和史和平时一样，在上午 6 点左右醒了过来，他轻轻地走向盥洗室，以免吵醒去年刚和他结婚的妻子。洗完脸以后，他重新戴上眼镜，泡上咖啡，从信箱里取出了《日本经济新闻》的早报。然后，他来到了客厅，喝着热乎乎的黑咖啡。过了一会儿，他感到头脑清醒了，于是将报纸在餐桌上展开。

他喜欢读《日经新闻》。一个小时也好，两个小时也好，只要有时间，他就会读下去。

"这么如饥似渴地看《日经新闻》，我觉得自己真是个好读者。"他笑着说自己有时候会这样想。他说，甚至都想开个玩笑要让记者对他表示感谢。

他总是先大致浏览一下第一版，然后翻过来看末版。

这里有"我的履历书""经济教室""时鲜之人""领空侵犯""交游抄"等专栏，以及他最喜欢的体育栏目。在有关科技的报道中，他关注着在大学里的研讨课上学过的全球气候变暖问题，如果有企业合并、并购方面的报道的话，他会特别认真地阅读，并仔细琢磨。

那种能够在自己的世界里悠闲地尽情享受的早晨，是他婚后日常生活当中的一段短暂的快乐时光。

他在外资会计咨询公司业务支持部门工作，担任"尽职调查"的工作。这一年，他将年满二十九岁。

所谓的"尽职调查"是指在企业并购、合并等时候，对企业的资产价值等进行调查的工作。根据目的和对象，可分为"法务尽职调查""商务尽职调查"等种类，他所在的公司以详查财务和资产状况的"财务尽职调查"为主要经营业务。

从庆应大学经济学院毕业后，他先是在同样是会计领域的咨询公司工作，随后在半年前跳槽到现在的公司。这是个拥有约150名员工的公司，年收入也从原来的500多万日元升至800多万日元。这是一次成功的跳槽。如果今后能拿出好的业绩的话，不久之后薪酬大概还会继续上涨。

《日经新闻》是从大学二年级开始一直看的，但能如此兴致盎然地阅读报道的内容是在踏上社会以后了。在上个公司工作的时候，他坚持学完了会计，并取得了美国注册会计师（CPA）的资格。从那时起，他发现，原先自以为认真读过的报道内容，实际上只不过是粗读了一下而已，现在已经能够非常深入地吸收到脑子里了。

令人印象深刻的一点是，对于那样仔细阅读新闻报道的做法，他是用"更新"这个词汇来表现的。他说，每天早晨熟读报纸的话，就会有一种知识体系被更新的感觉。

例如，如果有针对年轻气盛的经济界人士的访谈的话，他就会有意识地回想以前读过的有关同一行业的报道，从记忆中找出早晨看过的商务类书籍的内容。他对每一篇报道都会仔细琢磨，反复推敲，使其成为新的知识。之所以有意识地这么做，是由于他认为"在日常生活中与各种各样的人接触的时候，如何拓宽自己的知识面，在构建人际关系网络上是非常重要的"。

"无论是多无聊的话题，都必须能很投入地谈下去。例如当时，以前公司的前辈告诉我，关于'早安少女组'的话题再怎么也要讲上一个小时。"

因此，他即使在公司里上班的时候，也要仔细确认雅虎上的新闻，有时候也会前往"mixi"的注册会计师群集的网络社区看看。这既是工作中注意力涣散时的小憩，也是为了将对信息的渴求保持下去的一种训练。

将一个报道与其他报道或过去积累的知识联系起来的话，脑海中就会形成一张信息"网"，而且每天都会被强化。在跟着这种感觉走的过程中，原来模糊的思考就渐渐地清晰起来，光靠咖啡还不能完全唤醒的大脑就有条不紊地开始转动了。在这层意义上，晨读《日经新闻》不可或缺，且具有仪式感。

但是，这一天他的目光停留在第一版的一个标题上，他比平时更仔细地读起了那篇报道。

不断往下读的过程中，一种自豪感油然而生。

报道的内容是这样的：某个大型电机制造商A公司集团中，下属的子公司B公司获得了别处的资金注入后脱离了该集团。这是他跳槽到现在的公司以后接手的第一个项目，报上报道的消息正好与这个项目相关。

大约四个月前他完成了对B公司脱离母集团所需成本的调查，这时距离他跳槽，刚过去两个月。

他的工作是针对并购项目，向买方企业"提供谈判材料"。具体来说，是在接到买方企业所委托的某个企业并购项目后，依据合同让卖方企业提供财务资料等。这样，就能够对企业的价值进行核查，但公开的数字到底反映了多少真实情况呢？从会计上看有几亿日元的利润，但在核定的过程中，扣除亏损部分，有时候"黑字"会变为事实上的赤字。

如果是汽车制造商的话，在 3 月底不择手段"注水"完成的销售目标，具有一定副作用的"无息促销"等都被视为应负面核定的事例。此外，即便是看上去具有实际资产价值的不动产，根据买方企业的并购意图，结果也可能估价极低。"每天，都坐在电脑面前，与数字对峙着。"他一边说道，一边回想着这次的项目，露出一副严肃的表情。

在有关 B 公司的项目中，他核定了脱离集团所产生的成本。对于 B 公司来说，依附在 A 公司集团旗下的好处是什么呢？健康保险费和养老金的条件、对于无法继续使用 A 公司信息系统的损失评估……但是，在那个项目的核定结束后，现在他正在与下一个项目展开搏斗，总觉得在那个工作中连续"与数字对峙"的日子已经是非常遥远的过去了。

读了报道以后，他心里出乎意料地产生了一种强烈的满足感。B 公司脱离母集团之事，是在前一天向媒体公布的。虽说他事先知道报道将按计划登载，但亲眼见到印刷铅字的时候，他感到自己所做工作之"重大"得到了证明，因而十分高兴。

"这篇报道中是这样写的，但……"他带着自己与生俱来的那种批判性的眼光，抱着一种稍许有些刁难的心理继续读着那篇报道。

"比如说，即便报道中说两家企业关系友好，但由于实际上企业文化等存在着差异，在实际工作中未必能够友好相处。另外，员工对企业的经营情况了解不多，对于被并购之事似乎有些吃惊。这篇报道较为善意地分析了这个项目，但实际上在其背后纠缠有更为复杂的因素。"

他对报社记者没有写的许多信息和内幕都了如指掌，因此很是得意。一想到自己比平时很是崇拜的《日经新闻》的记者知道得更多，他就感到心情无比舒畅。

读完所有的报道后，他合上报纸，去煎了荷包蛋，还烤了面包，做了色拉。

妻子快要醒了。

他从衣橱里取出妻子给他买的衬衫穿在身上，然后又选了一条颜色相配的皮带。如此说来，在早晨的时光里，一个人读着报纸，让妻子给自己挑选西装，这些都已经是结婚以后的定式了。

早晨8点。

和妻子一起吃完早饭后，他出发去公司，此时的心情比平时还要好一些。

2005年夏天，他在寻找新工作的时候，第一次看到了坐落在东京市内高层建筑中的这个办公室，当时觉得"就像俱乐部或龙宫一样"。

大楼稍稍有些旧了，但通往办公室的走廊里画着鲜艳的红色图案，每一个会议室里都配有能够用于电视会议的大屏幕。椭圆形会议桌的中心都装着细长的麦克风，椅子也都是红色的。后来听说这是CEO的爱好，但那种追求舒适、时髦空间的设想正中他下怀。

宽敞的办公室里分布着几个被称作"金鱼缸"的玻璃房间，部长级别的重量级人物在里面办公。他的直属领导是个德国人，坐在离他座位最近的地方，总是忙忙碌碌地工作着。因为经理要同时管理好几个项目，所以"金鱼缸"不断有人出出进进，能够看到大家用英语激烈争论的场面。

到公司以后，他坐在座位上，打开了戴尔的笔记本电脑。很快屏幕上出现了澳大利亚的埃利奥特女士岛的俯瞰照片。以前他设定的是"姆明"中登场的史力奇的画，去年他和妻子一起去那个岛旅游，被岛上的美景深深地吸引住了，于是就更换了照片。那是一个被珊瑚礁环抱的小岛，风景蔚为壮观。

一点击显示在屏幕上的文件夹，根据卖方企业所提供的资料等，他又开始了"与数字对峙"的一天。

如果是零售业的项目的话，仅Excel软件的销售数据就达几万行的规模。数据从一瓶香水开始显示，生产编号，日期，每一天、每半年、每一年的销售额，总计金额等数字无边无际地持续着。他一边看着这些数据，一边细致地调查那家公司所拥有资产的实际价值。每个店铺的销售额、单位面积的销售额、员工人均销售额……在不断变换分析基轴的过程中，要发现其中的问题点和变化趋势，则需要极强的洞察力和敏感度。

"比如，某个大型超市有 10 亿日元的库存。但是，那是新产品还是存放了一年的滞销品，其意义完全不同。而且，如果是商品滞销的话，过一段时间后能否卖出去也是问题。对数字的实际'质量'进行追踪，是我们的工作。正因为如此，必须从平时开始仔细了解社会的动向。"

接着，他说，核定企业价值的窍门是，把握买方企业究竟关注卖方企业的哪些方面。

是想要特定的土地和建筑，还是想获得人才，抑或是收益多的业务。在他们公司，怎样通过这些工作使核定的节奏有张有弛，在很大程度上是由每一位职员根据自己的感觉自行判断的。当然，作为公司来说，会准备一定程度的模型，并制订规则以便通过提交报告的形式开展工作，但这在实际工作中很难起作用。

"其实需要的就是识破水分的能力。看了数字以后，只是把它当做数字，还是看出其中的风险，这在很大程度上是由经验决定的。重要的是，关于并购这家公司的理由，如何去进行深层次的理解。通过对客户进行访谈，如果发现是重视卖方企业的收益能力的话，就要以损益表为中心开展工作。这是非常个人化的操作。"

1995 年前后日本每年的并购是约 500 件左右，但在长山 2005 年跳槽到这家公司的时候，10 年间并购案增加了约 5 倍。

根据《日本的并购》（宫岛英昭编著，东洋经济新报社）一书的说法，"上世纪 90 年代末开始的并购热始于以下两点。一个是传统产业为应对内外竞争而进行的重组，另一个是企业在泡沫经济时期过度拓展业务多元化后进行的业务重组。"

上世纪90年代末的金融危机所引发的银行合并、进入本世纪后"设备、债务、人员等三大过剩亟待处理的流通、建筑、不动产部门"的并购、基金的"战略性并购"都广受瞩目。2005年正是并购的数量迈向顶峰的时期。

因此，从刚换工作的时候开始，每天的工作都很繁忙。最让他吃惊的是，进公司之后根本就没有像样的研究。虽说是侧重工作经验型的招聘，但这也过于极端了。

上班第一天，他的工作是将某个零售业店铺的数据输入电脑。他一边努力去理解数据的内涵，一边进行着数据输入工作。他尝试着将有关该店铺的收益性中自己所注意到的问题提取出来，结果第二天就被叫去参加这个已经开始进行的项目。经理把资料交给他，并对他说："不管怎样，这个调查就拜托了。"这时，他觉得完全不知所措。因为是作为有工作经验的专业人才才会被录用的，因此即便领导什么都不说，也理所应当能够完成任务——他深切地体会到了公司那种严苛的眼光和态度。

另外，在开始工作后才知道，在这个外资公司工作，是非常孤独的，且容不得一点"马虎"。他在以前的公司主要承担的是会计的业务改善和系统导入等工作，但现在的公司氛围进一步增添了外资的色彩。

一个项目开始以后，具体工作主要是在卖方公司的会议室等地进行的。不管怎样，这是会对股价带来重大影响的"世界最贵的购物"。如果信息泄露的话，自己一个人的脖子是扛不住的。因此，各个项目都是用"比萨饼""动物"等代号、"丸之内""品川"等客户企业的所在地名来称呼的。而且，带着印有公司标志的包和纸袋去对方公司访问也是被禁止的。

"从对方公司职员们的角度来看，会议室里突然出现一大拨陌生人，大概就会想：'这帮家伙是干嘛的啊？'如果对方是传统的日本企业的话，有时候会受到类似于接待税务调查的待遇。我们的工作并不是尽可能便宜地压价购买，而是站在第三方的角度，提示适当的价格，但有时候很难获得理解。"

没有机会和承担其他项目的同事交流具体的工作，即使在办公室里，也不知道他在进行什么工作。在那样的过程中，大家会相互说些诸如"那个比萨饼的项目，怎么样了？""我去一下丸之内"之类的话。

"因为没有什么人教自己，所以我们公司的态度就是原则上由自己思考，怎么做都行。因此，就会请项目负责人进行评估：我是这么考虑的，你觉得如何？

"我们公司从根本上来说，注册会计师很多，大家都经历了痛苦的学习，并通过了会计师资格证书考试，担任监察的工作等。大概也正因为如此，知识共享的意识非常薄弱。自己一个人积累所有的知识，即便在工作中有些无所适从，也是一种无法找人商量的氛围。更别说私底下一起玩什么的，完全无法想象。在同事里也没有一个平时的玩伴。实在束手无策的时候，就去找指导咨询师和项目经理商量。即便在这种时候，说'不懂'也是禁忌。按规则必须先说'自己是这么想的……'。我觉得，因此养成了无论什么问题都自己思考的习惯，在这方面倒也有一些意义。"

但是，在这个过程中，有的职员会感到强烈的寂寞和不安。

特别是对于大学刚毕业就进入公司工作的新人来说，这样的公司是个极其严酷的地方。例如，来该公司工作一年以后，来了几个大学刚毕业的新职员。由于跨国的"越境项目"也很多，因此会英语就成了录用的最低条件。然而，大家虽然会英语，但却没有会计师资格证。虽然如此，在第一天进行了简单的新员工培训以后，就派他们去进行实际操作了。

他有时候会用复杂的心情看着坐在斜对面座位上的入职第一年的女职员。公司还没有派给她具体的工作，进公司后她一直呆坐在电脑前。大家虽然能够注意到她，但谁也不会和她打招呼。如果她问了一个比较"低级"的问题，就会受到别人的冷眼。

"不知道该做些什么。"

他仿佛听到了那个女孩不安的声音。

"新入职员工如果从未在东京住过，那么进我们公司的话，会非常辛苦的。"

如何交到朋友呢？

同一年入职的职员很少，公司里又到处都是冷冰冰的……

晚上在 24 小时便利店里站着读商业杂志，早晨读商业书籍，大家都经常说这是"提高白领的生产性"。Knowledge Management（知识管理）这一英语单词很流行，公司里也常说建立知识共有体系的重要性。然而——

"完全是背道而驰的。无论如何，这个公司非常不好的一个地方就是完全没有研修。"

即便是他，有时候也会感到孤独。在工作的过程中，从未形成过对项目整体的"团队意识"。"一项工作结束后，不会一起聚餐庆祝，就仅仅是结束了而已。很个人主义吧。因为自己的安排很重要，所以受到工作的干扰是非常令人讨厌的。好也罢，坏也罢，这种想法渗透在公司里。我不太有这样的想法，因为我认为工作也是自己的一部分。"

他觉得，虽说如此，之所以还能够毫不在意地工作下去，是因为妻子的存在。

"如果没有她的话，大概也会有非常痛苦的时候吧。结婚以后，有了一种肩负家庭重担的感觉。也许观念有些陈旧，但确实有了一份责任感，觉得自己必须好好努力。"

但是，虽说他理解那种"孤独"的一个方面，但他也并没有积极地去和新来的职员打招呼。因为在这家公司，自己考虑所有问题是一项原则，而且他觉得，展示多此一举的友善又有什么意义呢？

"诸如'这个不会''怎么办才好呢'这类提问方法，会让大家感到焦躁。因为是在没有自己想法的情况下提问，所以周围人的眼光也变得很冷淡。如果被认为不会做的话，工作量也会减少。她四处乱撞，但并不知道公司为什么不把工作交给自己。如果有人能指点一下的话，对她来说是大有裨益的，但这家公司的风格是只回答对方问的问题。于是，越发地不把工作交给她做了。但她本人仍不知道具体的原因，结果陷入了恶性循环之中。这就是被无视的恐怖之处。归根结底，光会说英语是没有用的。"

总之，这是他的真心话。正因为如此，他自己每天都坚持学习，从早晨开始仔细阅读《日经新闻》，每一天都注意培养思考问题的习惯。

他想，我们做的就是销售知识的生意，因此……从理论上来说，正是和客户在信息量、知识量上存在的差别，自己评估对方资产的业务才能获得唯一的价值。正因为如此，必须不断地坚持努力。本来就不应该有坐在椅子上发呆的空闲，如果不能总是接触最新信息，并与之搏斗的话，很可能会产生危及自己的生存的问题。

"像我们这样的行业，通过销售知识从顾客那儿收取高额的费用，因此无法提供相应服务的人就应该离开。"

但是，他这种尖锐的意见，与他所抱有的那种莫名的不安是互为表里的。

即便是自己第一次来这家公司的时候，他反复这么想着。有时候，顾客方的负责人员是在同一公司工作了十年、二十年的老资格；在一些行业的业务中，不懂的单词不断涌现，让人摸不着头脑。

即便如此，"如果被顾客抓住了弱点的话，就一切都完了"，要想办法掩饰一下，牢牢地把控话题的主动权。随后，在下一次见面之前要好好做一下功课，变得比对方更熟悉具体情况。他认为，即使今天还有很多事情不知道，明天也要成为这一领域的专家，这样一种态度是必不可少的。只有这样才能培养出"能力"和"魄力"，这不正是在这种咨询公司工作的意义所在吗？

"会计师也有各种各样的，只知道过去的会计知识的人根本没法用。大家都利用公司的制度，积极接受会计讲习会等外部的训练。"

在那种氛围的公司里，不知所措的新人们将来会怎样呢？这么一想，就会觉得稍许有些残酷。

"不适合的话，辞职就行了。投身到全新的世界中，如果不能大展身手的话，就只能这样了。"

那些话大概都是他说给自己听的。用那样的视角审视一下公司内部的话，结果很明显就是"脑子好的家伙"留了下来。感觉上，毫无遮掩的生存竞争正在悄然展开。

那么，存活下来的同事们接下去的好多年还会继续供职于这家公司吗？这又是一个疑问。根据他的观察，包括他在内，同事中想要出人头地进入"金鱼缸"的人似乎一个也没有。有技术，能干活，对公司没有归属感——如果是公司的风格使人才外流的话，也就罢了。每当看到"尽是抱有这种想法的人"留了下来，就会觉得公司内部"冷冰冰的氛围"今后肯定会进一步加重。

平时，他不会去仔细考虑企业并购后的状况。在尽职调查的过程中不会去见实际工作的职员，即便有见面的，也不过是对经理级别的人进行财务上的访谈调查而已。因此，对他来说，在工作中打交道的"企业"只是数据方面被罗列着的一整套数值。

但是，来到现在的公司不久之后，某一次他深切地感受到，自己的工作是面对着一大群"正在工作的个人"。某一天，换工作时面试他的领导突然这么说道：

"长山以前工作的公司，其实是由我们进行的尽职调查。"

仔细一想虽然是可能性很大的事情，但他还是不由得感到自己受到了命运的捉弄。

有关并购和尽职调查，公司内部具体做些什么工作，在换工作之前他并不清楚。但是，现在已经很了解了。咨询公司没有土地和工厂，因此所谓的"资产"主要是"人"。这时候，就以经理级别有多少人、各部门职员有多少人的形式，推算出资产价值。

"照此说来，我也是以'一个人头多少钱'的形式被计算过的。"

这样的话，自己到底有多少价值呢？

"明天就轮到我了"，他稍稍感到一丝寒意。

他在职期间，前一个公司的咨询部门被某个大型 IT 企业收购了。因那次收购所导致的"企业文化的变化"是使他下定决心换工作的最大原因。

这大概已是四年前的事了。

"新闻！新闻！"

一到公司，同事就大声叫着。

这是怎么一回事啊？一边想着，一边打开邮箱，看到那里有一封社长发给全体员工的通知。通知里写着，本公司"正式被 C 公司收购了"。

"什么!?"他不由得惊出了声。

C 公司是计算机软件和硬件制造领域的知名大企业。它竟然收购了他所在公司的咨询部门。这是个会让财经类报纸兴奋的大新闻。

不知道是由于不安，还是对有关自己公司的重大新闻感到兴奋，周围的同事们都显得既紧张又活跃。

但是，他的惊讶并没有持续多久。虽说是被收购了，但对其可能会带来的影响完全无法想象。

"不管怎样，C公司也是个大公司……"

他心里也有这样一种想法。

几天后，送来了印有C公司标志和公司名的名片。要说变化，也就这些而已。他在电话里将这事告诉远在大阪的父母时，他们倒是很高兴，因为这家公司的名字谁都知道。过了一段时间以后，他也觉得，"也没什么，要说不错的话，也确实还可以吧。"

关于收购的影响，实际上他从一开始就没有时间好好考虑过。在那个时候，长山的主要工作是客户企业的业务改善。某金融公司导入新的顾客管理系统时，他参加了该项目团队，那时他作为系统销售，工作异常繁忙。

"通过会计所实现的财会领域的效率化、会计体系的导入等，以会计为关键词，开展咨询工作。白天，要做客户方面的业务，所以暂时停一下系统，到深夜再进行测试和监视。这些工作一般都会交给刚进公司一至二年的年轻人做。要确认系统是否运行良好，出现故障的话，就要想方设法查找原因。"

总而言之，工作非常辛苦。24小时运转，两班轮换，每周三天或四天为夜班。晚上9点至早晨9点，在客户的办公室里排好办公桌，和同事们一起默默地工作着。在系统的导入完成之前，基本上不会回自己的公司，因此他们公司所配备的座位只有职员人数的一半左右。

深夜，其他部门的灯基本上都熄了，只有在空荡荡的办公室的一个角落里还闪着荧光灯的白光。在回响着键盘敲击声的房间里，他反复进行着系统测试。

输入一个数据以后，相关的其他数据是否正确地显示出来？显示的结果是否与测试事例保持一致？

在数据不显示或显示错误信息的时候，"输入→经过→输出"的过程跟随测程仪，查看系统运行到何处，预测可能出现故障的地方，并通知程序员。那样的操作，——他称其为"不停点击的猴子工作"——周而复始地持续下去的话，渐渐地头脑就变得不灵活了。

即便如此，在作为项目参加者工作的九个月中，尽管他认为工作很"艰苦"，但也没觉得工作很"痛苦"。他喜欢与长时间一起工作的同事们之间所产生的那种"命运共同体式的连带感"。大家都住在公司里连续几天做同样的工作，有一种开完通宵后的兴奋感包裹着疲惫不堪的整个身体。不知是谁说了个很无聊的笑话，逗得大家笑个不停……有时候订个比萨，大家一起吃的时候，有一种"集训式的氛围"，职场开始变得一团和气。工作结束，去喝酒的话，能够体会到好像是学生时代的延长那样的心情。

他喜欢从痛苦中萌生的喜悦那种感觉。"例如读高中的时候……"他说道，"在文化祭等活动中，我是'热血型'的。做了假面骑手和五连者等的服装，表演了'难忘的英雄系列'，等等。"

那种"类似于搞活动的气氛"使他的干劲成倍增长，由此产生的"同甘共苦的伙伴"这一意识给工作本身带来了"活力"。这种"活力"虽然与众不同，但令人愉快。

他想：这种事情只有在年轻时才能做。正因为如此，在对"猴子工作"的重复性劳动感到无奈的同时，另一面，还有着自己现在倾其所有投入在工作中的真实感触。

另一方面，还有这样的考虑。

"到了四五十岁，怎么想也不可能再延续这种工作方式。以前的公司整体上很年轻，到三十五岁就已经担任管理工作了。去第一线工作的是更低年龄段的人。实际工作后才了解到的是，总而言之第一线的工作过于辛苦，三十五岁以上的人在体力上扛不住。"

该公司的离职率很高。2002年和他一起进公司的约有150人，但到了四年后的 2006 年，只剩下了一半人。

而且，在这些日子里，他的另一个感受就是"置身于竞争对手很多的地方，是无法取得成功的"。

"我即便拿不到 100 分，但也不会不及格。我认为这是我的强项。虽然并不是能力出众，用高尔夫来做比喻的话，就是能够打完 18 洞的配角。我有信心能够完成工作。"

但是，他在工作过程中，深切地感受到周围的同事里有"像妖怪一样的家伙"。几位特别优秀的系统工程师，能够三四天不回家，像机器那样不间断地干活。

早晨，他来到公司的时候，看到几名系统工程师横七竖八地躺在地板上。过了一会儿，他们突然起身继续进行着相同的操作。看着他们的身影，他想："我是做不到的。"（他即便是开通宵，也会在沙发上打个盹儿。）

"IT 行业从业人员较多，从位于金字塔顶端的企业到分包企业，再到下一层分包企业，多得数不胜数。在那样的地方，要想成为第一是非常困难的，而且还需要一些运气。在以前的公司之所以会想到换工作，其中的一个重要原因是由于很难感受到自己的稀缺性。我想：即便没有自己，还有其他能够胜任的人，只要聘用他们就行了。

"在并购行业工作的人还比较少，被替代的可能性也相对较低。想要取得成功，就应该去概率高的地方。不管有多优秀，即使拥有一流的技术，在分包的公司工作，可能性就不太会提高，而且还可能会突然被收购或破产。那样的话，自己还是想去能够提高自己市场价值的行业。这样的想法在当时已经存在了。"

这个想法和其他一些因素结合在一起，最终决定了他的跳槽。

收到社长的邮件大约过了半年以后，收购所引起的变化开始显现出来。公司里被加以强调的方针是，重视与 IT 相关的咨询业务。自己觉得"到了四十岁时不可能做到"的系统导入业务就这样正逐步变为全公司的主力部门，这是让他觉得不可思议的地方。

虽说刚进公司一两年的新员工确实有很多那样的工作，但将来会在小规模的项目团队中工作。他希望从事的，是会计业务的改革和咨询工作。对于他来说，连睡觉时间都不能确保的系统销售员的工作只不过是为了达到目的而不可或缺的"经历"而已。然而，被收购以后，风向一下子就完全变了。

"确实，从生意的角度来说，系统导入也许更为赚钱。项目的金额一般是根据投入咨询工作的人员数量确定的。如果是业务改革的话，即便投入一两百人也没有意义，因此总体上人数较少，多的也不过五至十人。要是大的系统导入项目的话，会一下子投入一百至二百人规模的工作人员。因此，作为公司的方针来说，合同金额大、盈利更多的项目更好。在此过程中，我感到自己的'个人发展'和'公司发展'在方向上出现了分歧。"

具体的变化以其他形式降临到他的身上。

某天，他以系统导入项目成员的身份工作的时候，C 公司一名年近四十的职员被作为项目经理派了过来。在此以后，他感到公司的氛围一下子变了。

"无法进行沟通。"

这是他对新上级的感受。

在 C 公司积累了很多经验的上级作为编程员，拥有令人羡慕的技能。但是，这对于自己这样的下属并不一定有什么好处。上级坐在座位上，一刻不停地盯着电脑的屏幕，默默地工作着。如果光是这样也就罢了，问题在于和他说话非常费劲。

"那个……"他试着打招呼。

"对不起，在您忙着的时候，非常不好意思，能否浪费您 5 分钟时间。"

于是，对方这么回答。

"不行，现在很忙，你给我发邮件吧。说话留不下记录。"

上级希望所有日常的沟通都通过公司内部的信息系统来处理，看着上级的这种态度，他感到非常厌烦。

"作为技术人员，他非常优秀。实际上，一讲到技术性的话题，他会变得非常健谈。他写起程序来速度也非常快。但是，我认为他不适合经理的工作。他尽做些让别人厌烦的事。他和客户无法沟通。由于无法沟通，因此不能将顾客的需求很好地放入系统。有可能在传统上，C 公司不太会彻底更换项目经理和团队领导。"

另外，还有这样的情况。

在系统导入的项目中，有多个团队承担着各不相同的部分，全部汇总后，形成一个系统。因此，项目领导要经常和其他领导交流信息。但是，这种横向的合作进行得不像过去那么顺畅。

"作为大前提，有些工作是必须事先完成的。这些工作不完成，我们就无法启动。由于未能确认好，实际进行编程的时候，就发现前面的工作尚未做完。"

于是，就从其他系统把数据转过来，但由于没有其他团队的数据，所以一直无法将其变为销售数据。这在以前是绝对不可能发生的失误。

"为什么会无法完成呢？那种事即便没特意说过，也应该明白的。"

面对着坐立不安的上级，他心里想：还不是因为你不好好联系的结果？但自己只好道歉说："对不起。"

为什么要在这种没有意义的事情上花时间，使得心里焦躁不安呢？

"那个大叔，根本派不上用处。"

和同事这么说着，尝试着排遣自己的烦恼，但也没办法阻止他工作热情的减退。

"他们是在 C 公司的软件部门工作多年以后，转到咨询行业来的。因此要成为项目领导，最少需要十年，有时候需要二十年。简而言之，和他们之间开始有了代沟。而且，他们的工资非常高。从这些意义上来看，收购完成后很多人被派过来，是会产生很大冲击的。"

例如，长山经常使用的词语中有"市场价值"一词，那对他来说，意味着"会做别人所不会做之事的人"。对经理和经营者之类的管理人员而言，与按照交代去做分配下来的工作相比，驾驭别人的能力才是尤为重要的。"很好地完成分配下来的工作只不过是在学习的延长线上。为了再向上走一步，要将自己的想法传递给下属。"这一能力也是不可或缺的。他认为，越是那样的人士，市场价值就越高。

但是，在被并购后的公司所感受到的是一种不满，原因在于，被派来的上级领导未必是具有较多"市场价值"的人。

"作为程序员很优秀，那就应该准备好针对那种人的职业发展道路，但这家公司却以论资排辈的方式将他们任命为经理。我认为这非常不合理。好也罢坏也罢，在日本还是残留着论资排辈的地方。不是说四十岁的人的工资不能降吗？由于只能上升，不能下降，因此在与自己的能力没有关系的地方出现变化的时候，自己的价值就相对下降了。我非常反对这样的事。"

长山在讲述有关事业观和自身情况的时候，总是像在讲别人的事一样。

记不清是在第几次采访的时候，我指出了这一点。"以前的领导也曾讽刺我说：'你就像个分析机。'"他笑着说道。但他马上又举出他最喜爱的足球运动员中田英寿的例子接着说下去，但这恰好反映出他的性格特点，给我留下了深刻的印象。

"中田也说过这样的话：'即便在恋爱的时候，也总是进行着分析，我认为这样的自己是正确的。'我对这话很有共鸣。但是，分析机这一个侧面虽然是自己的优点，但有时候也会成为一种枷锁。凡事非常当真，以至于无法忘我地投入。"

如此这般，长山对自己所说的话本身也总是在进行着客观的分析。

他说，在他的人生中，仅仅有过一次，在别人面前毫无顾忌地大哭一场。那是在1997年冬天，他复读一年后报考京都大学法学院，但却名落孙山。

1977年他出生于大阪，父亲在大公司工作，母亲是家庭主妇。他在这样的家庭里长大，从小学习成绩就一直很优秀。

"考试时总是100分。读小学和中学的时候，由于和其他同学说话，经常被老师批评。我会顶嘴说：'即便不听老师的课，我也能拿100分。'我就是这种让老师生厌的孩子。我觉得，只要学习不就行了吗？因此，虽然拿了100分，但在通信簿上老师却只给打4分。"

他从公立初中升入公立重点高中，一心想考京都大学，现在想来当时执着得不可思议。

"总之，就是能否去自己决定要去的大学。去不了第一志愿的话就算输了。因为考虑的只是能不能去自己想去的大学，所以从来没有过，虽然是保底，但进了好大学这样的念头。当时想的净是在和自己的对抗中能否战胜自己。因此，挫败感极强。"

在复读时就读的应试补习学校河合塾，他总是能获得甲等的成绩。父母、自己和老师都认为肯定能考上。但是，1997年的中心考试里有一个陷阱。由于是从旧课程向新课程转换，因此这一年进行的两次考试之间，问题的难易度有一定差别，两者的平均分也不同。在这过程中会有一种"陷入束手无策状态"的感觉，这种感觉在他心中根植了很强的挫败感。

"我考了旧课程。我数学很拿手，模拟考试时总是满分，但在考试时无论怎么思考都答不上来，心里非常焦急。当时极为慌乱，结果那种不好的印象一直延续到考其他科目的时候。"

知道京大落榜的时候，他打电话告诉家里"没有通过"，然后在回家的电车上泪流不止。自己的努力没能开花结果，实在令人懊恼不已。

"其他还有很多好大学呢。"

回家以后，父母这么对他说，但这话完全起不到安慰的作用。在复读期间，他每天拼命地学习。他把时间全部用在书桌上，觉得自己比任何人付出的努力都多。然而……他越想成功，就越觉一种失败感在心里不断膨胀。

即便在进入庆应大学经济学院以后，那时候的心情也仍在延续着。那就是他对常挂在嘴边的所谓"自己的市场价值"所抱有的一种失败感。按照自己的实力，是应该在其他地方——京都大学学习的。他无论如何也无法从那种懊恼的感觉中解脱出来。结果已经出来了，并没有比这更好，也没有更坏，但他没法这么想。

"同一所大学考了两三次，平均下来，也应该能考进去了，然而结果却不是这样。就是这样一种想法……"

他之所以会对论资排辈的社会和原口所说的那种"能看清将来的世界"抱有明确的违和感，上述想法正是其间接原因。如果没有"给予自己正确评价的企业"的话，高考时所感受到的那种懊恼将会延续下去。

在大学一年级的时候，他体会到了从未有过的孤独。他和别人一样参加了同好会组织的迎新会，但在他眼里，自己和同龄的学生们聚在一起的样子，仿佛发生在一个非常遥远的世界里。他对所有的事都感到很无聊，很愚蠢，甚至想过当假面浪人①得了。

---

① 假面浪人："浪人"是日语中对复读生的称呼。已是大学生身份，仍在准备重新考大学的人则被称为"假面浪人"。——译注

也许有人会说，庆应大学难道不是非常好的大学吗？但是，他却无论如何也没法这么想。并不是因为想进京都大学，而是因为没能实现自己所设定的考上京大的目标，而且自己也认为应该能够实现这个目标，由此就有一种无法克制的悲凉不断在心里浮现出来。

第4章中的大野健介觉得，齿轮一停下来就会后退，因此只能拼命向前跑。长山的心情和这种感觉是相同的。他自己定下目标，实现以后，立刻在自己心里设下更高的障碍，通过跨越这一障碍，使"现在"的自己不断前进。如果站在障碍面前呆立不动的话，那就一步都无法前行了，这样一种强迫症似的焦躁感一直存在于他的心里。

在此期间，长山想去国外。为了攒钱，他将精力都投入到打工之中。每天晚上他都在24小时便利店打工，吃店里废弃的过期盒饭以便省下伙食费，同时他还在家庭餐馆里打工。上课只是大致应付一下，每月的工作时间有时甚至达到270小时。在乘坐电车时，他累极了，几乎就要跪下来睡着了。但即便如此，他就像要逃避什么那样，不断地打工。他想做些应试和大学以外的事。他说："想离开主流方向。"

在学生时代，他利用廉价航空公司的机票，去过30多个国家徒步旅行。"最喜欢的是中南美洲。去过中南美洲两次，几乎到过那儿的所有国家。怎么说呢？和日本完全不同的地方非常吸引我。去玻利维亚的时候，发生过这样的事。坐公共汽车从首都拉巴斯前往与巴拉圭交界处，大约需要12小时左右，途中汽车发动机突然熄了火。在什么都没有的荒野中只有这一条道路，想着等其他车过来的时候向他们求救，但不管怎么等，根本没有车经过。其他旅行者都已经发怒了。有些人等得不耐烦了，就打的走了。"

他直到现在还清楚地记得，那时候当地人反复说着"特朗基洛"这样的话。

"用英语说，就是'Take it easy'那种感觉，不管什么都是'特朗基洛'。在西班牙语中，是'没关系，别放在心上'的意思。我特别喜欢这句话。这是一种有什么事的时候，就说'特朗基洛'的文化。在日本自己生活得非常小家子气，'特朗基洛'不正是对此完全否定的一种思维方式吗？日本的高考本身就非常小家子气。我大概是感受到了那种违和感。"

体验了海外旅行之后，他终于甩掉了对京大的执念。但是，对"主流方向"的抵触感，却一直挥之不去。他在就业的时候，极力避开银行以及被称作"铁饭碗"的企业。他对"校友校招制度"感到特别厌烦。

"大学已毕业的校友回到学校，同校的学生们围拢过来，等着被提携。我没有接纳这种封闭式的构造。这种不打开大门招聘人才的公司应该不怎么样。"

他的心境和前几章中的原口、今井是相同的。他是这么说的。

"在某种意义上是有些性急。想法就是，等不了十年、二十年。因此，在读大学期间，也净考虑在短期内能够积累多少经验。有些人觉得衔着手指等二十年的话就能出人头地的世界很好，有些人认为在二十年里前往各种企业、做各种工作、经历各种事情更好。我完全属于后者。因此，官僚之类的按部就班的世界，我完全不予以考虑。如果不是东大法学院毕业的话，根本站不到同一条起跑线上，我是不可能选择的。"

这样，对于已事先准备好的"轨道"这样的东西，他是绝对想要回避的，于是就希望去外资咨询公司工作。他对于行业和职业并没有太多的要求。在那时候，他还只是一个学生，"外资"这一关键词很自然地唤起了一种"能够正确地评价自己能力的印象"。

——C公司的收购所导致的"企业文化的变化"浮现出来没过多久，他和被认为"吃同一锅饭的伙伴"的同事们在东京市内的另一处办公地点。这时候，已经对公司抱有一种愤怒的情绪。

"组织发生变动以后，又一次开始了以掌握有关操作系统的知识为目的的研修。研修的对象是入职两年以内的职员，即便是已经去现场办公的职员也被包括在内。也不问对方的情况，一律进行三个月的研修。当然，作为公司的方针，这也没什么错，但自己一直在拼命工作，为什么还要参加研修呢？从自己的角度来看的话，感觉很不舒服。自己非常积极地工作着，但是……和自己同一年进公司的同事中，有的已经辞职，也有很多人听说要参加研修就辞职了。这成了引起大家跳槽的导火索。"

在研修期间，他有生以来第一次对上班感到厌恶。早晨7点一睁开眼睛就想："真讨厌，不想去啊"。研修也许确实很重要，这家公司不进行研修，只是拼命让大家干活。在这个过程中，所掌握的职业技术重新启动，并自学了编程的基础。那么，从那个工作持续到深夜的项目中所获得的经验又是什么呢？

早晨他早早地前往研修所，坐在合适的座位上，将笔记本电脑连接上网。他将耳机戴在耳朵上，听着网络学习的内容或有关C公司制品的课程，"太无聊了，身体疲惫倦怠"，那种马马虎虎的态度正在增强。

在这一连串的研修体验中，他开始感到"焦躁"。随着被收购后的变化变得明显，公司以"研修"为起点的"轨道"虽然还看不清全貌，但已经开始显现出来了。这一"轨道"的出现，使他产生了"时光倒转那样的不安"。这种不安是此时他最为厌倦的东西。

"先进入研修中心学习操作系统，随后当五年小跟班，再当五年项目领导，然后升任经理成为干部……我觉得，还是要花很长时间。也许过去会说那是一步一步脚踏实地升职，但对于那些安心于这种职业规划的人，我完全无法理解他们的想法。要花多少年才能做自己想做的事？是五年后，还是十年后？这样一想，前途反而让人感到不安。完全看不清将来。希望现在马上就做自己想做的工作。话虽如此，但却做不到。那就让人无法忍受了。"

在研修的过程中，他并没有下定决心从公司辞职。因为厌恶，所以辞职；因为大家都辞职，所以我也辞职——他不想做出这样的选择。他想，无论多么无聊，能够挺过这三个月的话，就应该能回归原来的工作。

然而，三个月的研修结束后，他看到了公司内网上发布的晋升和涨薪对象的名单。

打开 PPT 的共享文件时的心情，用他的话说，就是"不能原谅"。

"虽然规定入职两年以内的职员一律要接受研修，但不知什么原因，也存在着例外。现场的工作虽然并不是那么忙，但由于无法脱身，因此有些人没有去研修所。因为在晋升的制度体系中，现场的实际工作业绩也是评价的对象，所以包括 OJT 在内，要求有一年左右的研修时间，接受过研修和没受过研修的人之间会有差距。碰巧找到好的借口搪塞过去没去研修所的人反而先晋升，公司的做法真是臭名其妙。"

如果像以前那样，住在现场作项目最忙的时候，也许就没有参加研修的必要。那种决定和他自身的能力，或者用他的话讲就是"市场价值"，没有任何关系，只是公司为了应付了事的结果而已。

"公司在表面上声称，不那么做的话，就不会成为不利条件。但是，结果既有将已经参加项目的人硬拉出来的情况，也有人未被拉出来。我想知道具体的基准。那么，只要自己胡搅蛮缠，就可以不去，一想到这些，就觉得太无聊了。"

那意味着，自己的"市场价值"相对地且不当地被降低了。这一瞬间，勉强还剩下的那一点留在公司的想法被一下子吹散了。

但是，他又绝对不想被认为是嫉妒获得晋升的同事。因此，他没有把这些想法告诉一起接受研修的同伴们，把愤怒埋在心里。

"等着瞧吧。"

那时，他已经开始了获取美国注册会计师资格的相关学习。最初是因为觉得这对会计部门的业务改善工作有帮助。但是，现在公司既然已经改变了发展方向，他的想法也就发生了变化。他打算一取得这个资格证书就换工作。

我在日本国内和长山最后一次见面是在 2009 年初。

他决定从原来的公司辞职以后，在咨询公司专用的人才中介公司注册，仔细地将自己的志愿和有可能去的公司放在一起进行推敲。他在专业咨询顾问的指导下，开始检查自己的履历，并接受了几次模拟面试，同时还用他天生的认真态度学习了有关企业并购行业的书和资产评估的相关知识。

在面试这种一期一会中，如何才能在对方面前将自己表现得令人心情愉快，能否给交谈增添一份附加价值，这些都很重要。他留意着尽量把话讲得漂亮一些，在他热情洋溢地讲完有关资产评估这一工作的社会影响力等之后，面试考官说："你学得不错啊。"

就这样，他跳槽到现在的外资会计咨询公司工作，时间也已经过去快要三年了。

2007 年下半年次贷危机发生以后，他周围的情况也出现了不小的变化。热血沸腾的投资基金所进行的并购案件减少了很多。他的业务本来就和海外的案件关联较多，因此也同时减少了。第二年，客户中拥有自有资金部门的大规模基金逐渐消失，公司整体的职员开工率进一步下降。

他说，与此相反，"同一行业内部实业公司之间的并购案件"变多了。

"参与者有了变化。实业公司和基金是完全不同的。简而言之，如果客户是基金的话，对能否赚钱非常在意。与此相对，实业公司很重视在库管理、收购所带来的协同效果等具体事业的状况。也就是说，所关注的指标不同。我个人更喜欢基金，因为他们这样的客户能给人很高的紧张感。"

有时候，项目和项目之间空着，能够早早地回家，这在以前是无法想象的。前年，长山的第一个孩子刚出生，他说，傍晚回到家里，会给孩子在浴盆里洗个澡。说话时，他的表情很舒展。

虽然身边出现了这些变化，但他对一直以来所说的有关工作的"价值观"好像进一步获得了强化。

2008年，他给自己设定了一个目标。这个目标——以前就开始考虑——就是从现在的公司辞职，出国留学攻读MBA（工商管理硕士）。我和他最后一次见面的那一天，是为了祝贺他终于考上了MBA排名"前十名"（U. S. News公司2009年发布）的一所美国商学院，同时也顺便对他进行了采访。

"已经有了家庭，孩子也还小，却要从公司辞职，投入大量金钱，去国外留学。在旁人看来，这样做会把家属都卷入其中，为什么要去冒这个风险呢？"

随后，他马上又用平时的口吻继续说道，但这对自己来说并非如此。

"这对于我来说，是自我防卫。"

2008年入秋以后，受到"百年一遇的金融危机"的影响，自己所在公司的工作大量减少。日本经济也陷入了萧条之中，很多负面的新闻开始流传。

但是，那样的情况对他来说，并不是促使他改变过去的想法和生活方式的事件。

"自从我读小学时泡沫经济崩溃以后，大家一直在说什么不行啊，危机啊，失去的十年啊，下岗风暴啊，等等。因为在这样的环境中长大，所以大家叫着危机什么的，是再普通不过的事了。对于市场和社会的变化，不会有超出需要的期待。"

例如，即使丰田汽车公司出现几千亿日元的亏损，他也会想起，在自己学生时代，日产汽车曾遭遇到比这更深的"危机"，卡洛斯·戈恩被派来当社长。

抑或是，小泉改革之后的景气也并没能让人真切地体会到。在进行求职活动的时候，觉得自己很优秀的同学和朋友中，没能找到理想的工作，或没能按时就业的人为数不少。他认为，如果不加以维护的话，"市场价值"只会相对下降，因此他自行设定了很高的目标，通过跨越这一目标来提高"市场价值"。

那些是被称为"迷惘的一代"的那代人所特有的感觉，作为就业冰河期的"胜者"，他还抱有如下看法。

"在那样的时代踏上社会，现在觉得并不是件坏事。因为就业的时机不好，所以后来再遇上'百年一遇的危机'，也并不会感到吃惊。"

工作量的减少和时间的富余是非常恐怖的。对他来说，止步不前就等于是后退。"现在吸收什么，就像全身击打那样，将来会起到作用。"在这个无法依靠企业组织的时代，既然想要不断地取得成功，那么在他的心目中，选择留学攻读MBA学位，就是一种在社会变化中保护自己和家庭的行为。

在这大约一年半的时间里，他对时代所给与他的大部分时间，并未感到无所适从，他将其都用于以"职业提升"为目的的学习。

"我想，将来如果能在投资基金工作就好了。比如说，如果自己能够成为投资者，从事经营重建工作的话，年轻的时候就能够从事与经营相近的工作了。"

为了实现上述目标，选择MBA应该是最近的道路了。

自己才二十多岁，不能留下空余的时间，不能止步不前。"回想起来的是在换工作之前，他参加CPA考试时学习的样子。"对于丈夫总是在不断拼命努力的那种状态，长山的妻子回忆道。

"他早晨5点开始学习，那时我还没醒。下班后，他到附近的咖啡馆去学到很晚才回家。总之，睡眠时间很短，吃饭也就是三明治吧。我很担心他会把身体搞坏。然后，孩子出生以后，又是MBA。说实话，我都不知该如何是好了。我觉得，现在这样不是挺好的吗？"

像电话号码簿那么厚的参考书堆在厨房的桌子上，长山在那儿忘我地学习着。看着这样的情景，她就想：为什么一定要这么努力啊？有一次，她直接向长山提出了自己的疑问。于是，他用一副非常认真的表情，给了她一个难忘的回答。

"我喜欢总是不断地向前奔跑的状态，以及朝着既定目标不懈努力的样子。"

在讲着自己的目标和理想的时候，气氛变得有些耀眼，看着这种情形，她已经不想再说什么了。

在妻子这番话的基础上，长山对我说道："说实话……"

"停下来的话，会感到不安。说实话，正因为自己没有自信，所以就得不停地向前跑。总之，大概是想通过奔跑，来掩饰自己的不安吧。"

我一边听着他说话，一边想着他以前用其他形式所描述的工作中的"不安"。那时候，关于新来的女职员的"孤独"，他斩钉截铁地断定那都是个人能力和努力的问题。

"我一直在有意无意地思考怎样才能缩短时间。虽然知道留在同一公司的话，五年后肯定能做这些工作，但如果在其他公司有机会马上就做的话，就会毫不犹豫地选择跳槽。有一种超越了时间的感觉。是以公司为基础的自己的职业规划，还是以自己为中心在某个公司里工作？我的感觉是应该反向操作——因为自己想做这个工作，所以选择与此相符的公司。"

说完这些话，他却又减弱了语气，说道："也并不是没有不安"。

"和以前的公司不同，现在的公司里没有一个领导会像长辈那样批评我们。接到某项工作，就去完成。在考虑这样做是否合适的时候，也只能是自己进行决断。在意见直接向上传递的时候特别是这样。他们会怎么看自己呢？总有一种不安感挥之不去。在那种情况下工作的时候，总是有一种被催逼着的心情。好像和应试时的那种心情很相似。是自己在逼自己。"

但是，他会故意选择那些对个人的不安等完全不予理会的公司。正因为如此，不安只能自己一个人承受。对于新职员来说，工作的严峻在于，问题都由做出选择的人自己承担。

他接着说，希望在三十五岁之前找到适合自己的位置。他以前说过，"准备在这家公司工作三年。因此会继续工作两年，然后就重新开始。"果然，像他自己说的那样，他再次从公司辞职，确定了自费留学攻读 MBA 学位的道路。就这样，他向"白纸"般的将来又填入了新的目标。

他相信现在努力与将来是联系在一起的，他说，例如一想到五年后的事情，心里就会有一种紧迫感。几年后的将来虽然还很遥远，但有了努力的目标以后，就感到时间出乎意料得少。

"我顺利地走到今天，觉得自己受到了老天的眷顾。想到五年前的自己做了些什么，想到这五年间自己做到了什么，就会感到很恐慌。五年前曾描画过五年后自己的形象。现在的自己并没有成为当时所刻画的自己，于是就出现了不安。五年前想好了要成为一流的咨询顾问，凭着自己的名字获得工作，但结果，这个目标并没有实现。"

2009 年 9 月，长山决定带着全家一起飞往美国。这时，他好像在重新确认自己的想法，又好像在寻求别人的同意那样，说了以下这段话：

"现在的社会上有各种各样的道路，也有各种各样的人生。结果并没有什么正确答案，一定是自己所认为的正确答案就是正确答案。因为……因为社会的多元化就是这样一种情况。"

他想尽全力摆脱的"不安"的真实面目大概就隐含在这些话里。

进一步说的话，那种"不安"并不仅限于他一个人。

想来，讲了自己的"社会人故事"的另外 7 位同龄人不也都抱有那种来历不明的不安，希望能够加快职业经历的步伐，积累工作经验吗？他们也异口同声地讲了和长山一样的焦虑和不安。在这个迅速变化的"社会"中，他们不也是为了寻找适合自己的位置而焦躁不安吗？

现在，在这一瞬间，如果不能不断地往前迈步的话，面对模糊的将来，可能就无法找到希望了。长时间听着他们的叙述，我想原因就在于此吧。

无论多么不安，或者说正因为不安，为了甩掉接连出现的不安，年轻人们一刻不停地向前奔跑着。在"工作"上强烈谋求这种态度的，也许就是"现在"这个低速增长的时代吧。

后　记

　　2008 年 3 月，在赤坂见附的埃克塞尔东急宾馆的咖啡厅里，我与一位一年前刚刚参加工作的男子攀谈了起来。

　　他去年从一所知名私立大学毕业后，入职了一家大型建筑公司，并顺利加入其公司当时正好在阿联酋承包的一项工程。此后，他便一直待在迪拜，到如今已经过去一年了。

　　刚从中东回来的他皮肤被晒得黝黑，头发也剪成了干净利落的板寸。

　　"雷曼兄弟公司破产的时候……"

　　面对我对他职业经历的采访，他毫不避讳，言谈举止之间也尽显从容不迫。

　　"迪拜的商业街上还是一幅热闹非凡的景象，经济萧条的迹象也暂时还未显现。但我刚到迪拜赴任之时，在工地上成批的起重机一起作业，现在却逐渐停止了施工。情势逆转速度远远高于世界平均水平，就连有些正在建设中的高楼大厦，也正在逐步走向停工。"

　　他的这番话，显然不是站在公司利益层面上的描述。对于亲眼见证了世界经济如此翻天覆地变化的他来说，无疑兴奋大于担忧。

　　"比如说，在那座号称世界第一高楼的'迪拜塔'工地现场，"他继续说道，"到了开工时间，几千人一起施工作业的场景真的很壮观。但眼看着工地上的人一天天地减少，也就对当下严峻的经济形势有了更加直观切身的感受。"

泡沫经济时期同样也是求职者市场，2007年参加工作的他从各个方面来说都是求职活动中的优胜者。他还记得，自己的职业意向在大二的时候就已经初具雏形了——学好英语，进入一家外贸商社或者大型综合建筑公司，有机会的话，再奔赴海外干一番大事业。

"学校方面，从大二开始就会给学生们提供一些职业信息，到了大三还会就如何求职找工作进行具体的就业指导。总之，大家都能源源不断地收到与此相关的讲习会、座谈会和说明会的资讯邮件。对此不感兴趣的人都懒得打开，经常打开来看的是那些多多少少对未来抱有某种目标和期望的学生。至于我的话，哪怕只有一点点心动，也一定会去参加。"

这里有一点十分重要，那就是要利用好参加这些活动的机会去结识更多有相同职业志向的人。这样一来就能获取更加丰富的活动资讯，再通过参加相应的讲习会，去认识更多求职动力高涨的同伴，然后与之进行更加广泛深入的交流……如此，也就形成了一个良性循环。

他继续说道："职业意识明确与职业意识模糊的人，也就此被两分化或者三分化了。虽然说那时是'求职者市场'，但那也只代表人员的招聘数量较大而已，整体的人才选拔基准与就业冰河期相比，并没有发生多大改变。至少可以说，拿到内定较多的人，一定是那些职业意识比较明确的人。我也经常参加那种集训式的研讨活动，唯一的遗憾就在于很少碰到有校友回访的机会。其实，最好的方式莫过于去听那种由公司里的顶尖人才所做的讲座，之后再与他们进行交流和沟通。因为在这种面谈活动中，能够获取更多的第一手资讯。"

入职现在这家公司一年后，他实现了自身到海外去工作的梦想。其实按照惯例，至少也要等到几年过后才能申请岗位调动，但因为公司拥有很多大型海外项目，所以早在几年前就出台了一项鼓励有相关想法的年轻职工去海外工作锻炼的方针。他在迪拜负责的是与下线承包商进行协商以及对资源和材料进行调配的工作，谈到自己如今的工作心态，他断然说道：

"与其对公司提出各种各样的要求，不如好好考虑一下工作对于自己来说究竟意味着什么。也就是说，首先要找到自身想走的那条路。能为之提供一个有利工作环境的公司，在我看来就是相对而言较为理想的公司。现在这家公司从各方面来说都很合我的心意，或许是因为我自身想做的事和公司的规划与打算之间有很多相重合的地方吧。感觉个人与公司之间不是依附与被依附的关系，而是一种同呼吸、共命运的关系。"

……与要回公司的他告别之后，我同跟我一起过来采访的 President 杂志社编辑九法崇雄两个人一起穿行在大白天稍显冷清的赤坂见附的街道上，我们接下来朝着地铁口往前走。天有点阴，街上车辆却来来往往络绎不绝，信号灯一变绿，突然高速公路高架下的人行横道上就涌出了一大片人，朝着马路对面走去。

"虽然心里也明白会是这样，但亲耳听到就觉得真是和我们那会儿不一样了。"九法小声嘟囔道。

他和我同是 1979 年出生，六年前从一家从事通信行业的大公司跳槽来到了 President 杂志社。

我们俩大学毕业是在 2001 年前后，在当时的求职活动里网络技术的应用还处在刚刚起步的阶段，至少不存在大二的时候就得对邮件里的讲习会的信息进行分析，并在进行过程中大概就能提前筛选出对求职活动认识程度高的小组和认识程度低的小组。

当然像他这样的情况，就现在来说也是属于比较极端的那种，但尽管这样，他的这一番话还是给我们留下了很深的印象，因为自己与公司其实是处于一种相对平衡的状态，只要公司能提供自由发挥的空间与环境，就会一直呆在这家公司为其效力，这在某种程度上也象征着当代精英职员的"价值观"。并且这种偏向个人主义的想法，虽然在我们看来显得有些说得过于轻巧，却与本书描写的8位进入社会的年轻人，在不断受挫、不断挣扎之后形成的"价值观"有不谋而合的地方。

还是2006年1月份的时候，九法对我说要不要以同龄人的跳槽为主题做一个调查采访。五年前，我在《我们工作的理由、不工作的理由、不能工作的理由》这本书里，描绘了"自由职业者""茧居族"和一些对求职活动不是很感兴趣的年轻人，以及对在企业工作十分犹豫、迷茫的一些人，同样自己也是刚进入社会，也产生了类似的不安的心情，于是将这些东西糅合在了一起写成了这本书。

当时世间有这样一条铁则："好大学毕业就能找到好工作。"对于还是大学生的我来说，进入社会的话就是在顺应这条铁则和背离这条铁则这二者中选一。现在想来，这也是非常具有代表性的一个看法。在本书出现的人物要不就是意识到这条铁则却拒绝顺应的一类人，要不就是想顺应这条铁则却失败的一类人。

在写这本书之后，我的内心深处一直有些东西无法释怀。

书里没写到的那些人，他们在就业冰河期抱着"好大学毕业就能找到好工作"这种思想，获得了求职的成功。现在他们应该即将步入三十岁了，身处职场的这些与我同龄的人，他们现在看到的世界，会变成怎样一幅场景呢？

每当我产生这种好奇心时，我就会对现在身处的职场产生一种格格不入的感觉，下个工作一定能消除这种违和感，在对他们的工作姿态和想法进行采访之后，"跳槽"这个词在某种意义上确实很吻合我们的主题。

就这样我们开始了调查采访，接触了很多换工作的同龄人，然后采访了他们的家人、同事甚至还有上司。特别是对构成本书核心的8位主人公，来来回回采访了很多次。

在这四年里，"年轻人"所处的就业环境发生了很大的变化，这一代人经历了横跨 1990 年代的后半到 2000 年代前半的就业冰河期，被《朝日新闻》称作"迷惘的一代"。之后一度急剧下降的企业录用率恢复了正常，自泡沫经济之后久违的"求职者市场"一词又出现在媒体上。这之后到了 2008 年，随着次级房贷问题的出现和大型证券公司雷曼兄弟的破产，引发了经济危机，2010 年以后的应届毕业生录取率呈现下降趋势。

在这一背景下，大家之前普遍认可的"好大学毕业就能找到好工作"这一铁则，不论你是否赞同，它作为一种能体现社会人成功与否的价值观存在于世间，我们无法忽视它，但如今它已趋向形式化。企业开始寻求别的东西，这也导致社会所需要的人才的标准不断变化。

比如在本田由纪的《多元化的"能力"和日本社会》这本书里，提到过经济团体联合会在 1996 年发表了一项关于《创造型人才的培育所必需的教育改革及企业行为》的政策意见，其中明确提及了以下关于创造型人才的几点要求。

在那本书中，"主体性""个人责任的观念""独创性"这三点被列举出来，作为未来日本能够谋求的人才关键词。其中强调了"不局限于他人定下的标准，基于个人的目标与意向，自己选择应该前进的道路并付诸行动"（主体性）和"运用个人自由进行的主体性的选择不能任意妄为，为了拥有社会意义和价值，每个人都要承担伴随选择而来的责任"（个人责任的观念）等观点。

同样，这与经济团体联合会的《新·日本式经营系统等研究项目》报告（1995 年）的内容也有所重合。而且，就像本田教授在这本书中所指出的一样，实际上在读《针对创造性人才的培养》中的"理想人才培养系统的基本方向"这一节的时候，经济界所谋求的"理想人才"的轮廓也就越发地清晰明了了。

　　至今为止的人才培养系统可以概括为基于所谓的"单方面式"评价的"单线式"系统了吧。也就是说，对于孩子的未来来说，由名牌高中进入名牌大学，然后再向一流企业进发这种单一式的套餐思路在一方面是被强加的，而另一方面，也被认为是理所当然的事情。走上这样的道路关系到将来的幸福这种看法，现在仍然以教育界、家庭为中心而根深蒂固地存在着。同时，这个过程中的升学考试，正施行着把学力考试作为中心的统一的评价。

　　我们甚至也不能否认，以录用为中心的企业行为也助长了这种单方面、单线式的系统。（后略）

　　除了提倡在将来要提供"多重"选择机会，构建"多峰"教育体系之外，该政策意见还提出：企业在培养人才的时候，也要最大限度地引导职工发挥出自身独特的创造性。企业里的个人，也要审慎考量自己的职业选择及其风险，并积极主动地做出具有自身主导性的职业规划。

　　在就业冰河期就职工作的那一批人，正是在企业组织对所需人才的要求不断变化的过程中积累下了作为社会人最初的经验，并逐渐适应这种多变的要求。那么，他们因工作而纠结、烦恼、急躁或者喜悦的瞬间也自然逐渐成为了今后在企业组织中工作的人们逐渐习以为常的新的"价值观"的体现。

　　正因如此，在采访的过程中，我越来越想要了解那些在就业冰河期"毕业于好大学，找到好工作"的佼佼者们当时对社会的所见所感。然后，再记录下他们在各自工作岗位上的所见所闻、所思所感，哪怕只是其中的冰山一角。但面对今后随时可能到访的就业冰河期，这样的个人经历与感悟，说不定也能为后来人提供一定程度上的借鉴与参考。

另需说明，本书大部分登场人物均作了化名处理。

最后，在此对这四年间在采访和写稿上为本人提供了莫大帮助的责编九法崇雄先生以及 President 杂志社书籍部的桂木荣一先生表示由衷的感谢。

2010 年 3 月　稻泉连

文库版后记

本书于 2010 年 4 月第一次出版。

三年时光倏忽而逝，而今重读 8 位出生于同一年代青年的故事，感怀重新涌上心头。他（她）们在一个特定的时代走向尾声的过渡时期里踏入了社会，为了寻求属于自己的"工作方式"，和自己、和他人都作了长时间的艰难"斗争"。他们有的，找到了暂时的栖身之所；有的，还在寻梦的道路上继续前行。

以下，我想对 8 个人的后续职业发展做一个简单的记录。

第 1 章的大桥宽隆现在仍在当初那家证券公司下属的经营企划部里上班，如今成了公司里的中坚力量。当时就已是两个孩子父亲的他，最近正考虑再添两名新丁。

第 2 章的主角，在西点行业就职的中村友香子，如今已经在大阪公司总部待了两年的时间。继由财务部转到了总务部之后，她又被调派到了公司的海外事业部。近来，听说她参与到了一个新的海外业务项目当中。

第 3 章的职业咨询顾问山根洋一则换了一个部门继续工作，工作服务对象也从自然人转向了法人。如今他总算实现了自己转行当初所设立的目标，成了一名能"影响他人"的部门经理。

第 4 章的大野健介在地方上一处工厂做了一段时间工程师之后便返回了东京，随后又转到蓄电池部门，走上了从事专业技术工作的岗位。

第5章中，广告代理公司的合同员工藤川由希子则最终被一家外资企业所录用。

第6章里，原本在IT风险投资企业电子商务部门做部长的今井大祐虽被提拔为公司里最年轻的董事，但面对公司的上市、优厚的待遇，他仍然选择了辞职。在这之后，他白手起家，创办了另一家IT技术公司。

在第7章当中，瓷砖制造厂商董事原口博光着手公司的管理，锐意改革，最终成了公司的董事长。

最终章的长山和史在美国取得MBA学位返回日本之后，不久便如愿入职一家美资银行。如今作为一名日本本土法人代表，他在投资部门里担任着负责部门大小事务的干部职务。

——十几年前，我也曾对一群跟我出生于同一年代的"职业青年"做过长时间的跟踪采访，在当时的采访稿基础上写就了《我们工作的理由、不工作的理由、不能工作的理由》（文春文库）这本书。在那之后的十年间，社会对于"职业青年"的认识，便发生了一场较大的转变。

就如单行本"后记"里所提到的，既没遇上高度经济增长期也没经历过泡沫经济时期，一踏上社会便与就业冰河期正面相遇的这一代年轻人，不幸被冠以"迷惘的一代"之名。这个词所折射出的，其实是整体社会观念的变化。从前，人们习惯把当今社会层出不穷的职场现象归结为"年轻人的职业意识"问题。而到了今天，世人大众则更加倾向于从"社会构造"的角度来解释这类现象的出现了。同时，伴随着全球化、社会多元化的深入发展，"好大学＝好工作"这种不成文的规则以及论资排辈和终身雇用等固定系统也正在逐步走向瓦解。所谓"职业"，也就是工作的个人通过各自的努力与奋斗所积累、确立起来的产物——这种全新的价值观如今在社会上也越来越普及。

在社会转型期走向职场的这群年轻人，究竟怀抱着何种欲求冲突，面对着哪些心理上的矛盾？学生时代的梦想、期望与踏入社会后所面临的现实问题之间，又是如何相互适应磨合的？本书内容便是关于这些问题的一部分时代记录。

另一方面，无论哪个时代，都存在诸如年轻人踏上社会之后如何在企业里自立、如何在烦恼与迷惘的同时找到属于自己的"工作方式"（即生存之道）等问题，那么我想，自然也存在很多与之相应的纪实故事。从这个意义上来说，如果本书能对接下来即将踏入社会的年轻人在"工作的意义""自身生存之道"等方面的思考上有所启发或能提供一种参考性示例的话，那便是作者写作的价值所在了。

本书文库版的设计制作与诞生承蒙来自文艺春秋文库部的今泉博史先生以及田中贵久先生的协调与帮助，在此一并致谢！

2013 年 3 月　稻泉连

图书在版编目(CIP)数据

工作漂流 /(日)稻泉连著;窦心浩,谭婉心译.
— 上海:上海译文出版社,2019.6
(译文纪实)
ISBN 978 - 7 - 5327 - 8105 - 8

Ⅰ.①工… Ⅱ.①稻… ②窦… ③谭… Ⅲ.①纪实文
学-日本-现代 Ⅳ.①I313.55

中国版本图书馆 CIP 数据核字(2019)第 087404 号

图字:09 - 2019 - 483 号

工作漂流
[日]稻泉连/著 窦心浩 谭婉心/译
责任编辑/常剑心 装帧设计/邵旻 未氓设计工作室

上海译文出版社有限公司出版、发行
网址:www.yiwen.com.cn
200001 上海福建中路 193 号
上海中华印刷有限公司印刷

开本 890×1240 1/32 印张 8.5 插页 2 字数 174,000
2019 年 6 月第 1 版 2019 年 6 月第 1 次印刷
印数:00,001 - 15,000 册

ISBN 978 - 7 - 5327 - 8105 - 8/I • 4981
定价:48.00 元